INK 文學叢書 302

讀人閱史

蔡登山◎著

前言

多少往事堪重數

歷史是由許多的人與事構成的，這些人與事可謂複雜而多端。因此面對如此情況，「秉筆」寫歷史的史家，如何「直書」，一直以來就是值得思考的問題。即如世稱良史的司馬遷，他書中所言的史事，鑿如目前，而這果如鑿鑿乎？實在不能不令人有此疑問。等而下之者，如「史傳」中的本紀列傳、「家傳」的事略行狀，甚至「自傳」的回憶錄、口述歷史等等，常常不是失之於略，便是病之於蔽，甚至於詭譎虛假，顛倒是非，不一而足。觀之現有的史書，常常囿於成王敗寇，子為父隱，以致相互標榜，自我誇飾；甚且文過飾非，出入主奴；重之以「名分」、「名教」那一套「跋前疐後」之瞻顧與諱忌，自不免難盡所言。更難的是在是非曲直的拿捏，無法恰如其分地暢所欲言，於是在「信而有徵」的成分上，自然大打折扣。難道真的三代以來無「信」史乎？這說法固然不免有欠公允，其言也過激，然孟子早已有「盡信書不如無書」之嘆，是歷史之不可盡信之說，其來有自矣。

晚清到民國，可說是我國有史以來之大變局，不僅是從數千年專制到新創共和的政體大改變，也是中西潮流相激相盪的時刻。其間魁儒傑士、巨蠹神奸、巾幗英妙、山市隱淪、草莽豪俊，層出不窮；他們或懷利器而通顯，或抱絕學而潛藏，或夤緣而致青雲，或孤芳而溷塵土。面對這些人與事，或有一德之足式，或有一藝之堪賞，或有一言之可傳，都是書寫的大好題材。

然而一般為歷史人物寫傳，多用傳主之奏摺、文集以及實錄、上諭中的有關記載。這樣的傳記，從形式到內容，總給人有種千篇一律、千人一面的感覺，而且內容乾巴巴的，一點都不生動。倒不如稗雜者流之所記，盡可無拘無束、不瞻不徇，使人物有血有肉，有聲有色，使內容更加豐滿，形象更加生動。然而這些所謂稗雜者流之所記，也犯了一個重大的弊病，那就是游談之雄，好為捕風捉影之說，故事隨意出入，資其裝點。因此晚清金梁在三〇年代編寫的《近世人物志》前言，就有「欲考人物，僅憑正傳，既嫌過略；兼述野史，又慮傳誤；皆不必盡為信史也。」之嘆。於是他花了許多氣力，用了大量時間，將翁同龢的《翁文恭日記》、李慈銘的《越縵堂日記》、王闓運的《湘綺樓日記》、葉昌熾的《緣督廬日記》，這四部號稱「晚清四大日記」中所記載的人物，按時日先後，整理排比，編成《近世人物志》，共有六百餘人。這些日記常流露出作者對所記人物的毀譽，對所發生事件之評論，如李慈銘的《越縵堂日記》不僅忠實記載他和樊增祥之間亦師亦友的關係，也暴露了南北兩派清流之間互相鄙視，彼此拆台，鉤心鬥角，互不相讓的真實情景。為瞭解這些人物之間錯綜複雜的關係，提供難得的一手珍貴史料。吾輩若能循此線索，證之以清代檔案及清人信札等原始資料，則對晚清人物及其事蹟，當可收探驪得珠之效。

又晚清至民國，掌故隨筆一類的筆記雜著為數極多，但多為耳食之談，謬悠之說，其中能以淵博翔實及議論精闢見稱於時者，當推黃濬（秋岳）所撰的《花隨人聖盦摭憶》一書為翹楚。該書對晚清以迄民國，近百年間的諸多大事，如甲午戰爭、戊戌變法、洋務運動、洪憲稱帝、張勳復辟均有涉及。內容不僅廣徵博引，雜採時人文集、筆記、日記、書札、公牘、密電，因作者身分的特殊亦多自身經歷，耳聞目睹，議論識見不凡，加之文筆優美，讀之有味，被認為民國筆記中罕能有此功力者。掌故大家瞿兌之推重該書謂「與夫交遊蹤跡，盛衰離合，議論酬答，性情好尚，而一時政教風俗之輪廓，亦顯然如繪畫之畢呈，倫比洪邁之《容齋隨筆》，確非諛詞」。因此該書頗受史家陳寅恪的青睞，而後來旅美學人楊聯陞、房兆楹亦極力推薦，咸認為此書不但史料價值極高，而且是近五十年來我國人士使用文言文所寫筆記的第一流著作。

學者趙益說：「《摭憶》一書，不僅能於晚清掌故一網殆盡，尤能知其人、同其情，因此述事或不盡然，議論則往往中的。……黃氏能做到這一點，一半是本人博聞強識、深明故實之學識使然，另一半則是與其平生遭遇相關。黃氏早年入京師學堂時，變故尚未發生，猶能親睹舊清之貌；鼎革之後，又以少年雋才見賞於梁啟超（任公）、樊增祥（樊山）、易順鼎（實甫）、俞明震（恪士）、陳衍（石遺）等老輩，……瞿兌之嘗謂掌故學者，既必須學識過人，又得深受老輩薰陶，並能夠眼見許多舊時代的產物。所有這些，黃氏可以說都已具備。見聞既富，體會並深，左右逢源，遂能深造自得。」

晚清至民國，百餘年間，多少人物，多少往事，在「雨打風吹」下，已「風雲流散」了。而剩下為市井之所流播的，里巷之所咨嗟者，又語多不實，甚至顛倒是非，厚誣古人。例如一九三二年的「王賡獻地圖」和一九三一年「張學良伴舞失東北」一樣，鬧得滿城風雨。當時馬君武寫了〈哀瀋陽〉二首，大大地譏諷了張學良「瀋陽已陷休回顧，更抱佳人舞幾回」；無獨有偶的，北平燕京大學教授鄧之誠，也以「五石」的筆名，寫了一首〈後鴛湖曲〉，大大譏刺王賡為了和陸小曼幽會而丟失地圖之事。對此，陳定山在《春申舊聞》書中就說：「九一八事變，東北五省一夕失守，報紙喧騰，謂張學良與胡蝶共舞。其實胡蝶於時已戀有聲（按：潘有聲），事變之夕，胡蝶並未離開上海，此與一二八事變，謠言陸小曼與王賡者，事出一轍。美人禍水，常被後人歪曲描畫，點綴歷史。其實：『吳亡何預西施事，一舸鴟夷浪費猜。』千古沉冤，正恨無人洗刷耳。」

歷史在於「信而有徵」，對此不實之事，吾人當為之考辨、為之翻案。「多少往事堪重數」，「重數」之目的，在求信以俟徵。孔子說：「信則吾能徵之矣」，苟若我輩今日不為之，則年遠代湮，又何以徵於後且信於後乎？此本書之所由作也。

本書為筆者近兩年來讀史之所得，它捨棄對這些歷史人物的「流水帳」似的身世、履歷、經歷的介紹，而就其人或其事中的「大節攸關」或「細行足式」的殳殳點滴，備而傳之，以存記其人之所行所藏及其事之原委根本。其所以如此，蓋在唯有溯本推源，爬梳整理，才可剝絲抽繭，而明其真相。而對於前人誇誇其談，或沒有說清楚，甚至說錯的地方，也一一加以釐清，甚至不惜花較大的篇幅來加以考辨，以廓清公案。目的只有一個，就是本著適之先生的「有幾分證據，說幾分話」的態度，務求歷史的真相也。

目錄

情在可解不可解之間——張謇與沈壽

偶讀左舜生半世紀前的舊著《中國現代名人軼事》（香港：自由出版社，一九五一），在〈張季直及其事業〉一篇的附錄，特別提到〈張季直與沈壽〉。一九三〇年，左舜生讀到了出版不久的《張季子九錄》和張孝若寫的《南通張季直先生傳記》，使他下定決心要到南通去看一看。因爲他認爲：「當清民交替之際，國人談教育，談實業，談自治者必首舉南通，事雖發動於一隅，而影響則及於全國。」因此他對於張謇（季直）發生極大的興趣，雖然當時張謇已去世四年了，左舜生還是決計一遊。

到了南通，他看到的盡是張謇的事業：公園、博物苑、天文臺、圖書館、通州師範、女工傳習所。他明顯的感覺到張謇「手創之事業已衰相畢露」、「陷於停頓」，於是「不勝人亡政息之感」。他又說，雖然如此，到了南通境內，仍然覺得這裡家給人足，通州師範與女工傳習所也有良好的學風，公園、博物苑、天文臺、圖書館這些公共設施大抵基礎還在，就是政府沒能進一步建設好，只能由它們自生自滅罷了。

張謇

而關於張謇晚年與沈壽的一段歷史，左舜生此行，不免也要想起這段逸事。但是，他對兩位已不在世的當事人是相當敬重的。他在傳習所看到教師循循善誘，想到「壽執教時之規模，殆猶有存者」；他在謙亭小坐，看到布置得體，便「想像當日茶灶藥爐之景象，慨歎不置」；尤其是當他這個頗以湘繡自詡的湖南人在博物苑看到幾幀沈壽的刺繡作品時，從此竟「絕口不敢談湘繡矣」。何況他所看到的還不是「沈繡」中的精品呢。

左舜生拜謁了張謇墓後，驅車前往黃泥山沈壽墓憑弔，「以表敬意」。當他站在沈墓前，「默念其與季直此一段因緣，終覺人生在可解不可解之間也」，有相當多的感慨。南通的友人講了些余覺在南通的情況給他聽，他覺得余覺的處境，也有值得同情的地方。也許是這些逸事及其背後的感情實在太「可解不可解」，激發了他的創作慾，他甚至想：「以此史材，結構成一劇本，得一能作內心表演之麗人飾沈壽以演出之，當不難博得世間若干兒女之眼淚也。」

沈壽（一八七四—一九二一）原名雲芝，字雪君，號雪宧，別號天香閣主人，一八七四年生於江蘇吳縣閶門海宏坊。父親沈椿，曾任浙江鹽官，酷愛文物，富有收藏，後來開了個骨董鋪。雪君自幼受到家庭良好的藝術薰陶。她七歲弄針，八歲學繡，由於天資聰穎，好鑽研，進步極快。起初她繡花草蟲魚，

張謇（1853—1926）

字季直，號嗇庵。江蘇南通人。中國近代實業家、政治家、教育家。清光緒甲午科狀元，授翰林院修撰，時值中日甲午戰爭新敗，鑑於當時政治革新無望，他決心投身興辦實業和教育，主張「實業救國」。他一生創辦了二十多個企業，三百七十多所學校，被稱為「狀元實業家」。光緒三十一年（一九〇五），他在通州建立了國內第一所博物館——南通博物苑。一九一五年建立了軍山氣象臺。此外還陸續創辦了圖書館、盲啞學校等。一九一一年任中央教育會長、江蘇議會臨時議會長、江蘇兩淮鹽總理。一九一二年南京政府成立，任實業總長；同年任北洋政府農商總長兼全國水利總長。後因目睹列強入侵，國事日非，毅然棄官，全力投入實業教育救國之路。一九一八年與熊希齡、蔡元培等人發起組織了「和平期成會」。一九二五年大生紗廠因虧損嚴重被接管，次年八月病逝。

後來以家中收藏之名畫作藍本，繡製藝術性較高的作品。十六、七歲時，便成了蘇州有名的刺繡能手。她和姊姊沈立在蘇州海宏坊出售繡品，「二沈」繡品漸漸有名。當年，沈雪君與來蘇州遊玩的紹興秀才余覺（初名兆熊，字冰臣）在遊春時偶然相遇，兩人相識相戀，三年後，光緒十九年（一八九三）余覺來蘇州入贅成婚。

余覺年少有才，善於書法繪畫。婚後兩情繾綣，郎繪女繡，當時雪君的繡藝雖然高超，細膩精緻，但構圖立意仍未脫「金玉滿堂」、「福祿長貴」的庸俗模式。余覺善於接受新的事物，早晚研究，從構圖、色調、意境、成法各方面加以改進，繡品更加馳名。夫妻及姊在蘇州開繡館授課。一九〇〇年余覺回浙江以余兆熊之名參加鄉試，得中舉人，但未授官，仍回蘇州輔佐雪君事繡。他描寫婚後生活是「乃至半日廢書，半日研繡，余則以筆代針，吾妻以針代筆，十年如一日，繡益精，名益噪。」「余無妻雖智弗顯，妻無余雖美弗彰」，余覺在其《痛史》中寫的這些話，應該是很公允的。當時在上海有一家刺繡世家「露香園」，主人姓顧，創始於明朝，子孫多半擅長丹青，與刺繡相得益彰。入清後，「露香園」中所繡的花鳥條幅，幾乎被王公貴冑們視為拱璧，殊難求得，「顧繡」名聲大噪。現在余、沈合作完成的繡品眞是璀璨奪目，出神入化。看過的人都說：「針端奪化，指下生春，已經凌駕露香園之上了。」

光緒三十年（一九〇四）十月，慈禧太后七十壽辰，清廷諭令各地貢壽禮，余覺聽從友人建議，決定繡壽屏進獻。他們從古書中選出〈八仙上壽圖〉和〈無量壽佛圖〉作為藍本，很快勾勒上稿。雪君在這組作品中傾注了很多心血，從用針到配色，她都反覆斟酌研究，經過三個月時間，終於繡成了一堂八幅的〈八仙上壽圖〉，以及另外三幅〈無量壽佛圖〉。余覺輾轉託人，呈獻清宮。慈禧見後，大加讚賞，稱爲絕世神品。除授予沈雪君「雙龍寶星」四等勳章外，還親筆書寫了「福」、「壽」兩字，分送余覺夫婦（沈雪君從此更名「沈壽」）。並隨後奏准設立女子繡工科，專門培養刺繡人才，由沈壽任總教習，余覺爲總辦，每人月薪二百銀元。一九〇四年十一月，農工商部派余覺夫婦去日本考察，學習外國美術教育經驗，前後三個月。沈壽在傳統繡藝的基礎上，參照日本的美術表現手法，製作繡品，余覺融合西畫用外光來表現物體明暗的手法，共同創造了具有獨特風格的「倣眞繡」。在沈壽所著《雪宧繡譜》中談到：「既悟繡以象物，物自有眞，當倣眞。」這樣的繡品，使畫面富有立體感，再現了大千世界的眞實風貌，開創了蘇繡的新紀元。

一九〇九年沈壽運用倣眞繡法，以鉛筆作稿本，繡製了〈義

余覺（1868—1951）

初名兆熊，冰臣，又名冰人。浙江紹興人。幼時聰明好學，才識過人，善書畫、廣交際。後居蘇州，光緒十九年（一八九三）與蘇州刺繡藝人沈雲芝結婚。自此半日讀書，半日伴妻研繡，悉心將自己掌握的書畫藝術融入妻子的刺繡之中，使其妻的繡藝脫穎而出，名揚蘇滬一帶。光緒二十八年（一九〇一）中舉，光緒三十年（一九〇四）因獻刺繡〈八仙上壽圖〉等繡品，慶賀慈禧太后七十壽辰，得農工商部四等商勳獎勵和慈禧手書「福」、「壽」兩字。其妻沈雲芝為此更名「沈壽」，繡名傳揚天下。一九一四年，余覺夫婦應狀元張謇之邀，赴南通經辦「南通女子傳習所」。一九一七年因家庭糾紛，余覺孤身一人去了上海，以鬻字為生。一九二一年余覺到了蘇州，擔任美專教授文學、書法。一九三四年在石湖建覺庵，自稱覺翁，又號石湖老人，日以詩詞書法自娛。一九五一年病卒於蘇州西花橋巷。

大利皇帝像〉和〈義大利皇后像〉。這兩幅作品一九一一年送往義大利萬國博覽會展出時，以其逼眞的形象，精妙的繡藝，轟動了義大利朝野，獲得了博覽會的「世界最高榮譽獎」。展出後，清政府將這兩幅繡像送給了義大利皇帝和皇后，義國政府回贈一枚最高級的「聖母利寶星」。一九一二年十一月，義駐華公使又轉達了義帝和義后對沈壽的謝意，並贈給她一塊貼有皇家徽號的嵌鑽石金錶。這兩幅繡像在一九一五年美國舊金山的「巴拿馬─太平洋萬國博覽會」上，還獲得第一金質大獎，贏得了更爲廣泛的聲譽。

一九一〇年，清政府在南京舉辦南洋勸業會，時任江蘇咨議局議長的張謇被任命爲審查長。當時有一幅顧繡董其昌書大屏需要鑒定。顧繡是明代上海露香園顧名世家的女眷所繡作品，很有名望。張謇特地請沈壽鑒定。繡品剛打開，沈壽即斷定爲眞品。沈壽之於繡，能悟象物之眞，能辨陰陽之妙，自謂：「天壤之間，千形萬態，入吾目，無不可入吾針，即無不可入吾編繡。」張謇驚其才識，這也是後來在一九一四年決定於南通女子師範學校設繡工科，請沈壽來主持之緣起。

名報人及小說家包天笑就是在這次南洋勸業會時見到余覺、沈壽夫婦的，據他的《釧影樓回憶錄》中說：「那時沈壽年在三十多，端莊貞靜，不減大家風範，待客殷勤，餉我以茶點。但有兩女郎，一爲十七八，一可在二十許，跳躍歡

余覺

笑，頗爲活潑。余覺告我道：『這兩人乃是小妾，癡憨如此，這個年小的，預備送到日本去學繡，日本有刺繡一科，屬於美術學校，中國卻沒有，得此基礎，將來庶幾有傳人。』辭出後，我想沈壽自己也還不過三十多歲，竟讓她的丈夫納妾，而且一納就是兩人，誰說婦女善妒是天性呢？（**按：後知沈壽有隱疾，性冷感症，故亦無所出。**）……我當時正在編《婦女時報》，歸時乃索得沈壽的照片，及其製品的照片。隨後，余覺又寄來他的赴日學繡的小夫人照片，姿容曼妙，手張日本絹傘一輪，含笑睇人，亦印入《婦女時報》中。」

包天笑又說：「越二年，余覺到時報館訪我，顏色甚沮喪，他說：『你知道我的在日本學繡的小妾，已背我隨人去了嗎？』問其所以，他說：『此人本爲天津班子中人（天津妓院，均稱某某班），是北方人，今隨一趙某而去，亦北方人。那趙某是留學生，亦是革命黨，在日本演新劇，藝名趙嗜淚，原名趙欣伯。』我說：『你何以調查得如此清楚？』乃勸慰他道：『佳人已屬沙叱利*，足下可以揮此慧劍，斬斷情絲了。』余覺道：『此事尚有新聞，最近聽說兩人爲了革命，到武漢去，已被捕獲，存亡未知。你們報館，武漢當有訪員，可否請爲一詢？』我那時正編地方新聞，因答應了他，一詢武漢訪員，來信模模糊糊。說是傳聞有一趙姓革命黨被捕，最近又有一

*《太平廣記》卷四八五引唐朝許堯佐《柳氏傳》載有唐代蕃將沙吒利恃勢劫占韓翊美姬柳氏的故事。後人因以「沙吒利」指霸占他人妻室或強娶民婦的權貴。宋許顗《彥周詩話》：「王晉卿得罪外謫，後房善歌者名囀春鶯，乃東坡所見也。亦遂爲密縣馬氏所得。後晉卿還朝，尋訪微知之，作詩云：『佳人已屬沙吒利，義士今無古押衙。』」清沈復《浮生六記・坎坷記愁》：「憨爲有力者奪去，以千金作聘，且許養其母，佳人已屬沙吒利矣。」

女革命黨，髮髻中紮有白頭繩，傳爲趙之配偶，趙則已伏誅了。我即以之覆余覺，其時在辛亥革命之前。越二十年，余覺館於我表弟吳子深家，課其子，告我道：『前所云我有一小妾在日本隨一趙姓而去的趙欣伯，並未死去，現已在僞滿洲國爲立法院長了。』至其院長太太，是否在日本學繡的女郎，則未加考證呢。」

趙欣伯（一八九〇—一九五一）字心白，河北宛平人。早年生活在日本，曾獲日本明治大學法律博士學位。一九二六年受日本駐華公使館武官本莊繁的推薦，攜妻兒回到瀋陽，任張作霖的東三省保安司令部法律顧問。在任時，處處維護日本人的利益，是有名的奉天親日派。「九一八」事變前，他積極參與僞滿洲國的催生，被稱爲「滿洲國的產婆」，甚至「滿洲國」這個「國號」以及改長春爲「新京」都是他的主意。「九一八」事變後，在日本關東軍的操縱下，與袁金鎧等人成立「遼寧省地方維持委員會」，發表「獨立宣言」。不久又接替土肥原賢二，當上日本關東軍操縱的奉天（今瀋陽市）市僞市長。僞滿洲國成立後，任僞立法院長，一九三三年因貪汙等罪被去職，後旅居日本，宦海失意後他便決心理財，既在日本東京、箱根置房購地、收買珠寶，也在老家北京購置了大批產業。一九三八年回國定居北平，曾充任華北王克敏僞政權顧問。趙欣伯不但在政治上厚顏無恥，「摟錢」上更是「多管齊下」。一九四三年趙欣伯夫婦專程去日本清理自己的財產，將不動產託給日人鈴木彌之助代管，金銀珠寶則埋藏在自家住房的地下室裡。隨著抗日戰爭的勝利，日本撤退，趙欣伯再也沒有機會去日本經營自家的財產。而在此時他又因漢奸案被國民黨北平市當局逮捕，羈押在北平第一監獄。不久，他使出行賄的招數，弄了個「保外就醫」逍遙法外。正此時，東京國際法庭開庭，審理東條英機等日本戰犯。中國選派的大法官倪徵燠急如星火地回國收集日寇侵華的證據，找到趙欣伯時，他答應寫證據材料。但後來他又反悔了，不單把已寫好的材料丟進火爐燒毀，還說不再寫任何東西。原來他聽說，「大日本皇軍」還會東山再起，趙欣伯的愚昧頑固可見一斑。一九五一年七月二十日，北京市公安局依法傳訊趙欣伯，他自知罪孽深重，急火攻心，血壓升高，猝死看守所。

新加坡學者朱魯大在《近代名人軼聞》（香港：南粵出版社，一九八七）一書中說：「《聯合早報・天下事》譯載了美國《新聞周刊》一篇〈中國人在日本的遺產官司〉，說當年落水做過『滿洲國』傀儡政府立法院院長的趙欣伯，死後在日本留下大批珠寶財產，他的遺孀碧琰和兒子宗陽為了爭取價值達兩千萬美元的財產，跟三位自稱是趙欣伯的妻子及七個自認是兒子的人，斷斷續續打了十一年的官司。不久前（按：一九八四年九月七日），日本法院才宣判他母子倆勝訴。」筆者據遼寧省檔案館的資料得知，趙欣伯的遺孀耿碧琰，瀋陽人，原名耿維馥。趙欣伯為紀念死去的前妻，將她改名為耿碧琰。趙欣伯的前妻王碧琰夫人，曾於日本大正十年（一九二一）為帝國大學某醫局博士誤診錯行手術而殞命。趙氏大怒，以過失致死將某博士告發，告至大審院，結局竟至如最初之不起訴而完結，趙欣伯遂以此為他研究論文的題材向明治大學提出刑法過失論文，由日本文部省授予法學博士學位。至於余覺所提的在日本學繡的女郎，是否是王碧琰或耿碧琰，或另有其人，則未可知。朱魯大認為「除了這位贏得官司的太太碧琰外，還有三個女人都堅稱是趙欣伯的妻子。可見趙欣伯生時一定是妻妾滿堂的風流人物。不特風流，而且還是個獵豔高手。」

一九一一年辛亥革命後，女子繡工科停辦。沈壽和余覺便到天津，開設了「自立女工傳習所」。一九一四年，張謇在南通創辦女工傳習所時，沈壽應聘任所長兼教習，余覺任南通平民工場經理。所內設速成班、普通班、美術班和研究班。速成班主要學繡枕套、臺布、服飾之類的實用品，普通班繡花卉、人物、飛禽走獸之類，美術班則學習比較高級的藝術繡，美術班畢業的優秀生再進入研究班。在教學中，沈壽主張「外師造化」。繡花卉時，她摘一朵鮮花插在棚架上，要學生一面看一面繡。繡人物，她則要求學生把人的眼睛繡活，繡出人的精神來。她在南通「授繡八年，勤誨無倦」（按：張謇語），沈壽以羸弱的體質承擔繁重的工作，數月後便病倒了。張謇愛沈壽的才華，更關心她的身體，除了遍請中西名醫為她治病外，將自己「濠陽小築」前院的「謙亭」讓給沈壽居住。這裡屋舍寬敞，又有園林之勝，距離刺繡傳習所又近，既可養病，又免除了到工作地點的跋涉之苦。張謇對沈壽關懷備至，內心深處充滿了愛憐之意。

沈壽精心繡製的另一幅傑作《耶穌像》，用一百餘種絲線繡成面部，表情逼真，繡工精細，在一九一五年美國舊金山的萬國博覽會上榮獲一等獎，當時有富商願出一萬三千美元求購收藏，沈壽堅決不賣。張謇也認為中華藝術精品是無價之寶，不可以金錢交易而流失海外，於是派人去美國將繡像取回，珍藏於江蘇南通博物院（可惜這件珍品在一九三八年日軍侵華時不幸散失，成爲一件憾事）。沈壽深感「先生知我心」，而余覺則因失去一大筆財富而忿忿爭吵。沈、余之間的感情原本不睦，這時夫妻的裂痕就更深了，沈壽也由此引發了肝病。

沈壽一開始染病，張謇便經常探視，延醫診治，親自煎藥。又將波光瀲灩、垂柳依依的「謙亭」讓與沈壽養病。沈壽欣喜之餘，用自己的秀髮代線繡成了張謇手書的「謙亭」二字的白絹橫幅，獻給張謇以示報答。張謇賦詩答謝：

其一：

記取謙亭攝影時，柳枝宛轉綰楊枝；
不因著眼簾波影，東鰈西鶼那得知？

其二：

楊枝絲短柳絲長，旋綰旋開亦可傷；
要合一池煙水氣，長長短短覆鴛鴦。

這兩首〈謙亭楊柳〉詩，借物喻人，愛戀之情十分露骨。評者水心先生認爲張謇「緣情綺靡，老尚多情。」而在余覺的眼中，這無疑是張謇的情挑之作。余覺在《余覺沈壽夫婦痛史》中說：

「閱張謇此二詩，題曰〈謙亭楊柳〉，借物喻人，賦而比也，第一句記取謙亭攝影時，及末句東鰈西鶼云云，即知當日吾妻在謙亭東簾內，爲張謇倩人攝影，張亦在西簾內，以自己之影，同時攝入，人在簾內，只見影像，故詩之第三四句云：『不因著眼簾波影，東鰈西鶼那得知？』噫！鶼爲比翼鳥，鰈爲比目魚，皆夫妻之喻，吾妻非張謇之妻，何可比爲鶼鰈。其第二首詩首聯云：『楊枝絲短柳絲長，旋綰旋開亦可傷。』明知吾妻屢違張意，不肯仍居謙亭而言，一則意短，一則情長也，兩詩皆用一綰字，綰者勾引也，一則曰柳枝宛轉綰楊枝，自言極力勾引也，再則曰旋綰旋開亦可傷，自言一再勾引不成也，故第三第四句曰要合一池煙水氣，長長短短覆鴛鴦也。」

對於張謇的一往情深，沈壽卻出奇地冷靜。她先後回了三首詩給張謇。

前二首是〈詠垂柳〉：

其一：

曉風開户送春色，重柳千條萬條直；
鏡中髮落常滿梳，自憐長不上三尺。

其二：

垂柳生柔荑，高高復低低；
本心自有主，不隨風東西！

第三首是〈詠鴛鴦〉：

人言鴛鴦必雙宿，我視鴛鴦嘗獨立；

鴛鴦未必一爺娘，一娘未必同一殼。

這無異於告訴張謇，羅敷有夫，古井不波。然而張謇這位多情的老人卻愈發殷勤小心地侍候沈壽。隨時關懷備至，即使忙中無暇，也會有情致綿綿的箋條傳到謙亭。

而此時的余覺已墮落到不務正業，守著小妾還又去嫖娼狎妓，花天酒地，惹出許多糾紛。他把一肚子怨氣發在沈壽身上，聽說沈壽與張謇的關係日益親密，便來大鬧，看到謙亭的照片和張謇的詩，竟至破口大罵，硬逼沈壽要回蘇州去，沈壽堅決不肯，余覺無奈，向張謇借一筆錢自己去上海辦自負盈虧的「福壽繡品公司」。在上海他更是沉湎酒色，不能自拔，將蘇州的房產全賣掉，拿去上海揮霍光了，再來找沈壽要錢，吵架……余覺這樣一再取鬧加重沈壽的病情，以致沈壽每天都離不開藥罐了。

張謇「懼其藝之不傳」，便在延請名醫爲其治病期間，徵得她的同意，由臥病在床的沈壽口述，張謇記錄整理其刺繡藝術經驗，歷經數月，寫成《雪宧繡譜》一書。張謇在繡譜的序言中說：「積數月而成此譜，且復問，且加審，且易稿，如是者再三，無一字不自謇書，實無一語不自壽出也。」由此可見，這本繡譜確實是沈壽四十年藝術實踐的結晶。此書分繡備、繡引、針法、繡要、繡品、繡德、繡節、繡通，共八章。從線與色的運用，刺繡的要點到藝人應有的品德修養，以至保健衛生，都有比較完整的闡述，堪爲我國第一部系統總結蘇繡藝術經驗的專門著作。一九一九年《雪宧繡譜》由翰墨林書局出版，之後又譯成英文版，取名*Principles and Stitchings of Chiness Embroidery*（《中國刺繡術》）。一九二七年江蘇武進涉園重印此書。

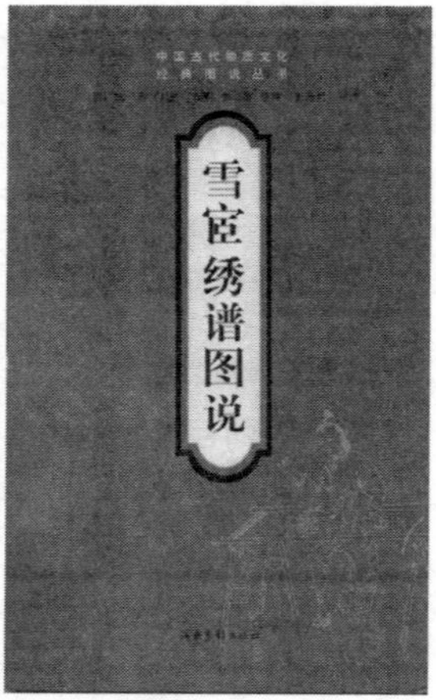

《雪宧繡譜圖說》書影

一九八四年南通工藝美術研究所出版了簡體版的《「雪宧繡譜」譯白》。二〇〇四年山東畫報社出版了《雪宧繡譜圖說》，將繡譜譯成白話並配以大量的圖片。

完成了《雪宧繡譜》後的沈壽已經耗盡了自己人生的最後一絲氣力，在與張謇神交九年後，一九二一年六月八日沈壽與世長辭，時年四十八歲。此時年近七旬的張謇全然不顧自己的身分、地位、名聲，撲倒在沈壽的遺體上嚎啕大哭，老淚縱橫。沈壽去世後，張謇按照沈壽的遺願把她安葬在能望見長江和蘇南土地的黃泥山南麓，墓門石額上鐫刻著張謇的親筆楷書：世界美術家吳縣沈女士之墓闕。墓後立碑，碑的正面鐫刻著張謇撰寫的「世界美術家吳縣沈女士靈表」。張謇杜門謝客，早晚與沈壽的遺像相對晤，一口氣寫了〈憶惜詩〉四十八首，纏綿悱惻。尤其是感念沈壽剪下自己的秀髮，繡成「謙亭」二字，贈與他的情意：

感遇深情不可緘，自梳青髮手摻摻；
繡成一對謙亭字，留證雌雄寶劍看。

還有回憶當時沈壽跟他學詩的情景：

聽誦新詩辨問多，夢如何夢醒如何？
夢疑神女難爲雨，醒笑仙人亦爛柯！

情之爲物，不可理喻。如果用理智來分析張謇與沈壽的關係，那是說不清楚的，如果硬要說的話，是一種精神戀愛。宋金時期，元好問在〈邁陂塘〉中寫道：「問世間，情爲何物？直教以生死相許，天南地北雙飛客，老翅幾回寒暑。歡樂趣，離別苦，個中更有癡兒女。涉萬里層雲，千山暮景，隻影爲誰去！」或是較佳的註解。

沈壽去世後，余覺撰《余覺沈壽夫婦痛史》，指責張謇與沈壽

袁寒雲（1889—1931）

名克文，字豹岑，又字抱存，號寒雲。河南項城人。袁世凱的次子，由其三姨太金氏（朝鮮人）所生。他幼承家學，「讀書博聞強記，十五歲作賦填詞，已經斐然可觀。」詩文在當時被譽為「高超清曠，古豔不群」。金石書畫和收藏賞鑒皆為一時之選。袁世凱曾禮聘羅癭公為袁寒雲之師。他為人風流曠達，被稱為「民國四公子」（張學良、溥侗、袁寒雲、張伯駒）之一。更被少數史家比作「近代曹子建」。但他富贍的文采只是被用來自娛，填詞作詩、即席集聯，都為的是聊博一時之興和友朋們的讚譽。作品也多為酬酢唱和青樓買笑的遣興之筆。一九三一年三月以四十二歲英年早逝，作品大多散佚不存，只有丙寅、丁卯（一九二六、一九二七）年的兩本日記存世，殊為可惜。瑰瑋倜儻的一生，難掩身後的淒清寂寞。

的關係，認爲張謇「矯命霸葬，誣死蔑生」。余覺在上海最有名的小報《晶報》上逐日連載，喧騰一時。包天笑在《釧影樓回憶錄》中說，當時余覺在憤恨之餘，寫了一冊《痛史》，登載了張謇的親筆情詩，精楷石印（他本是書家，擅楷書與草字），來找他，要他介紹這《痛史》登上海各報。包天笑沒有接受，並且告訴余覺，以張謇在江蘇的名望，上海各報是沒有一家肯登的。後來余覺找上余大雄的《晶報》，余大雄常言，凡大報所不敢登、不願登的，《晶報》都可以登。果然《痛史》一出，上海灘爲之轟動。鄭逸梅說袁寒雲很同情余覺的，在《痛史》刊出之前，他有一封覆余覺的信，公開在《晶報》上云：「冰人先生辱覆，悲感沉痛，欷歔久之。以尊夫人之才藝，竟遭此厄，冒終身不白之冤，抱彌天長恨而死，人神同泣，江海永哀，天下聞之，應爲憤慨。若某老倫，人首獸心，妄竊時譽，三百年後，自有公論，秦奸鑄鐵，當世未嘗不赫赫也。眞投彼豺虎，豺虎不食之徒。尊夫人在天有靈，必有以誅。亟望見過，暢言其詳，弟雖不才，尙能以口筆布遠其惡，使天下後世毋爲所欺焉，兄以身受之痛言之，自足昭重，溫犀秦鏡，奸不可遁矣。……」後來袁寒雲又在他的《丙寅日記》中說：「吳縣余冰人針神沈壽之夫也，悲婦爲奸徒所奪，撰《痛史》紀之，見寄一冊，漫題曰：『絕代針神余沈壽，彌天冤苦吁無門。可憐一張孤鵜語，盡是啼殘血淚痕。』冰人自號鸜口孤鵜。」而張謇也在他自辦的《南通日報》上刊載辯駁文章。余覺認爲沈壽的墓碑不題余門沈氏等字樣，是不合理法的。余覺憤恨之極，想把沈壽的棺柩移葬他處，並聲言要和張謇打官司。紛擾喧鬧了些時日，到張謇也病死後才不了了之。雙方在報上對罵，互相揭短，但卻沒有一人爲沈壽著想，讓我們對沈壽何其不幸，感慨繫之！

梁鼎芬的丟官與失妻

說到梁鼎芬，現代的人知道他的已經不多了。他是「末代皇帝」溥儀的三位（中文）師傅之一。在民國四年（一九一五年），因為另一個師傅陸潤庠逝世，由陳寶琛推薦，以梁鼎芬補上，次年他就成為赫赫的「帝師」了。後來和陳寶琛、朱益藩、梁鼎芬同為「帝師」的英國人莊士敦（Reginald Fleming Johnston）在其著作《紫禁城的黃昏》（*Twilight in the Forbidden City*）就記載著梁鼎芬的身影，他說：「一九一九年（民國八年）我初入紫禁城的時候，毓慶宮已有三位教中國文字的師傅，一位教滿文的師傅。中文師傅梁鼎芬，我始終未見過，他是個體弱多病，半身不遂的廣東人，就在這一年底他死去了。**（按：梁鼎芬在一九一八年八月中風，次年陰曆十一月十四日逝世，享年六十一歲。）**……當梁鼎芬死後，我在宮中聽到同事們談及他的一個故事。丁巳復辟時，紫禁城附近成為戰場，正在廝殺得熱烈之時，這一天恰是梁鼎芬入宮授課之日。他坐上騾車，開往神武門，沿途所經的街道，滿布毫無紀律的軍隊。但梁鼎芬絕不駭怕，不肯躲在家裡以保安全，置死生於度外，直驅入宮，盡其責任。當他到達神武門前，發現他平日所坐的轎子如常放在地上等候著他，但轎夫請他最好還是不要進宮裡去，因為軍隊在屋頂和民國的軍隊開火，槍彈橫飛，很危險呢。梁鼎芬跑下騾車，坐上轎子，叫轎夫抬他進去。轎夫無可奈何，勉強從命……走不多遠，忽有一子彈射中圍牆，磚頭四散，剛好轎子經過，一塊磚瓦擊中師傅的轎子，轎夫大驚，求梁師傅准予將轎子抬到一個安全的地方，避一避流彈，待戰火停下才進去。梁鼎芬高聲答道：『我的責任要緊！我的責任要緊！』轎夫大受感動，勇氣驟增，把他一直抬。如果他忘記本身的責任，只求個人安全，他就覺得生不如死了。照我的推測，這一天毓慶宮必定沒有上課的，但梁鼎芬不肯放棄他的責任，依時而至。」莊士敦的說法，應該是「實錄」。可見梁鼎芬在「烽火連天」中依然入宮授讀的負責任，令人感動！

梁鼎芬是個不折不扣的「遺老」，當辛亥年（一九一一）十二月二十五日亦即清廷遜政之日，他「即日穿孝，終身如此」。除此他還學著前人的風雅，準確地說是節義，做起一件當時極其轟動的事來——「廬陵」。所謂「廬陵」，便是在皇帝陵旁結廬居守。作家周黎庵（周劭）對此便說過：「梁鼎芬以一個草莽小臣，跟清德宗光緒帝似乎生前不會有過什麼接觸，但一九〇八年光緒去世後，卻獨個兒到梁格莊陵去守居了三年。他以一個三品微秩的漢族小臣而能做出這樣愚忠的事來，使亡國後一批清室王公大臣和遺老極爲慚愧，自嘆不如。」一九一三年，光緒皇帝的老婆世稱「隆裕太后」死去，棺木暫時移到光緒帝的崇陵，等候安葬。是年十一月十六日，光緒帝夫婦安葬，梁鼎芬奔赴哭陵。於是便派他經理崇陵種樹事宜，他就在梁格莊之西，行宮之東，築小屋三楹，名曰種樹廬。他日夕荷鋤澆灌，種成樹木十多萬株，不愧「種樹大臣」之名。種了三年多，在一九一六年秋回京，八月奉旨在毓慶宮行走，爲遜帝溥儀授讀。又三年多，梁鼎芬病逝，他被葬在崇陵右旁的小山上，永遠地爲光緒守陵。當時已被廢的溥儀還給了他一個「謚文忠」的「榮典」。

回顧梁鼎芬的一生，在他六十一歲的生命歷程中，可謂大起大落，際遇坎坷。他在光緒十年二十七歲時丟官，經過十七年，到光緒二十七年他才再當上地方官，一直到清廷垮台後，他又以遺老名馳國中，最後做起遜帝溥儀的師傅，以至逝世，算算他重入仕途恰好也是十七年，正符合他的「恩起十七年廢籍」的聯句。

梁鼎芬是近代著名詩人，他與曾習經、黃節、羅癭公並稱為「嶺南近代四家」，著名詩人陳三立、沈曾植、康有為等都是他交往頗深的詩友。梁鼎芬滿臉大鬍子，給人以豪放的印象。但是他的詩歌卻字字含情，句句蓄淚，筆端盡露婉約之風。研究清詩的著名學者汪辟疆給他一個評語：「其髯戟張，其言嫵媚。」學者李瑞清在《詩品》中評價他：「據其為人，竊以其詩必多雄偉慷慨之辭，然婉約幽秀，如怨如慕。」然而他臨終前，卻遺言不可刻其詩集，云：「我生孤苦，學無成就，一切皆不刻。今年燒了許多，有燒不盡者，見了再燒，勿留一字在世上。我心凄涼，文字不能傳出也。」其著作後來結集成遺書六卷及遺詩、遺稿等，皆係親朋故舊四處收集而成，已非梁的本意。

梁鼎芬的刻意以求世人的遺忘，和他一生充滿著迍邅不幸的際遇有關。他七歲喪母，十歲時父親亦見背，寄食於諸姑，生活極為困苦。光緒二年（一八七六）十八歲以國子監生資格應順天鄉試，中舉人。次年執贄於東塾先生陳蘭甫之門，與于式枚、文廷式、陳慶笙同門肄業於菊坡精舍。光緒六年（一八八〇）二月，又應會試，成進士，並入翰林，散館授編修。是年梁鼎芬才二十二歲，可謂少年得志矣。不僅考取功名，梁鼎芬同時還迎得如花美眷。據李慈銘的《越縵堂

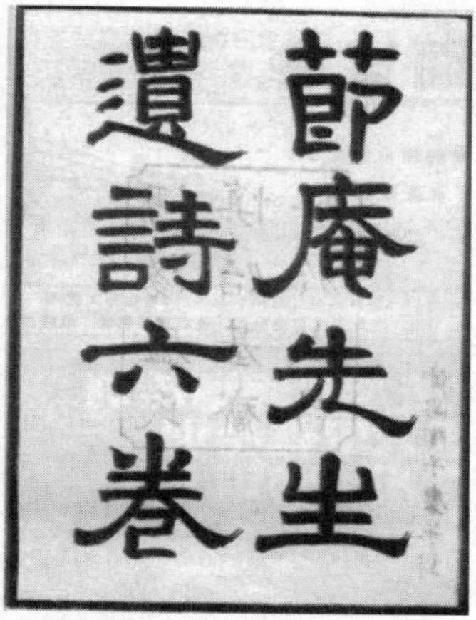

梁鼎芬詩稿集

梁鼎芬與其子梁思孝

日記》光緒六年八月二十一日記：「同年廣東梁庶常鼎芬娶婦送賀分四千。庶常年少有文，而少孤，丙子舉順天鄉試，出湖北龔中書鎮湘之房，龔有兒女，亦少孤，育於其舅王益吾祭酒，遂以字梁，今年會試，梁出祭酒房，而龔升宗人府主事，亦與分校，復以梁撥入龔房，今日成嘉禮，聞新人美而能詩，亦一時佳話也。」這段話是說梁鼎芬在順天鄉試時，卷子就是龔鎮湘看的。今年會試，龔鎮湘與王先謙（益吾）皆爲同考官，王爲第一房，龔則爲第十八房。梁鼎芬的卷子本來分給王先謙看的，薦而取中，拆彌封後，知是梁鼎芬。王、龔本是親戚，遂將梁卷改撥入龔房，使得鄉試、會試皆同出自一個房考之門，以成科舉佳話。梁鼎芬不僅成爲龔鎮湘的門生，而且龔鎮湘愛才之餘，又以其頗有才名的侄女妻之，於是春風得意大登科，秋風得意小登科，這年八月才子佳人在京成親，眞可謂是雙喜臨門，一時美談也。結婚後二年他們還搬進新居，題名曰「棲鳳苑」，在庭前雜植牡丹、梅、杏等花木，對名花，伴嬌妻，暇時則吟詩唱和為樂，可說是梁鼎芬一生中最順適快意的時光。

怎奈好景不長，光緒十年（一八八四）五月，時任直隸總督兼北洋大臣的李鴻章在中法戰爭中一味主和，與法國簽訂《中法簡明條約》，遷延觀望而坐失時機。人莫敢言，以敢於直諫著稱的梁鼎芬偏上疏光緒皇帝彈劾李鴻章，指責李在與法國議約中於中越問題上失當，稱李「驕橫奸恣，罪惡昭彰，有六可殺，請特旨明正典刑，以謝天下。」一個小小的編修膽敢彈劾當時權傾朝野的李鴻章，朝野上下為之一震，「至比之楊忠愍之參嚴嵩」。此疏觸怒慈禧太后，梁鼎芬「幾罹重譴」，幸虧戶部尚書閻敬銘從中斡旋，才得以緩和，最終被斥為「妄劾」，「交部嚴議，降五級調用」。《清史稿．梁鼎芬傳》只說他降五級，沒有說降後是什麼官，但由「正七品」的編修降五級，應該是「從九品」的太常寺司樂，從梁鼎芬死後的訃文，備列生平官銜，翰林院編修上即太常寺司樂，可為明證。翰林出身的他，當然不能去做這種佐雜小官，故憤而辭官，自鐫一方「年二十七罷官」小印，收拾包袱，歸返故里。一年之內，從一個翰林編修到被劾免官，這在清朝也恐怕是絕無僅有的事。

關於這一事件，有著另一種說法，據黃秋岳的《花隨人聖盦摭憶》說，梁鼎芬之所以有此「膽大妄為」之舉，乃是因為他的同鄉順德李若農（文田）侍郎（按：李文田於晚清間，以博學重於時，清史有傳，謂其「學識淹通，述作有體，尤諳西北輿地。……」）精於子平之術，給他算了一卦，斷言他活不過二十七歲，如想禳解，必須幹一件驚天動地的事，才能改變他早夭的悲劇命運。梁鼎芬聽後大驚失色，爲求逃過此劫，於是彈劾李鴻章，藉以避禍。又說彈劾李鴻章的奏摺，原是易實甫所戲擬的，他拿給梁鼎芬看，梁鼎芬高興之餘遂據爲己用，沒想到卻遭此橫禍。不過綜觀梁氏一生，後來他重新爲官後，曾三次參劾時任山東巡撫的袁世凱「居心叵測」等，最後一次的奏摺寫道「袁世凱貪私至極，若再怙惡不悛，臣隨時參奏，禍福不計」。而在一九〇〇年，慈禧立「大阿哥」溥儁，準備廢除光緒帝，滿朝大臣無人敢言。次年，梁鼎芬在張之洞的引薦下，赴西安密陳西太后，以芝麻綠豆的一個知府，居然敢在「天威咫尺」之下，奏請廢去「大阿哥」名號。慈禧最終聽取了他的意見。「大膽敢言」，一直是他的秉性。

梁鼎芬因彈劾李鴻章而丟官，時論嗟惜，友朋欽嘆，而他自己則處之泰然。當光緒十一年九月他要離開京城之時，好友盛伯羲、楊銳等三十餘人爲他餞別，並各賦詩贈行。梁鼎芬亦有出都留別詩云：「淒然諸子賦臨岐，折盡秋京楊柳枝。此日舳梭猶在

吳趼人（1866—1910）

原名沃堯，廣東南海佛山鎮人。筆名很多，中以「我佛山人」最為著名。吳趼人出身於沒落的官宦世家，幼年喪父，十八歲至上海謀生，常為報紙撰寫小品文，光緒二十九年（一九〇三）始，在《新小說》雜誌上先後發表《電數奇談》、《九命奇冤》、《二十年目睹之怪現狀》等，其中《二十年目睹之怪現狀》轟動一時，影響深遠，為晚清「四大譴責小說」之一，專以揭露和譴責社會上的醜惡現象。原載於一九〇三—一九〇五年的《新小說》雜誌上，至第四十五回止。後由上海廣智書局出版單行本，分八冊。宣統年間，始出一〇八回本，此後不斷翻印。吳趼人創作的小說有三十多種，人稱「小說鉅子」，是清末譴責小說的傑出代表，與李伯元、劉鶚、曾樸合稱晚清四大小說家。

目，今生犬馬竟無期。白雲迨遞心先往，黃鵠飛翔世豈知。蘭佩荷衣好將息，思量正是負恩時。」相傳梁鼎芬在罷官離京時，因與文廷式交契，於是將家眷託其照顧。郭則澐在《清詞玉屑》中說：「相傳梁節庵與道希夙善，其罷官歸，以眷屬託之，後遂有仳離之恨。棲鳳宅改，迸淚飛花，食魚齋寒，驚心覆水，亦可慨已。節庵室爲長沙龔氏，亦能詩。」其中梁節庵是梁鼎芬，而道希是文廷式。又據錢仲聯所撰《文芸閣年譜》亦云：「時節庵罷官將出都，並以眷屬託先生。」其後錢仲聯又撰年譜補正，引葉遐庵云：「託眷無其事」，因刪末句。對此吳天任撰《梁節庵先生年譜》云：「託眷之事，近人言者鑿鑿，恐非無因，遐翁或爲賢者諱耳，姑錄存以備考云。」葉遐庵是葉恭綽，他是文廷式的弟子，爲師者諱，是理所當然的。

梁鼎芬託眷於文廷式，當時文廷式雖已娶妻陳氏，但隻身在京，住在梁鼎芬的棲鳳苑中，文廷式此番是第四次到京城。上一次入都在光緒八年，也住在梁家，北闈得意，中了順天鄉試第三名，才名傾動公卿，都說他第二年春闈聯捷，是必然之事。那知到了冬天丁憂，奔喪回廣東，如今服制已滿，提早進京，預備明年丙戌科會試，仍舊以棲鳳苑爲居停。在梁家的聽差、丫頭和老媽子眼中，他的身分像舅老爺，因爲穿房入戶，連龔夫人都不須避忌的。託眷之後，後面自然是「鵲巢鳩占」的情節了。

關於梁鼎芬的失妻，在晚清時幾乎很多人都知道這件事。我佛山人吳趼人的《二十年目睹之怪現狀》第一〇一回〈王醫生淋漓談父子，梁頂糞恩愛割夫妻〉及第一〇二回〈溫月江義讓夫人，裘致祿孽遺婦子〉，就專寫此段情節。其中樑頂糞自是諧音梁鼎芬，而溫月江、武秀樓則分別指梁鼎芬與文廷式，吳趼人以「溫對涼，月對星，江對海」，「涼（梁）星海」則是梁鼎芬的表字，同樣「武對文，香對芸，樓對閣」，「文芸閣」即是文廷式的表字也。掌故大家徐凌霄、徐一士的《凌霄一士隨筆》就說：「梁鼎芬之妻龔，捨梁從文（廷式），其事世競傳之。吳趼人小說《二十年目睹之怪現狀》第一〇二回〈溫月江義讓夫人〉即演此。」小說這麼寫著：

「那年溫月江來京會試，他自以爲這一次禮闈，一定要中要點的。所以進京時，就帶了家眷同來。來到京裡，沒有下店，也不住會館，住在一個朋友家裡。可巧那朋友家裡，已經先住了一個人，姓武，號叫香樓，卻是一位太史公。溫月江因爲武香樓是個翰林，便結交起來。等到臨會試那兩天，溫月江因爲這朋友家在城外，進場不便，因此另外租了考寓，獨自一人

> 《凌霄一士隨筆》
>
> 民國中期三大掌故名著之一（另外兩種為瞿兌之《人物風俗制度叢談》、黃濬《花隨人聖盦摭憶》）。《凌霄一士隨筆》近一百二十萬字，為民國年間篇幅最長的掌故著作，自一九二九年七月七日起連載於天津《國聞週報》，止於一九三七年八月九日。連載八年有餘，後因日寇侵華而停止。此欄目未另署名，有些讀者誤認為是一個作者的筆名，實際是由徐凌霄和徐一士兄弟二人合作，其兄蒐集資料，由一士一人執筆撰寫的。
>
> 徐凌霄（1888—1961）
>
> 原名仁錦，字雲甫，號簡齋，筆名彬彬，凌霄漢閣主。江蘇宜興人。生於官宦世家，祖父徐家傑為道光年間進士，官至知縣；伯父徐致靖、堂兄徐仁鑄都是清朝官吏中的維新派人士。凌霄成人後，也多與君主立憲派人物往來。一九一六年任上海《申報》、《時報》的駐京特派記者，長期為兩報撰寫通訊和隨筆。三〇年代後又任《大公報》副刊《戲曲周刊》、《北京》副刊和《小公園》的主編，設立了「凌霄隨筆」、「凌霄漢閣談薈」、「凌霄漢閣筆記」、「凌霄漢閣隨筆」等專欄，以時事、經史和歷史掌故合一為特色。一九五四年擔任北京市文史研究館館員。一九六一年病逝於北京。

住到城裡去，這本來是極平常的事情，誰知他出場之後，忽然來了一個極奇怪的變故。溫月江出場之後，回到朋友家裡，入到自己老婆房間，自以為這回三場得意，一定可以望中的。正打算拿頭場手藝，念給老婆聽聽，以自鳴其得意，誰知一腳才跨進房門口，耳邊已聽得一聲『哇！』溫月江吃了一驚，連忙站住了，抬頭一看，只見他夫人站在當路道：『你是誰，走到我這裡來？』溫月江訝道：『什麼事？什麼話？』他夫人道：『喝！這是哪裡來的？敢是一個瘋子？丫頭們都哪裡去了？還不給我打出去！』說聲未了，早走出四五個丫頭，都拿著門閂棒棍，打將出來，溫月江只得抱頭鼠竄而逃，自到書房歇下。這書房，本是武香樓下榻所在，與上房雖然隔著一個院子，卻與他夫人臥室遙遙相對。溫月江坐在書桌前面，臉對窗戶，從窗望過去，便是自己夫人的臥室。不覺定著眼睛，出了神，忽然看見武香樓從自己夫人臥室裡出來，向外便走。溫月江直跳起來，跑到院子外面，把武香樓一把捉住，嚇得香樓魂不附體，頓時臉色泛青，心裡突突兀兀的跳個不住，身子都抖起來。溫月江把他一把拖到書房裡，捺他坐下，然後在考籃裡取出一個護書，在護書裡取出一疊場稿來道：『請教請教看！還可以有望麼？』武香樓這才把心放下，定一定神勉強把他頭場文稿看了一遍，不住地擊節讚賞道：『氣量宏大，允稱佳作，這回一定恭喜的了！』月江不免洋洋得意。……及至三場的稿都讀完，月江呵呵大笑道：『兄弟此時沒有什麼望頭，只希望在閣下跟前，稱得一聲老前輩就夠了！』」

《二十年目睹之怪現狀》是所謂譴責小說，有些描寫不免過火，當不了真。我們也不知作者和梁鼎芬是否有什麼過節，因爲在這部小說中罵過梁鼎芬好幾次，說他虛僞造作，是個色厲內荏的小人。在第二十四回更是大大地羞辱梁鼎芬一番：「……繼之笑道：『有一個廣東姓梁的翰林……曾經上摺子參過李中堂，非但參不倒他，自己倒把一個翰林幹掉了。摺子上去，皇上怒了，說他末學新進，妄議大臣，交部議處，部議得降五品調用。』我說：『編修降了五級是個什麼東西？』繼之道：『哪裡還有什麼東西，明明是部裡拿他開心罷了！』我屈手指頭算道：『降級是降正不降從的，降一級便是八品，三級未入流，四級就是平民。還有一級呢？哦，有了，平民之下，還有娼、優、隸、卒四種人，也算他四級，他那第五級，剛剛降到娼上，是個婊子了！』繼之道：『沒有男婊子的。』我道：『那麼就是王八。』」按照降官的定制，沒有所謂的「降正不降從的」，吳趼人在此故意說錯，無非是藉此辱罵梁鼎芬而已，而所謂「王八烏龜」亦隱諷梁鼎芬失妻之事。再者梁鼎芬於光緒六年二月應會試，成進士，並入翰林。到同年八月二十一日才娶了恩師龔鎮湘的侄女。託眷之事，則在五年後的光緒十一年九月。吳趼人有意將這些事混在一起，首

徐一士（1890—1971）

原名仁鉽，字相甫，號蹇齋。曾自號亦佳廬主人。是徐凌霄之弟。一九一〇年畢業於山東客籍高等學堂，授舉人出身。先後任《時報》、《國語日報》、《新申報》、《商報》、《大公報》、《四民日報》、《實報》、《晨報》撰述、特約記者，《新中國報》、《京報》、《京津時報》、《日知報》編輯，《國文週報》、《易經》、《大風》、《中和》、《古今》、《文史》、《國藝》、《大衆》主編或特約撰述。以撰寫人物、事件述評、文學評論和文史小品蜚聲文壇。一九二八年至一九五五年，任中國大辭典編纂處編纂員，期間曾兼職於平民大學、北京國學書院等。退休以後，經梅蘭芳舉薦，被北京市文史研究館聘為館員。

先小說說梁鼎芬帶著家眷上京考試，完全不正確，當時梁鼎芬尚未結婚哪來家眷？更離譜的是梁鼎芬是光緒六年庚辰科的翰林，文廷式是光緒十六年庚寅科的榜眼，梁鼎芬比文廷式早入翰林五科，可以稱得上是文廷式的老前輩了（**按：新入翰林的進士，要稱先入的翰林為老前輩**），而小說反寫成文廷式是老前輩，梁鼎芬要竭力巴結他，甚至連太太讓給他也不加計較，此皆非事實。因此《凌霄一士隨筆》也說：「小說家言不必過於認真，然既顯有所指，宜大略有所考信，未可若是之以意為之耳。……吳氏為清末名小說家，筆致諧暢，善狀物情，然於京朝故事，未遑留意，故有此失。」

梁鼎芬丟官南歸之後，廣東省內書院紛紛延請禮聘，有欲延為山長，但是有議論說他年少不相稱。據劉成禺《世載堂雜憶》云：「節庵曰：『此易辦耳，愛少則難，愛老則易。』遂於二十九歲丁亥立春日，毅然蓄鬍。粵中名流賀之，廣設壽筵，稱『賀鬚會』。節庵之串腮鬍，從此飄然於南北江湖。」這也是梁鼎芬終身留著大鬍子的由來。光緒十五年十一月，梁鼎芬往上海，寄寓也是園的「在水一方」，終日以作詩寫字為樂。據說他每天太陽未出就起床，在園中散步，呼吸新鮮空氣，凡有人請他寫字，無不樂從，因此大南門一帶的人都來請

梁鼎芬墨寶

他寫字，他也來者不拒，不久後，「引車賣漿者流」都有他的「墨寶」掛在家中了。喜歡作詩的人知道他會作詩，也拿詩來請教，他也樂得爲人批改，因此這一帶的人都尊稱他爲梁老夫子，他名叫什麼，反而少人知道。

據《梁節庵先生年譜》光緒十五年云：「寓上海也是園，嘗獨遊張氏園，又與陳伯嚴、文芸閣遊徐園。……」而光緒十六年四月二十一日，文廷式赴殿試。二十四日，殿試讀卷進呈御覽，翁同龢等彌封奏至廷式之名，光緒帝宣詔曰：「此人有名，作得好！」於是欽定文廷式殿試一甲第二名。文廷式得賜進士及第，授翰林院編修。五月，文廷式因爲殿試策內「閭面」二字筆誤，遭外間物議。有人故意大造聲勢，「廣肆貼聯」，致使文廷式有「斯『文』掃地」之譏。接著，七月，御史劉綸襄上疏彈劾文廷式。同時，諭命調查原卷，原來文廷式的對策文章內有「留元氣於閭閻，而後邦本可以固」這一句，但他把「閭閻」寫成「閭面」了。《凌霄一士隨筆》就載有此事，說文卷落在讀卷官滿洲人福錕手上，他見「閭面」二字，正擬將此簽出，抑置三甲之

劉成禺（1875—1952）

字禺生，湖北武昌人。早年是孫中山不可多得的戰友。一九一二年一月南京臨時政府成立，任參議院湖北省參議員。一九二一年五月，孫中山在廣州就任中華民國非常大總統，劉成禺被任命為總統府宣傳局主任。一九二三年三月，孫中山又任命其為陸海軍大本營參議。一九三一年春，國民政府任命為監察院監察委員。一九四七年八月，被派為監察院兩廣監察使。一九四九年初，被任命為國史館總編修。中共建國後，曾任湖北省人大會代表、湖北省人委會參事，一九五〇年八月被任命為中南軍政委員會文教委員會委員。一九五二年三月十五日病逝於漢口，享年七十八歲。著有《世載堂雜憶》，是研究中國近代史和民國史的重要資料（以二〇一〇年秀威出版、蔡登山編輯的《世載堂雜憶》全編本為目前最齊全版本）。

後，恰在此時為翁同龢所見，就對福錕說：「這是江南名士文廷式的試卷，不必吹求吧！」福答：「我不管他是否名士，總之閭面二字卻狗屁不通，怎可放在十名之內？」翁說：「閭面並非完全杜撰，也有根據的，我曾見過一篇古賦以閭面對簷牙者，足見所用非不典也。」汪鳴鑾連忙附和，力證此說，福錕以翁汪二人皆朝中博學之士，「閭面」或真有所本，如果力排其議，一旦果有此典，豈非為人恥笑，於是勉從翁議，置文卷於第二。此事經調查屬實，諸讀卷大臣均奉旨交部議處，據《翁同龢日記》說是「罰俸六個月」。

文廷式逃過這一「劫」後，官運頗為亨通，光緒十九年放江南鄉試副考官。光緒二十年三月，他參加保和殿翰詹大考。未閱卷前，光緒帝特提朱筆御寫「文廷式一等」五個字交下閱卷房後，皇帝兩次傳下口諭：「除第一及另束五本毋動外，餘皆可動。」四月初八日，大考榜發，文廷式得一等第一名，並著以侍讀學士升用。一般人都說文廷式大考得第一，完全是珍妃之力，因為在珍妃未入宮之前，文廷式做過她的老師。王闓運對此即大表不滿，他在《湘綺樓日記》說：「光緒二十年四月十八日，遣人入城索大考單。第一名即閭面也，實為可笑。此人必革，第一例不善終也。」對於王闓運的說法，黃秋岳在《花隨人聖盦摭憶》有不同的看法，他說：「湘綺援信俗傳，謂大考第一必不善終，後卒如其言。道希以光緒二十二年丙申二月十七日，為楊崇伊所參，永遠革職，驅逐出京，湘綺度必撫掌稱驗。而不知文以新進勾結妃侍，獲得高科，取非其道，又處帝后猜忌之際，其取禍被謗，宜也，何關於第一必不善終之俗讖乎？」

文廷式為官僅六年，即遭革職並永不敘用。可說他官升得快，也跌得慘。對此黃秋岳認為是「以道希與梁節庵關係，受舊日學者之掊擊，又以結納內官遭后黨之嫉，其時滿廷皆忌厭新黨者，不必西朝授意，而後發難也。」其中提到與梁節庵關係，受舊日學者之掊擊，蓋指梁鼎芬託眷之事，而最後卻是「鵲巢鳩占」。然而對此似乎沒有影響到梁鼎芬與文廷式的友情，梁鼎芬確實並未與文廷式交惡，他給文廷式的詩中有句云：「謠諑成何意，幽潛欲與論。」可見梁鼎芬為了朋友，他認為那些中篝豔聞是不可輕信，也是不值得多說的。

相對於文廷式的被革職，此時的梁鼎芬在湖北則十分得意，他在湖廣總督張之洞幕府中，極得張之洞的信任。張之洞行新政，設立很多學堂，凡有關學務事宜，皆付梁鼎芬全權辦理。後來由張之洞的舉薦，又做了武昌府、漢陽府，升安襄鄖荊道、按察使、署布政使，紅極一時。相傳文廷式在窮困時，龔夫人還往湖北向前夫

高伯雨（1906—1992）

原名秉蔭，又名貞白，筆名有林熙、秦仲龢、溫大雅等二十五個之多。廣東澄海人。祖父高滿華在清道光年間南渡暹羅（泰國）經商辦企業，富甲一方。父親高學能（舜琴）是清末戊子（一八八八）舉人，後無意仕途，隻身前往日本經商，成為日本關東地區舉足輕重的華僑巨賈。高伯雨生於香港，四歲喪父，後長兄高繩之又病逝，高家事業後繼無人便日走下坡。一九二三年高伯雨入澄海中學，一九二六年六月中學畢業，到日本東京打算投考早稻田大學，九月遭逢母喪，即返廣州奔喪。一九二八年冬，他赴英國讀書，攻讀英國文學，一九三二年未修完學業而回國。先後任職於上海中國銀行及南京外交部。抗戰爆發後抵香港，直至逝世。在港期間，他編過晚報副刊，為報紙寫過稿，也開過畫展（因他曾隨溥心畬習畫，從楊千里習篆刻），更辦過文史刊物《大華》雜誌。但終其一生，可說寫稿為生，一寫就是五十多年，據保守估計所寫文字當有千萬字之多。同為寫掌故和隨筆，高伯雨與徐珂、黃秋岳、鄭逸梅、劉成禺、汪東、徐一士、瞿兌之、高拜石和後來的高陽等人相比，無疑是最好的之一。而時代的劇變，也使得他成為「最後一位掌故大家」。

梁鼎芬打秋風。龔夫人每次來訪，梁鼎芬仍待以命婦之禮，穿好官服，開中門親自迎接，相敬如賓。而龔夫人在衙門裡有時也住上一月半月，臨別時，梁鼎芬必使一個丫頭送一些精巧禮物給她，無非是裝潢得很好看的詩文集或詩箋之類，外面看來似乎很薄的禮物，其實裡面有銀票一張，多時四、五百兩，少亦二、三百兩，總不使龔夫人失望空手而回的。據掌故大家高伯雨聽聞梁鼎芬衙門裡一個書啓對鄧爾雅說，最後一次龔夫人到湖北打秋風，據說這次只住了四、五天，梁鼎芬的侍妾對她執大婦之禮，臨行時，龔夫人特許他的侍妾穿紅裙，以示自己是「退職夫人」了。

一九〇四年初夏，政治流亡八年多的文廷式，再次歸返江西萍鄉故里，幽居文家大屋。一襲布衣，閉目靜坐，手捻佛珠，默誦經文，並作有《金剛經註解》。中秋節後的第九天子夜，悄然瞑目，無疾而終。年僅四十九歲。文廷式死後，龔夫人沒有復歸梁家，也沒有留在萍鄉，她回到長沙，獨自撫養她和文廷式所生的三個兒子。

而梁鼎芬當按察使時，有自題書齋聯云：「零落雨中花，舊夢驚回棲鳳宅；綢繆天下計，壯懷銷盡食魚齋。」棲鳳樓宅乃節庵當日青廬，王揖唐《今傳是樓詩話》稱「零落」句有感而發，蓋節庵傷心之事。而食魚齋乃是梁鼎芬在武昌邸宅中所取齋名。梁鼎芬官至按察使，何以壯心銷盡呢？這當然是十七年的沉滯所帶給他的打擊太深之故。「丟官失妻」可說他一生的隱痛，官在十七年後總算又當上了，但妻子呢，卻如他的詩中所云：「終古佳人去不還」！

文廷式的革職與脫險

光緒二十二年（一八九六）二月十七日，文廷式為御史楊崇伊所參，光緒帝下令：「著即革職，永不敘用，並驅逐回籍，不准在京逗留。」文廷式以博學強識，掇巍科，光緒十六年庚寅成進士，殿試一甲第二名及第，授職編修，擢侍讀學士。文廷式是光緒帝一直大力拔擢的人，卻在此時中箭落馬被罷黜，當時朝野皆為之譁然。其罷黜的原因據皇帝的聖旨說：「據稱翰林院侍讀學士文廷式，遇事生風，常於松筠庵廣集同類，互相標榜，議論時政，聯名執奏。並有與太監文姓結為兄弟情事等語。文廷式與內監往來，雖無實據，事出有因，且該員於每次召見時，語多狂妄。其平時不知謹慎，已可概見。」但這只是個託詞，其實並未道出真正的原因。黃秋岳在《花隨人聖盦摭憶》書中說：「文以新進勾結妃侍，獲得高科，取非其道，又處帝后猜忌之際，其取禍被謗，宜也。」或許更接近事實的真相。

文廷式以曾教珍妃姊妹讀書而著名於後世，也為世人所豔稱。其實他教珍妃姊妹讀書，是早在她們尚未被選入宮時。當時文廷式在廣州讀書時，因文名藉甚，與于式枚並推為陳蘭甫（澧）的高足。當時滿洲人長善（樂初）正在做廣州將軍，最喜與文士交遊，文廷式亦被延之入幕，待以殊禮。與長善的姪子志銳（長敬之子，因長善無子女，故過繼給他）、志鈞（長敬之子）亦有深交。珍妃的父親長敘，是長善的三弟。因此胡思敬撰〈文廷式傳〉時，說文廷式是在長善幕府時，教珍、瑾二妃讀書，此說不確。因為文廷式入長善幕府始於光緒三年，約有三年之久，光緒三、四年時，瑾妃才四、五歲，珍妃才二、三歲，安有授讀之理。加上當時二妃之父長敘在京為官，並非流離失所，也不可能將此二弱女寄養於嶺外的廣州。所以教珍、瑾二妃讀書之事，當在光緒十二至十四年間，當時文廷式常在北京，他在京時，常住在好友志銳家中，而其時長敘早已故世，瑾妃、珍妃就在堂兄志銳的安排下，搬進長善在北京的府第。時珍妃已十一、二歲，瑾妃亦十三、四歲，她們跟文廷式讀一些書，也是情理中的事。

瑾妃、珍妃姊妹爲同父異母，在家族中瑾妃排行第四、珍妃排行第五。光緒十四年（一八八八）十月初五日，慈禧太后爲光緒帝選后，慈禧以其弟弟桂祥的女兒，也就是光緒帝的表姊隆裕爲皇后，瑾妃和妹妹珍妃同時入選，成爲光緒帝的妃子，之後個別以瑾嬪和珍嬪的身分入宮，以後又被晉封爲妃。慈禧選擇自己的侄女爲后，主要是監視皇帝的行動。但在選后時，光緒帝原本看中的是別人，只是由於慈禧太后的干預，才選了隆裕。但他從沒想到從小在一起玩的表姊弟，會被慈禧太后指定爲夫妻，他特別接受不了。光緒帝的個性特別執拗，此後他就偏寵珍妃，與隆裕皇后感情日漸交惡，實肇端於此。而當珍妃日漸得寵之際，因見光緒帝雖已親政，然一切用人行政，皆仍出於慈禧之手，爲了幫助皇帝力振乾綱，乃極力舉薦她的蒙師文廷式。

光緒十六年四月二十一日，文廷式赴殿試。二十四日，殿試讀卷進呈御覽，翁同龢等彌封奏至廷式之名，光緒帝宣詔曰：「此人有名，作得好！」於是欽定文廷式殿試一甲第二名。光緒帝如何知道文廷式有名呢？如非珍妃屢有所言，當無印象如此之深也。到了光緒二十年三月，文廷式參加保和殿翰詹大考。未閱卷前，光緒帝特提朱筆御寫「文廷式一等」五個字交下閱卷房後，皇帝兩次傳下口諭：「除第一及另束五本毋動外，餘皆可動。」四月初八日，大考榜發，文廷式得一等第一名，並著以侍讀學士升用。文廷式再度因珍妃的關係而被拔擢，因此當時人諷刺說：「玉皇大帝召試十二生肖，兔子當首選，月裡嫦娥爲通關節」，形容得極爲刻薄。

珍妃的得寵，自然招致了疑心極重的慈禧太后的大忌。而賣官鬻爵的不法勾當，更引起了慈禧的強烈不滿。清朝制度，妃子例銀（工資）每年三百兩，嬪爲二百兩。珍妃用度不足，又不會節省，還對宮中太監時有賞賜，虧空日甚。她遂串通太監，效仿慈禧的行爲多次受賄賣官。因爲有利可圖，當時太監中最有勢力的數人均染指其中。胡思敬的《國聞備乘》記載：「魯伯陽進四萬金於珍妃，珍妃言於德宗，遂簡放上海道。」魯伯陽上任一個月後被江督劉坤一彈劾罷免。對此慈禧曾當面拷問珍妃，並從其住處搜獲記有其賣官收入的一本帳本。但珍妃卻反唇相譏：「祖宗家法亦自有壞之在先者，妾何敢爾？此太后主教也。」因此光緒二十年十月二十八日珍妃遭到了「褫衣廷杖」（**按：剝去衣服，由太監用竹板重打袒裸的臀部**）的懲罰。也有論者以爲此事與當時「議和」之事有關，瑾、珍二妃是積極支持光緒帝對日抵抗的，據胡思敬的《國聞備乘》記載：「東事起，咸言起兵。是時鴻章爲北洋大臣……不敢開邊釁……於是文廷式等結志銳密通宮闈，使珍妃進言於上。」

對此，梁啟超在《戊戌政變記》中說：「同時，將瑾妃、珍妃革去妃號，褫衣廷杖。妃、嬪而受廷杖，刑罰之慘，本朝所未聞也。」十月二十九日翁同龢於日記記道：「皇太后召見樞臣於儀鸞殿，先問旅順事，次及宮闈事，謂瑾、珍二妃有祈請干預種種劣跡，即著繕旨降爲貴人等因。臣等再三請緩辦，聖意不謂然。」接著光緒帝奉慈禧皇太后懿旨，將瑾妃、珍妃著降爲貴人（第七等），「以示薄懲」。珍妃被幽閉於宮西二長街百子門內牢院（也就是常說的「冷宮」），與光緒帝隔絕，不能見面。

珍妃

光緒皇帝

其實，光緒二十年珍妃獲罪的最主要原因，是慈禧太后與光緒帝之間的權力鬥爭。慈禧太后爲打擊漸趨形成的帝黨集團，首先拿光緒帝最寵愛的珍妃開刀，對珍妃的一系列懲罰，尤其「褫衣廷杖」，遭受疼痛和羞辱的是珍妃，顏面盡失的卻是光緒帝。而緊接著牽連剝奪了帝黨主要成員志銳、文廷式的權力，據《清史記事本末》說：「並謫妃兄志銳於烏里雅蘇臺。文廷式以託病出京，僅免於罪。」帝黨集團受到致命打擊。在志銳前往蒙古赴任時，文廷式還寫了詞〈八聲甘州——送志伯愚侍郎赴烏里雅蘇臺參贊大臣之任〉，爲他送行。同年十一月初二日翁同龢於日記記道：「午正二刻入見於儀鸞殿，……次及言者雜遝，如昨論孫某，語涉狂誕，事定當將此輩整頓。」其中「昨論孫某，語涉狂誕」，蓋指文廷式彈劾孫毓汶之事。

顯然是慈禧太后看到朝中支持皇帝主戰，公然彈劾軍機大臣孫毓汶、北洋大臣李鴻章的文人士大夫宛然已成勢力，連皇帝也大有主張，這使得她必須先下斷然措施，剪除皇帝的羽翼。因此對文廷式彈劾孫毓汶一折，斥爲「語涉狂誕」，聲稱「事定當將比輩整頓」。

黃秋岳認爲文廷式後來被逐是宮廷政爭所引起的，他在《花隨人聖盦摭憶》書中引某筆記載：「德宗憨直，上書房總師傅翁同龢亦頻以民間疾苦外交之事誘勉德宗。德宗常言，我不能爲亡國之君，語侵慈禧，而廢立之說興焉。時坤宮與德宗弗睦，頻以讒間達慈禧，故事機益迫。甲午清兵潰，軍艦被擄，吳大澂、魏光燾督師關外，劉坤一督師關內，李鴻章議約多損失，幾定約焉。翰林學士文廷式，習聞宮中諸事，知內憂外患交乘，國將覆，往見坤一，請力爭約欵。坤一未會意，謂弱國無權利可言。廷式請屏左右，以廢立之說相告。且謂宮中蓄謀久，榮祿以疆臣督兵將不應恫之。慈禧有所作，每詢疆臣等意思若何？是宮中滋忌疆臣，疆臣資高負宿望者今惟君。某知爭約必不成，俾內廷因斷斷爭約，知廢立之難實行，則曲突徙薪之效見焉。坤一屬廷式代起草，而廢立之謀以止。」文廷式也明知爭取對日和約之緩期交換，是不可爲之事，而所以要明知不可爲而爲之，是想藉著爭約一事，來表示疆臣對國政的關心，一旦國家有大事發生，疆臣絕不會袖手旁觀的。如此一來使得慈禧太后對廢立之說，能夠知難而退，免政爭於「未雨綢繆」也。黃秋岳也認爲文廷式這主意立意良善，但同時也破壞了慈禧廢立之大計，他說：「據此，道希爲德宗謀不爲不忠，從權應變不爲不智，西后必欲去之，已躍然愈急。」

在中日戰爭爆發後，文廷式與李鴻章由於雙方立場的不同，以致兩人關係急遽惡化。其間，李鴻章雖難辭其咎，但文廷式也未免攻訐太過，李鴻章自然會對文廷式有所積怨。尤其是光緒二十年八月，黃海大敗，李鴻章一生英名毀之殆盡。在帝黨和言官的交章彈劾下，被褫去了三眼花翎及黃馬褂，這對一生戰功彪炳的李鴻章而言，無疑是奇恥大辱。因此他後來不無感慨地說：「予少年科第，壯年戎馬，晚年洋務，一路扶搖，遭遇不謂不幸。自問亦未有何等隕越，乃無端發生中日交涉，至一生事業掃地無餘。如歐陽公所言：『生平名節，被後生輩描畫都盡。』環境所迫，無可如何？」他言下之意，對帝黨人物的清議，始終是耿耿於懷的。而文廷式是當時清議的領袖，李鴻章對其更是厭惡至極。只是他找不出文廷式有任何重大違誤，因此一時間只得隱忍。

光緒二十一年六月，文廷式出都南歸時，據顧家相《五餘讀書廛隨筆》記載：「芸閣主眷日隆，名震中外，嘗指陳時事，擬成奏稿七篇，置枕箱中，其語頗有侵合肥者。道出上海，箱忽被竊，時黃愛崇觀察承煊，方官上海令，爲之追還原物，纖細畢具，而奏稿竟不可得，蓋早入合肥之手矣。」枕箱追回，僅奏稿遺失，李鴻章唆使人爲之，嫌疑最大。李鴻章取得彈劾他的奏稿，更加速對文廷式的報復行動。於是才有光緒二十二年二月中旬的楊崇伊彈劾文廷式遇事生風並與太監結爲兄弟之事。

文廷式

楊崇伊字莘伯，江蘇常熟人，光緒六年庚辰進士，以庶吉士散館授編修。熬了多年翰林清苦，沒有什麼出路，於是以翰林資格考取御史。他就任御史後第一疏即是在光緒廿一年（一八九五年）十一月首劾康有爲、梁啓超在北京所創設的強學會，結果奉旨查禁。楊崇伊的目的在討好在朝的頑固派執政王公大臣，他身處擁后、擁帝的兩派鬥爭中，他爲了日後的飛黃騰達，他選中了后黨的集團，積極地爲后黨出賣力氣，表現身手。楊崇伊跟李鴻章的長子李經方（**按：實爲李鴻章六弟李昭慶之子，後過繼給李鴻章**）是兒女親家，楊崇伊的兒子楊雲史娶李鴻章的孫女、李經方的女兒李國香（道清）爲妻。而李鴻章的孫子李國杰則是楊崇伊的女婿。因此楊崇伊爲李鴻章出手彈劾文廷式，則自然不過的事。

又據〈汪大燮致汪康年書〉所云：「又正月十三停毓慶宮。十四，楊崇伊爲合肥訪查臺館彈劾東事之人，開一清單，凡三十餘人。十五、六，合肥又獨詣長信呈之。十八，楊即以彈芸閣章就正合肥。合肥臨行有言：『若輩與我過不去，我歸，自他們尙做得成官否？』至津又告人云：『劾我諸人，皆不妥矣。』其卅餘人之單，德使署有之，大約各署皆有，惟見其單者，固由德使給閱也。」又張孝若所著《張謇年譜》光緒二十二年條下亦載：「李相使俄，慈禧太后召見。李摺呈五十七人禁勿用，首文廷式。李出京，御史楊崇伊劾廷式，罷遣。」因此李鴻章挾私怨報復文廷式，授意楊崇伊彈劾，則已昭然若揭。

當然首先是文廷式自已捲入宮廷內鬥中，他屬於「帝黨」以翁同龢爲首領的所謂「後清流」的一員幹將，也是慈禧太后想要除之而後快的目標。文廷式的被革職驅逐出京一事，當是慈禧太后親下的懿旨，若非慈禧下令，以光緒帝對他的寵信，必定徇情迴護，而楊崇伊之彈劾，則亦當難以得逞。被革職的文廷式出都南歸，經上海，過金陵，至漢口，轉長沙（按：王闓運《湘綺樓日記》說八月七日文廷式已到長沙），返回故里江西萍鄉。

光緒二十四年早春的北京城，維新變法正處於積極醞釀之中，光緒皇帝召見康有為等維新人士，徵詢國是。六月十一日（舊曆四月二十三日）下詔，宣布變法。帝黨與后黨、維新派與頑固派進入短兵相接的階段。這期間輾轉於湘、贛兩地的文廷式，深切關注京城政局，既感世事非變法不可，為光緒帝推行維新之舉而欣欣然，又深慮慈禧太后的心狠手辣，擔心變法受阻，難成氣候而憂憂然。九月二十一日（舊曆八月初六日），慈禧發動政變，百日維新告終。光緒帝被囚禁中南海瀛台。兵圍康有為住地，康有為逃往上海，遺下的信札有文廷式給他的長信洋洋數千言。九月二十五日（舊曆八月初十日），上諭密電兩江總督劉坤一及署理江西巡撫翁曾桂「密飭訪拿」文廷式，押解來京。對此陳寅恪的侄女陳小從在〈庭聞憶述〉也說：「戊戌八月（按：指舊曆）

陳寶箴（1831—1900）

字右銘，江西義寧人，以舉人出仕，先後任浙江、湖北按察使、直隸布政使。《馬關條約》簽訂後，他為國家的危難痛心疾首，曾上疏陳說時局利弊得失。光緒二十一年（一八九五）升任湖南巡撫，慨然以開發湖南為己任，銳意整頓，與按察使黃遵憲、學政江標等辦新政，開辦時務學堂，設礦務、輪船、電報及製造公司，刊《湘學報》。受到守舊派王先謙、葉德輝的攻訐。戊戌變法失敗後，受到「革職，永不敘用」的處分，回到江西，在南昌西山下築「靖廬」棲身，生活慘澹淒涼。一九〇〇年卒然去世，終年六十九歲。其死因《清史稿》不書，其子陳三立亦諱而不言。但有記載說是慈禧太后密詔賜死的。至此，這位被光緒帝稱為「新政重臣」的改革者，最終也未能逃脫那拉氏的魔掌。子陳三立（散原）是著名的詩人，孫陳寅恪是著名的歷史學者。

政變，慈禧復出奪權，對已革翰林侍讀學士文廷式猶有餘憾，必欲置之死地。嘗降密旨謂：『無論行至何處，著即就地正法。』」

在風聲鶴唳的緝拿行動中，文廷式卻杳如黃鶴，不見蹤影。於是後人都認爲文廷式避走日本，直至湯志鈞撰寫《戊戌變法人物傳稿》及其修訂本時，仍然說：「光緒二十四年（一八九八）政變作，廷式慮禍及，乃走日本。」其他各類近代史辭書和著作，凡涉及文廷式脫險一節者，幾乎一律沿用了這種說法。但根據文廷式的《東遊日記》的記載，他去日本是在光緒二十六年（一九〇〇）的事。在光緒二十五年歲末他自家鄉出門，沿著長江出海在長崎進入日本國境，後至神戶路過馬關——文廷式以其對中國爲羞恥地，故未停留，逕經大阪、京都。當他到神戶時，即有友人中西正樹由東京到神戶來接他。一九〇〇年元月十八日（新曆二月十七日）他到達東京。而據當時（一八九九年九月至十一月）作爲《萬朝報》的主筆身分遊歷中國的日人內藤虎次郎（內藤湖南），在遊歷華南華北期間，他通過面會筆談，結交了嚴復、文廷式、張元濟、羅振玉等，後來並出版《燕山楚水》一書，在其中〈禹域鴻爪記〉一文記載，他在一八九九年在上海與文廷式第一次訪談的內容，是其時文廷式還在上海，而還沒到日本。依此觀之說戊戌政變後，文廷式爲避禍而遠走日本，是不確的。

那當時文廷式又藏身何處呢？據學者張求會在〈文廷式戊戌脫險研究綜論〉一文的考證是：戊戌八月初十日，上諭密電訪拿文廷式，押解歸京。文廷式在湖南巡撫陳寶箴及其長子陳三立等人的幫助下，自長沙出逃至湘潭一粟河唐氏家中避難。而在陳寅恪遺作〈寒柳堂記夢未定稿（補）〉中也說：「戊戌政變未發，即先祖、先君尙未革職以前之短時間，軍機處廷寄兩江總督，謂文氏當在上海一帶，又寄江西巡撫，謂文氏或在江西原籍萍鄉，迅速拿解來京。其實文丈既不在上海，又不在江西，而與其夫人同寓長沙。先君既探知密旨，以三百金贈文丈，囑其速赴上海。而先祖發令，命長沙縣緝捕。長沙縣至其家，不見蹤跡。復以爲文丈在妓院宴席，遂圍妓院搜索之，亦不獲。」文廷式與陳家同籍兼世交，陳寶箴及陳三立父子自然會加以營救。陳小從在〈庭聞憶述〉對此事亦加以補充說：「當時文廷式正隱藏長沙某處，密旨抵撫署，右銘公（**按：陳寶箴**）壓下未發，先祖（**按：陳三立**）密遣心腹，攜銀至文住處，勸其速逃。當時適有文之同里某候補知縣，來撫署告密，並言：如去捉欽犯，彼可帶路。先祖佯與應付，估計文已脫險，始虛張聲勢，派人扮演了一場捉拿欽犯的鬧劇。」至於從長沙逃至何處，在文廷式的手稿〈擷芳錄〉的後跋云：「戊戌八月，寓湘潭一粟河唐氏家。」

之後的行蹤又如何？根據當時日本駐上海代理總領事小田切萬壽曾

內藤虎次郎（內藤湖南）（1866—1934）

原名虎次郎，號湖南，以號行於世。日本明治中後期至昭和初年著名史學家。自幼從父習漢學，曾任小學教師，後當記者，是東京、大阪等地的重要報刊的主筆，以撰寫中國政治、文化評論而著於一時。一八九九年，以記者身分遊歷中國，並出版《燕山楚水》一書，述其見聞及與中國學者之交往。一九〇七年由新聞界轉入學術界，歷任京都帝國大學講師、教授，講授中國史及東洋史，與狩野直喜等漢學家共同創建著名的「京都學派」。內藤湖南一生著述豐贍，尤以中國史見長，其提出的「唐宋變革論」影響深遠。一九三四年病歿，享年六十九歲。其遺著由後人編成十四卷《內藤湖南全集》。

有一專函給日本的外務次官，函中提到：「……由於該人之存亡，事關將來清國之氣運，故小官試圖運用智謀，以將其從當地救出。或者該人由湖南隱身之處派出密使，或者發出密電，委託於小官，在做出種種考慮後，又密囑旅居漢口的東肥洋行主任緒方二三，籌劃救助該人之策。聯絡中出現誤差，該人與其弟廷楷突然來到漢口。於是，緒方根據小官內囑的意見，使其更換服裝，登上大阪商船會社輪船天龍川丸，並特派人員加以保護。途中平安無事，於十九日抵達當地。」而據文廷式的〈冒淑人墓志〉文中云：「當余爲世所厄，則毅然排衆議，偕述庭兄送余至滬上」，當時護送文廷式到上海的是他的族兄文煒（述庭）和族嫂冒氏夫婦。而非小田切萬壽所說的文廷式的弟弟廷楷。

文廷式在一八九八年冬，以東行日本之計畫未獲日本官方允許，遂留在上海。據小田切萬壽函說：「該人最初的考慮是，平安逃脫後，立即來我國漫遊，但眼下急進黨失敗者康有爲在我國，該人一派與康多少有過反目的歷史，不願意與康同時旅居我國。否則，將加深北京政府的疑心，或懷疑該人與康黨暗通，而魚目混珠則難以區分。如此一來，對該人將來非常不利。眼下，暫觀察形勢以相機勸告其漫遊我國。」後來文廷式直到一年多以後的光緒二十六年（一九〇〇）正月才在日人保護下去了日本。同年三月（新曆四月）返回上海。

文廷式訪日，內藤與他兩人屢屢晤面，這在文廷式的《東遊日記》多所記載。內藤還將那珂通世、白鳥庫吉、桑原騭藏等人介紹給文廷式。而文廷式鈔寫給予內藤的《蒙文元朝祕史》，後來

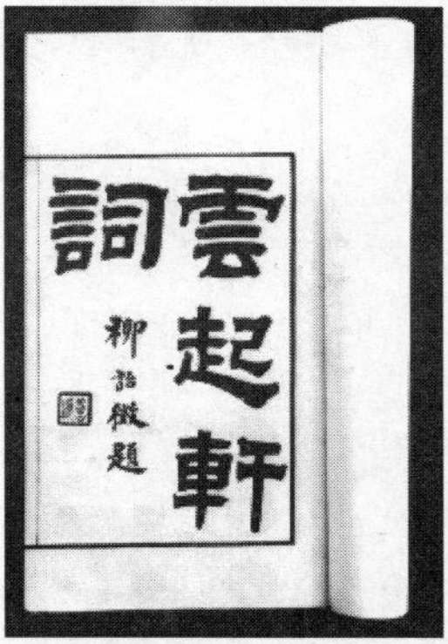

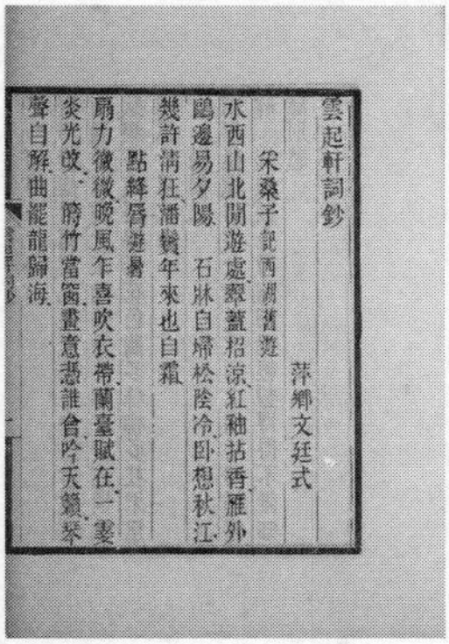
雲起軒詞鈔
萍鄉文廷式
采桑子 記西湖舊遊
水西山北閒遊處翠蓋招涼紅袖拈香雁外
鷗邊易夕陽 石牀自掃松陰冷卧想秋江
幾許清狂潘鬢年來也自霜
點絳唇 避暑
扇力微微晚風乍喜吹衣帶蘭臺賦在一霎
炎光改 脩竹當窗畫意悲誰會吟天籟琴
聲自解曲罷龍歸海

文廷式著作《雲起軒詞鈔》的內頁

促使那珂通世《成吉思汗實錄》的完成，而此一成果再影響屠寄《蒙兀兒史記》的完成。日本學界認爲這對締造日本東洋史學之業績上，大有貢獻。這也是內藤與文廷式展現於中日文化交流的學術成果之一。一八九九年是內藤與中國學者交往的開始，在內藤這次結交的中國友人中，與文廷式一見如故，此後五年間最稱莫逆。一九〇四年八月，文廷式不幸早逝，內藤還撰有〈哭文芸閣〉以寄哀慟。

文廷式晚年雖窮困潦倒，但所爲詩詞輒多忠愛纏綿蕩氣迴腸之作。如〈病中口占南鄉子〉一闋：「一室病維摩，且喜閒庭掩雀羅，煮藥繙書渾有味，呵呵，老子無愁世則那！莽莽舊山河，誰向新亭淚點多？惟有鷓鴣聲解道：哥哥，行不得時可奈何？」沉哀幽怨，一代風華，與恨俱盡。遺著有《雲起軒詞鈔》及《純常子枝語》。

李審言與樊樊山的文稿風波

李審言（李詳，一八五九－一九三一）與樊樊山（樊增祥，一八四六－一九三一）都是清末民初學術界的名人，若問誰的名氣大，則李審言萬不及樊樊山；如果以學術成就而論，似乎樊樊山不及李審言。他們兩人同樣在一九三一年去世，樊樊山於春天死於北平，年八十六；而李審言則於五月死於故鄉興化縣，年七十三。

錢基博的《現代中國文學史》上編古文學之〈駢文〉一節，曾將劉師培與李審言合傳，而其子錢鍾書的《談藝錄》、《管錐編》更將李審言與章太炎並舉。李審言除以駢文、選學名顯當世，為時彥所推重之外，更是經史子集之書無所不窺、學問淵博的國學大師。也是著名的目錄學家、藏書家，揚州學派後期代表人物之一。李審言自幼刻苦好學，博覽群書，服膺乾嘉學人，尤推重錢大昕和阮元。他認為乾嘉學者著書，廣博無涯，但均失之繁瑣，而能「一掃矜張虛矯之習，接人以拙，使人心領神會，悠然自釋者，吾得二人焉，曰錢大昕，曰阮元，阮視錢文詞稍遜，然每事必盡其語，唯恐人小有未悉。」他出入於錢大昕的《潛研堂集》和阮元的《研經室集》之間，遂以「二研堂」名其所著之書。李審言治學謹嚴，論學精湛，能於人不經意處，溯其本源，發前人所未發，所謂辨章學術、考鏡源流是也。他的散文，受浙東學派的影響，為子部雜家之文，其主要特點是言之有物，在當時能自成一格。由於他在訓詁、文學批評及散文、駢文創作等方面的成就，使他逐步為人們所瞭解，並得到學術界、文學界的推崇。他的代表作有《愧生叢錄》、《藥裹慵談》、《選學拾瀋》、《文心雕龍補注》、《世說新語箋釋》、《汪容甫文箋》等。

李審言畫像

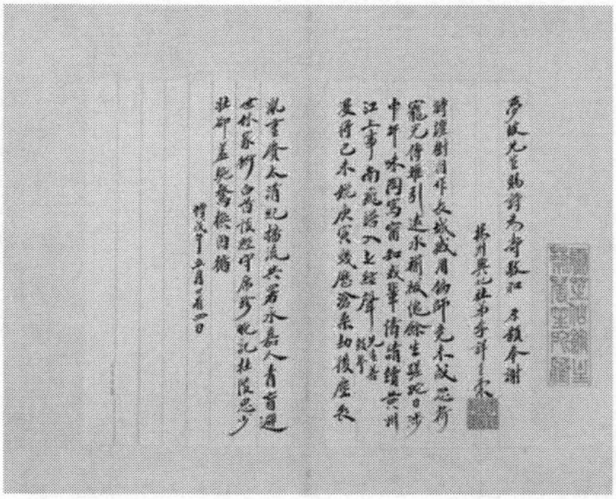
李審言手跡

李審言不僅對前人著述進行校訂，而且對同時代人的著作提出自己的意見。山陰徐嘉所著《顧亭林詩箋注》請李審言作序，李對其中缺漏和錯誤作了校訂和補正；繆荃孫刊刻《藝風堂文集》，李審言對稿本提出具體意見後，繆荃孫回信說：「照尊意改正，決不護短。」而當梁啓超撰《清代學術概論》出版後，李審言就梁著中論事多乖、引證疏謬之處，列舉數十條，在上海《神州日報》登載，梁任公爲之氣沮，但未有答辯。李審言寫成《清代學術概論舉正》稿本，據其子李稚甫教授云：「蔡元培先生任中央研究院院長時，特囑許壽裳先生將此稿索去。」令人遺憾的是此書稿歷半個多世紀，竟失傳了，殊爲可惜。國民政府成立後，蔡元培任大學院長（後改爲中央研究院），聘請李審言、陳垣、魯迅、胡適等十二人爲特約著述員，許壽裳代表蔡元培，邀他到南京整理生平著作，交付出版。一九四九年前，李審言的大部分著作一直未能出版。中國大陸「文革」前，李稚甫教授應文化部之請，將李審言的十七種著作手稿獻給國家，由北京圖書館典藏，倖免於十年浩劫。另有李審言生平日記八十餘冊，交遊及論學文字、晚年詩文均在其中，據李稚甫一九九一年三月七日給學者蔡文錦的信中說，該批日記存放在揚州親眷處，在文革中被毀，這是無法彌補的損失。一九八九年《李審言文集》（上、下冊）由江蘇古籍出版社出版。

樊樊山是我國近代文學史上一位不可多得的高產詩人。他從十一歲開始寫詩，足足寫了七十五年。從二十四歲到六十四歲的四十年間，是他詩詞的高產期，幾乎每天必有幾首詩。他說：「生平以詩為茶飯，無日不作，無地不作」，一生中共寫詩、填詞三萬餘首。一八六七年（同治六年），二十二歲的樊增祥赴省參加鄉試中舉，但以家貧，為人司書記以供菽水，會張之洞視學至宜昌，見其文，激賞之，薦為潛江書院山長，又移主江陵講席，後入京受業於李慈銘之門，慈銘為改課藝，盛稱其詩文筆札，自是有聲於京師。一八七七年（光緒三年）中進士曾任陝西宜川、渭南等縣知事。後累官至陝西布政使、江寧布政使、護理兩江總督。辛亥革命爆發，逃居滬上。袁世凱執政時，曾為參政院參政。

樊樊山早年喜愛袁枚，繼而好趙翼，後宗尚溫庭筠、李商隱，上溯劉禹錫、白居易。他「論詩以清新博麗為主，工於隸事，巧於裁對」，「尤自負其豔體之作，謂可方駕冬郎（韓偓）」（陳衍《石遺室詩話》）。集中次韻、迭韻之作很多，因難見巧，炫才誇富，失之浮豔俗濫。但他為人並不佻達，主張「詩貴有品」，雖自言「平生文字幽憂少」，但遭遇重大事變，也不能不變得

「賈傳悲深」，庚子後寫下一些關切時局的作品。一八九九年，創作了古體詩〈彩雲曲〉，由此開始了有關賽金花的文學與歷史書寫。〈彩雲曲〉「爲時傳誦」，樊樊山更於一九一三年作〈後彩雲曲〉，「著意庚子之變」，敘述了賽金花與瓦德西夜宿儀鑾殿的醜聞。其前後〈彩雲曲〉，膾炙人口，時人比之爲吳偉業之〈圓圓曲〉，但卻有太多的文學想像空間。他又擅長駢文與詞，駢文辭不艱深，舒徐自如，情味濃厚；詞作也頗爲清麗。詩集有《雲門初集》、《北遊集》、《東歸集》、《涉江集》、《關中集》等五十餘種，後皆收入《樊山全書》。詞集有《五十麝齋詞賡》，亦收入《全書》。

李審言在一九三〇年，也就是他死前的前一年，寫有一篇文章〈書樊雲門方伯事〉寄給北平的張次溪（張是李的「准門人」），詳述他和樊樊山文稿糾紛的經過，張次溪把它交給徐凌霄、徐一士兄弟，後來就在天津《大公報》的附屬刊物《國聞週報》的「凌霄一士隨筆」刊出，在《李審言文集》亦收有此文。雲門是樊樊山的字號，方伯是布政使的雅稱，樊樊山最終的官職是江寧布政使。從李審言的文章觀之，在一九〇八年（光緒三十四年）六月樊樊山任江寧布政使，由於李審言的知交繆荃孫（藝風）之推介，李審言把駢文稿交給繆荃孫轉給樊樊山，經過月餘後，李審言才去拜謁樊樊山。據文章中云：「余見樊山後，樊有詩寄藝風，末句『可有康成膩帢無』，蓋用《世說・輕詆篇》『著膩顏帢，逐康成車後。』戲藝風即以戲余，遂薄之不往。而索回文稿甚亟，樊棄之，不可得。藝風一再函問，不復。藝風復余書云：『前日方伯談次，尋大作未獲，雜入文書中矣。昨又函催，亦未復也。』余復作書求之，亦未答。」又說：「樊名滿天下，後生小子唯樊爲趨嚮。友人官京師，鈔示樊山近詩，有『新知喜得潘蘭史，舊學當推李審言』語，以是爲重。數年後，上海有《當代名人小傳》出。其文人一門，有李審言、潘飛聲同傳，云往樊某有詩，二人因得名。余之得名，非由樊始，海內先達，可以共證。然亦見世上擁樊者多，若以余一窮秀才，樊由庶常吉士官至藩司，一言之譽，足以定評。豈知余素不嗛於樊耶？」李審言說他之得名，何待於樊樊山之吹捧。文中極致不滿之意。

在《李審言文集》中還有一封〈乞樊雲門方伯檢還學製齋文稿書〉的信，那是李審言寫給樊樊山，懇求他交還文稿，信是用駢體文寫的，其中有「昔塵覆瓿之製，曾無寫副之留」，可見李審言的文稿是沒有副本的，因此他急於索還。一九〇九年三月二十六日，李審言又給藝風老人一封信，談他問樊樊山索文稿之事，該信見《藝風堂友朋書札》，信云：「……詳有極不可解者，爲謁樊方伯一事。古人無論貴寒士，投皆有賜答，而方伯於詳投詩，不及一答。及贈以徐箋《顧亭林詩》，乞其大集，又不一報。杜撰駢文四十五篇，別無清本，既不肯爲作序，復求先生兩次索還，渠皆無回信，先生赴常州，詳又作一啓乞之，措詞極婉，又不一答。此非有深嫌宿怨，不至於此。自揣實無觸犯之語，而拙稿棄同投溷，豈不可痛！此等大人先生，再不敢與通信，惟有祈求先生，婉向方伯商之，將原稿擲還，婉之又婉，以不露聲色爲妙，否則恐爲齮齕也。……」但最終這希望是落空的，因此才有一九三〇年李審言再寫〈書樊雲門方伯事〉的一篇文章。

對於此事汪辟疆在《光宣以來詩壇旁記》書中亦收錄了李審言的這篇文章，並說：「樊山於光宣間負才名，詩筆側豔，而尤工判牘。顧其爲人頗有可議者。樊山夙爲李蒓客（按：李慈銘）所獎拔，且奉李爲師。兩人沆瀣，可於已印行之《越縵堂日記》知之。顧蒓客晚年，亦頗致憾於樊。蒓客捐館時，樊山於其邸舍取去日記數冊，皆蒓客最後數年之筆，其後人故舊屢索不還。樊氏卒後，知交爲理後事時，遍覓卒不可得。或云病篤之時，已取而納諸火矣。此一事也。又，易實甫爲樊山文字骨肉之交，晚年喜爲調侃，曾舉其流傳故事及詩文中俊語爲諧文，固世人所同知也。實甫晚年曾取平生所爲詩，精選數百篇將鏤板行世，繕寫既定，送樊山複閱。樊山亦欠庋不還，屢索屢拒。其後此本是否歸諸實甫，後人不可知矣。此又一事也。李審言詳駢文，爲江左作手。樊山爲江寧藩司時，李以繆藝風介，謁見。先期，由繆呈李所爲文一卷，樊亦留之不肯交出。及索回，則云：『已雜置官文書中。不得。』此又一事也。此皆爲樊山居心叵測，爲士林不理於口者。亦不知是何居心也。李審言有〈書樊雲門方伯事〉，即

李慈銘（1829—1894）

號蒓客，室名越縵堂，清末會稽人。少有異才，十二歲即能詩為文，有越中俊才之稱。可是後來十一次參加南北鄉試，無不落第而歸。同治九年（一八七〇）中舉，光緒六年（一八八〇）中進士，補戶部江南司資郎，十年後才等到山西道監察御史一職。其讀書之勤，夜以繼日；讀書之博，無所不窺。凡經史子集以及稗官、梵夾、詩餘、傳奇等，無不涉獵。一生著作等身，已經彙集成書的集子，將近五十種。除文學、史學著作外，尚有經學、小學、方志學等方面的力作傳世，而其中尤以《越縵堂日記》規模最為宏大，影響最為深廣。日記對清代咸豐到光緒四十年間的朝野見聞、朋蹤聚散、人物評述、史事記錄、古物考據、書畫鑒賞、山川遊覽、風土民情、社會風貌無不詳細備載，足資後代文史學者採擷，故有「日記之大觀、掌故之淵藪」的美譽。

記其與樊山關係。」

其中汪辟疆文中所說的被樊樊山取去的《越縵堂日記》，「或云病篤之時，已取而納諸火矣。」是不確的。大概是汪辟疆採用了徐一士所渲染的樊樊山一怒焚書的說法。那是有好事者故作奇談，謂李慈銘有恨於張之洞，而樊樊山與張之洞親昵，李在《日記》中痛斥樊山，樊山見之大怒，竟把它投入烈火中燒掉了。查光緒十五年八月二十日的《越縵堂日記》，確實有李慈銘痛罵張之洞的記載，但正如黃秋岳所說：「讀《越縵堂日記》等，見其罵人處，多如牛毛，若以其中中之詞，謂爲必有深仇固恨者，是不知其癖好如是也。」因此說李慈銘有恨於張之洞，是顯得太嚴重了，而後經樊樊山的協調，兩人關係已大爲改善，這可見之於黃秋岳的《花隨人聖盦摭憶》一書所公布的一封樊樊山致張之洞的密函，該函不見於樊之文集，是黃秋岳抄錄自戴亮集所購藏的信札。其中有云：「……李蒓翁得御史後，牢騷漸平，（欲有所陳，尚未封上，但談時政，不事搏擊。）函丈之意，祥已轉達，渠甚感幸也。……」該函無年份，但據「李蒓翁得御史後」推之，當在光緒十六年，可見兩人在當時已言歸於好了。

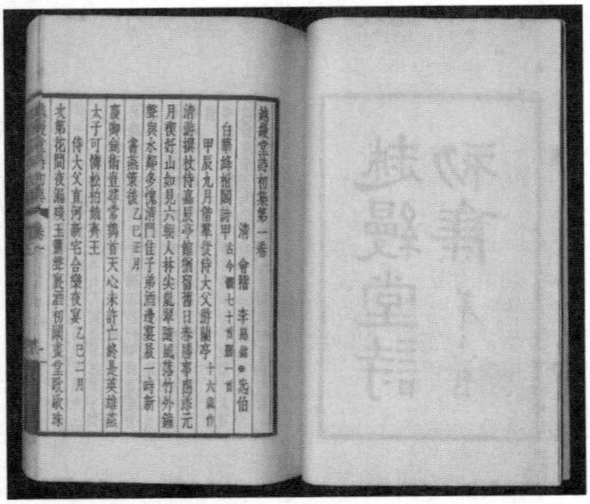

李慈銘《越縵堂日記》內頁

對被樊樊山取去的《越縵堂日記》，據劉亦實文章說：

一九五六年，掌故大家鄭逸梅在蘇州吳江縣盛澤鎮會晤老詩人蘇繼卿，偶然又說到此事。蘇老卻說道，抗戰前的一天，他在一家書鋪偶遇樊增祥的長女樊綺貞，便想到《越縵堂日記》的殘缺本，託書鋪老闆代爲探問。樊綺貞說那《日記》一向由她父親祕藏著沒有毀失，直到父親於一九三一年秋逝世，家人才揀出讓給一書商。另據蘇繼卿回憶，那些《日記》幾經輾轉，被時任南京汪僞傀儡政府內政部長的大漢奸陳群獲得，藏存於他斥資修建的澤存書庫裡。一九四五年抗戰勝利後，此書庫及陳群公館被東南挺進軍總司令湯恩伯接收，運走兩大卡車古籍善本。而後澤存書庫併入中央圖書館。據此，鄭逸梅就預言「所謂已被毀的部分日記或許尚在天壤間，但不悉何時始得出現」。果然，半個世紀之後這部分日記終於被「發現」。一九八八年，由北京燕山出版社影印出版這《越縵堂日記》的最後一函——《郇學齋日記・後集》，凡九冊（其中二本各半冊，以故又說八冊），起於光緒十五年七月迄二十年正月元旦。如此一來，李慈銘日記遺稿得以

陳群（1890—1945）

字人鶴，福建長汀人。早年就讀於福州私塾，曾參與反對清朝政府的活動。一九一三年，赴日本早稻田大學留學，參加孫中山領導的中華革命黨。一九二一年，出任廣州孫中山總統府祕書。北伐開始後，擔任東路軍前敵總指揮部政治部主任，追隨蔣介石。一九二七年，陳群奉命前往上海，同杜月笙等人祕密商討清除中國共產黨勢力。四一二事變爆發，陳群同楊虎一道主持清黨事宜。

抗戰爆發後，出任維新政府內政部長兼教育部長。一九四〇年汪偽政權成立後，任內政部長。後接任江蘇省省長。陳群靠鉅資，也靠劫掠，在南京、上海等地聚集大量藏書。一九四二年，在南京頤和路二號建成一座三層樓的澤存書庫，以收藏他搜羅的四十萬冊新舊圖書。一九四五年八月日本投降後，服毒自殺。

完整流傳，其學術價值和意義自不待言。至於人們不禁要問，究竟樊樊山爲什麼要把這函《越縵堂日記》深錮書篋，不公之於世呢？學者祁龍威說：「從《日記》裡，可以找到答案，蓋樊氏有所顧忌。因爲作者尖銳揭露了當時的腐朽政治，如果樊氏經手予以刊布，必招時忌，禍且不測。」

但對於李審言的文稿又如何呢？香港掌故大家高伯雨晚年說：「六十年我讀李審言此文，也認爲他的文稿必定爲樊山燒掉了，因爲樊的老師李慈銘最後那幾本日記，爲樊山借閱，見其中有罵樊之語，遂不歸還，因此一九二〇年商務印書館影印《越縵堂日記》時，缺最後五冊（由光緒十五年至二十年，李逝世止），因有此前例，我對樊山好沒收人家的文字有了成見。其實樊山沒有毀滅老師的日記，樊死後七、八年，他的家人先後把他的遺書出賣，有一次賣書時，其中夾雜了好些文稿，李慈銘的《日記》亦在其中，整批給收買佬買了。後來《日記》流到上海，爲汪政權的一個部長陳群買了，藏在他的澤存書庫中。中日戰爭結束，肅奸人馬沒收陳群書籍，存入中央圖書館。李的《日記》未爲樊所毀，那麼李審言的文稿未必遭此厄運，只是下落不明而已。」高文寫於一九九一年，他是看過一九八九年出版的《李審言文集》，當時還沒有找到這批失落的文稿。之後，是否有「發現」，亦未得知。

可愛者不可信

——也談賽金花瓦德西公案的眞相

賽金花眞有其人，但她的暴享盛名，卻是完全因爲一部小說和兩首長詩而獲取的。一部小說是指曾樸（孟樸）的《孽海花》；兩首長詩是指樊增祥（樊山）的前、後〈彩雲曲〉。但是不管小說或是詩歌，它們都是文學作品，不等同歷史或傳記，其中自有想像誇張的情節。但世人多昧於事實而不察，而後來據之而演繹的戲劇、電影更是踵事增華、加油添醋，背離事實也就越來越遠了。「可愛者不可信，可信者不可愛」，而其中言之鑿鑿的「賽金花與瓦德西情史」，更可說是「彌天大謊」。

其實與曾樸同時期的小說家包天笑在〈關於《孽海花》〉（原載《小說月報》第十五期，引自《釧影樓筆記》，一九四一年十二月出版）文中就說：「在《孽海花》一書中，曾孟樸曾寫過賽金花熱戀瓦德西一段文字，其實並無此事。孟樸也承認沒有這事，不過爲後來伴宿儀鑾殿的張本，在隨使德國的時候，留下一條伏線，那也是小說家的慣技。」對此楊雲史（圻）在一九三六年十二月八日給張次溪的信也說：「文人至不足恃，《孽海花》爲余表兄所撰，初屬稿時，余曾問賽與瓦帥在柏林私通，兄何知之？孟樸曰：彼兩人實不相識，余因苦於不知其此番（指庚子年事）在北京相遇之由，又不能虛構，因其在柏林確有碧眼情人，我故借來張冠李戴，虛構事蹟，則事有線索，文有來龍，具有可鋪張數回也。言已大笑。」這就是曾樸寫賽金

《孽海花》作者曾樸，筆名東亞病夫。

花早年和瓦德西在柏林一段戀情的自供。至於他說賽金花「在柏林有碧眼情人」，也未必眞有其事。

包天笑又說：「但是伴宿儀鑾殿，也實在沒有這事，因爲中國人當時守舊心理，以爲一個漂亮女人，和外國人辦交際，就說是有染了。據賽金花講，那不過是聯軍進京以後，老百姓都關起大門，不賣一些東西給洋軍吃，於他們的軍食上很有影響。於是他們來託我了，我說，這事好辦。你們要不惜小費，不專門揩油，怎麼不好辦呢？當時我就去敲開了老百姓的門，告訴他們，你們要是不賣給洋兵吃，他們就要搶了。現在他們肯多給價，譬如雞蛋，當時不過值兩三分錢一枚，我就給他們一毛錢一枚，老百姓自然都肯拿出來了。雞蛋肯拿出來，別的東西，自然也都拿出來了。」

京劇大師齊如山在〈關於賽金花〉文中說：「在光緒庚子（一九〇〇）辛丑，一年多的時間，我和賽金花，雖然不能說天天見面，但一個星期之中，至少也要碰到一兩次，所以我跟她很熟，她的事情，也頗知一二。」在談到認識賽金花的經過

賽金花（1872—1936）

閨名趙靈飛，乳名趙彩雲。生於安徽徽州。後隨父親移居到蘇州。一八八六年，在蘇州河上的花船上為清倌人，改名傅彩雲。後下海接客。前科狀元洪鈞回蘇州守孝，與賽金花初見，為其美色所傾倒，納為三姨太。次年五月以公使夫人的名義隨洪鈞出使四國。一八九四年，洪鈞病死。傅彩雲在送洪氏棺柩南返蘇州途中，潛逃至上海為妓，改名「曹夢蘭」。後至天津，改名「賽金花」。一九〇〇年八國聯軍攻陷北京時，居北京石頭胡同為妓，曾與部分德國軍官有過接觸，也曾改換男裝到皇家園林西苑（今中南海）遊玩。一九〇三年在北京因涉嫌虐待幼妓致死而入獄，解返蘇州後出獄再至上海與李萃香、林絳雪、花翠琴、林黛玉、陸蘭芳一起掛牌。一九一八年與曾任參議院議員、江西民政廳長的魏斯炅在上海正式結婚，改名魏趙靈飛。一九二一年魏斯炅因病去世，賽金花搬出魏家，晚年生活窮困潦倒，一九三六年病死於北京。

時，他說：「那年前三門外，東至東便門，西至西便門，南至珠市口大街，都歸德國軍隊居住，一次我騎著馬出前門，大遠的看見，由南邊來了三個軍官，一個中國女人，正不知為何人，走近了，三位軍官都很熟，彼此招呼，他們就給指引，此位是洪夫人（按：賽金花曾嫁給洪鈞為「狀元夫人」），我趕緊回答說，知道知道，其實我以前並未見過她，且不知她在北京，但我想著，一定是她，她對我卻非常的顯著親近，並告訴我，她的住址在石頭胡同，約我前去談談，而且說了兩三次，這是我第一次認識她，過了幾天，恰有一位軍官，跟我打聽她的住址，很想去拜會她，所以我就一同去了，房子並不闊綽，也還齊整，跟我說了很多的話，大致是請我常去，並且說您認識的德國朋友多，只管請這裡來坐，並有兩個十六、七歲的姑娘，倒茶裝煙，我當時看看那種情形，並不像使喚丫頭，以為情形不對，詳細一調查，居然是一個妓院的性質，她殷殷的請我去，有兩種意義，一種是她的德國話不夠，請我幫她忙；一種是完全給她拉買賣，後來我又去過一次，方知果然是那麼回事，於是就沒有再去。凡有德國官員求介紹者，永遠請家兄竺山同他們去，才知道價錢：喝一次茶是八塊錢，過夜是二十塊錢，此外還有點賞費。」

而丁士源的《梅楞章京筆記》中則記載他帶賽金花入中南海「遊覽」的經過，頗為詳細。據周乾康的資料說，丁士源（一八七八—一九四五），字聞槎，浙江烏鎮人。年輕時在沈亦昌冶坊為徒，得坊主沈和甫舉薦，入上海育才館習英文。畢業於武備學堂，得肅親王善耆相助，留學英國攻讀法律。歷任北京崇文門海關監督、陸軍部軍法司長，武昌起義時任清陸軍大臣蔭昌的副官長。民國成立後，任湖北江漢關監督兼外交特派員，北洋政府時，任段祺瑞的少將侍從官，京綏、京漢兩路局長等職。僞滿期間，出任第一任駐日公使。仕宦三十多年，「不置恆產，一生唯好讀書，接濟家鄉親族。生前曾在烏鎮造六間日式樓房，知名於當地。」著有《梅楞章京筆記》和《世界海軍狀況》兩部專著。學者茅海建在《世界海軍狀況》序中說：「丁士源曾留學英國，後在練兵處任職，赴荷蘭海牙參加過海陸軍事務國際會議，熟諳英、美、法、德、日、俄、義、奧等二十餘國海軍狀況，此書論述列強海軍種種問題，是較早親自掌握情況，放眼世界，重視東亞海上力量布局的著作。」

一九〇〇年八月，八國聯軍進占北京，殺人無數。後來，聯軍總司令瓦德西元帥委任德軍軍法處長格耳爲北京知府（市長），入駐中南海。丁士源是代表中國政府辦理大批死屍掩埋事宜的負責人，由錢塘鍾廣生、瀏陽沈藎協助其工作。《梅楞章京筆記》云：「德國格知府翻譯，係廈門海關三等幫辦葛麟德，嗜好甚多。每至賽金花南妓處吸阿芙蓉，故石頭胡同各妓

齊如山（1875—1962）

河北高陽人。出身書香門第，父親齊令辰是翁同龢的學生，做過李鴻藻大學士的西席，也是李石曾的老師。齊如山的兄長齊竺山曾與蔡元培等留法，勤工儉學，在法國開過中國豆腐公司。齊如山幼年受到良好的家庭教育，廣讀經史，對流行於家鄉的崑山腔、弋陽腔、梆子等地方戲曲十分喜愛。他十九歲進北京同文館，學習德文和法文。畢業後遊學西歐，學習和考察了歐洲的戲劇。辛亥革命後回國，擔任了京師大學堂和北京女子文理學院的教授。齊如山對戲劇和戲劇理論有深入的研究，他對京劇尤為醉心。他喜愛京劇，但又看到了舊皮黃的一些缺點，因而產生了研究和改革京劇的興趣。他與梅蘭芳的交往見知於世，給梅蘭芳編寫了許多新的劇本，古裝和時裝都有，超過二十五齣。一九四九年到台灣，從此住在台北，期間發掘了徐露，促成大鵬劇隊學生班（小大鵬；大鵬劇校）的成立。十卷本《齊如山全集》在一九七九年出版。

寮，如有被德兵侵擾者，必告賽轉懇葛麟德寬恕或查辦。是時，丁士源與王文勤之子，日赴賽寓酬應。賽曰：『葛大人，吾等空相識月餘，前懇君攜赴南海遊覽。君雖口諾，而終未見諸實行。』葛曰：『瓦德西大帥於南海紫光閣辦事，軍令森嚴。吾輩小翻譯不能帶婦女入內。』語至此，葛遂詢丁曰：『聞閣下曾入內謁瓦帥數次，昨日又謁參謀長，爲辦理掩埋善事，閣下或能攜彼入觀。』丁曰：『可。惟賽花必須男裝。』賽聞之大喜，遂昵丁進行。丁曰：『余須先觀汝男裝有否漏洞，然後再定。』賽遂散髮編辮，頭戴四塊皮帽，擦去脂粉，著一灰鼠袍，金絲絨馬褂。裝竟，丁、王兩人，覺其頗似一青年男子。乃曰：『裝似矣，蓮步將如何。』丁、王乃慫恿賽購緞子快靴一雙，以飾其蓮翹。賽遂命窯伙即往買靴前來，用絨布兩大塊分包兩足。穿靴後，試行步履，頗覺自然。丁謂賽如能騎馬，即可作爲跟人帶入。賽異常高興，即請試乘丁、王兩人帶來之跟馬。於是葛、賽、丁、王四人乃分乘四馬遊行石頭胡同，覺並無破綻。遂約於翌晨十時同往，賽即留丁、王、葛三人同宿彼處。次晨，起床，葛回打磨廠辦公處。丁、王乃攜馬夫及賽，由丁在前分乘四騎出石頭胡同，經觀音寺，越前門至景山三座門。守門美兵，詢丁曰：『何處去？』丁對以謁瓦元帥。美兵即任四騎入門。經團城時，法國水兵守門者，又詢以何處去？丁對如前。法兵亦任之入。過金鰲玉蝀橋時，賽於第三騎大呼曰：『好景致，好看。』丁曰：『勿聲。』迨至南海大門告守門德兵以謁瓦帥。兵曰：『今晨瓦元帥已行外出。』丁曰：『參謀長在否？』兵謂亦與瓦元帥同出。因之不克入內。及退歸賽寓，已鐘鳴一下。午餐後，丁、王分別返寓。」

而當時住在丁士源家的鍾廣生和沈藎，見丁士源返家很遲，說他必有韻事，丁只好把他將賽金花女扮男裝騎馬同往南海的經過，一一向他們說明。他們各自回到房間，鍾、沈兩人各戲寫一篇短文，一寄上海《遊戲報》主筆李伯元，一寄《新聞報》張主筆，說賽金花被召入紫光閣，和瓦德西如何如何，繪聲繪影，活靈活現。而這「瓦賽豔史」，也成就了曾樸的《孽海花》等一系列書的故事來源。而實際「沒見著」的眞相，卻一直到了一九四三年《梅楞章京筆記》由滿鐵大連圖書館出版，才首次公布。丁士源在書中說：「妄人又構《孽海花》一書，蜚語傷人，以訛傳訛，實不值識者一笑。」但整個局勢卻已「弄假成眞」，成爲定局矣。

此次雖沒見著瓦德西，但後來賽金花和德國的軍官混熟了，她還是進了中南海。對此，齊如山在〈關於賽金花〉文中說：「一次同一軍官到南海，……且領著到閣中看看，一進門，便見賽金花同兩個軍官在裡面，我同她說了幾句話，忽見瓦帥由南邊同一軍官走來，與賽在一起的軍官，很露出倉皇之色，商量躲避之法，我便出來，瓦帥見我是一個中國人，問我同行之軍官，我是何人？軍官代答，並說我說極好的德國話，我便對之行一敬禮，瓦帥也很客氣，問往德國去過麼？對以沒有，他問在那兒學的德文，當即告彼（**按：齊如山是北京同文館畢業生**），又說了幾句

瓦德西

話，我就走了。又一次在瀛台，又遇到賽同別的兩位軍官，我跟賽正說話，又遠遠的見瓦帥同站崗的兵說話，這兩位軍官也露出不安之色，其一說，瓦帥不會進來，後瓦帥果然走了。這兩次賽金花都沒敢見瓦帥，所以我測度她沒有見過瓦帥，就是見過，也不過一二次，時間也一定很暫，至於委身瓦帥，那是絕對不會有的。再說那樣高級的長官，也不敢如此胡來，我這話也不是武斷，我所見過與賽金花一起的軍官都是中少尉階級，連上尉階級都沒有。……因此我想老跟一群下級軍官來往的人，不會與最高統帥隨便起坐，且外國的統帥，與中國前些年的統帥不同，中國統帥下邊的副官，都是他的私人侍從，可以隨便給他介紹妓女，外國的副官則絕對不是這樣的情形，當的都是國家的差使，這樣的私事，他決不敢作。中國人認為瓦帥的屬員，可以給他介紹拉攏者，大致是看慣了舊日中國的情形，所以才有這樣的思想。」

齊如山還舉出一個有力的證據來證明賽金花不會和瓦德西有特殊關係，他說，那時候他在北京做些買賣，賽金花也辦些貨物交給德國軍隊的糧台總管，她求齊如山向那個總管翻譯，講些好話，請他照收了。因此假如她的德語講得稍微通順達意，而又是所謂瓦帥的「枕邊人」，那她還不指著那個總管的鼻頭，叱他全部照收如儀嗎？何勞要齊如山幫她關說呢。

一九〇一年四月十八日深夜，中南海儀鑾殿失火，瓦德西倉皇從行舍的窗子裡跳出，魏紹昌說他赤身只挾帶了德皇頒給他的「帥笏」。後來穿的軍服靴子都是營中的官佐借給他的。這次大火中，德軍的一名參謀長燒死，儀鑾殿全部燒光。這把大火也為謠言大加其油，因為瓦德西狼狽逃出火場是當時衆所周知的事實，於是好事之徒便把「帥笏」想像爲賽金花的肉體，變成瓦德西抱著賽金花穿窗而出了。也許這個繪聲繪色的謠言特別聳人聽聞，當即吸引了不少騷人墨客，紛紛爲此吟詩賦詞，清末名士樊樊山所作的〈後彩雲曲〉，尤負盛名，傳誦一時。其中有「誰知九廟神靈怒，夜半瑤台生紫霧。火馬飛馳過鳳樓，金蛇舕𥗊燔雞樹。此時錦帳雙鴛鴦，皓軀驚起無襦袴。小家女記入抱時，夜度娘尋鑿壞處。撞破煙樓閃電窗，釜魚籠鳥求生路。一霎秦灰楚炬空，依然別館離宮住。」之句，論者諛之爲「詩史」，比之爲吳偉業之〈圓圓曲〉。怎知史實並不如此，樊山作此詩，也不過是憑空想像罷了。寫有《花隨人聖盦摭憶》的黃秋岳就曾問樊山怎見得瓦德西裸體抱賽金花，從火焰中躍窗而出？樊山說：「想當然耳。」齊如山說有次跟樊山談天，他偶問到〈後彩雲曲〉，樊山趕緊說，遊戲筆墨，不足以登大雅之堂，窺其意，似不欲人再說，大有後悔之意。齊如山認爲「儀鑾殿失火，確有其事，但是極小的一件事情，這樣的火，若在別處，實在算不了什麼，大家也就不值得注意了。因爲適在瓦帥住所，故當時北京城內就都知道了，再說，這樣高級的統帥，住所內外，整夜都有站崗巡邏之官兵，一經有火，當然就立刻可以發覺，那能等到詩中說的那樣厲害呢。」同時期的詩人冒鶴亭在〈《孽海花》閒話〉也說：「乃儀鑾殿起火，樊雲門作〈後彩雲曲〉，遂附會瓦德西挾彩雲，裸而出。俗語不實，流爲丹青，因是瓦德西回德，頗不容於清議，至發表其《剿拳日記》，以反證明。彩雲即不與瓦德西接，原不得謂之爲貞，但其事則莫須有也。」

又過了三十年後，人老珠黃的賽金花再度「爆紅」。瑜壽（著名報人張慧劍）的《賽金花故事編年》一書中說：「一九三三年（民國二十二年癸酉）賽金花七十歲，在北京。因爲此時生活太窮苦，請求北京公安局免收她住屋的房捐大洋八角。有人替她寫了一個呈文，歷述她在庚子八國聯軍時代怎樣救過人，以強調她有免捐的資格。這個呈文，偶然被一個報館記者拿去登報，立刻震動了北京社會，並且傳播到全國各地，賽金花再度成爲一個新聞人物了。」那是被北平《小實報》的記者管翼賢發現，立即前往賽家採訪，在報上大加炒作。隨後各方名人絡繹不絕去看她，猶如欣賞出土的古玩；連在上海的「性學博士」張競生都寫信與她談風論月。一時大批「賽金花訪談記」出爐，包括劉半農、商鴻逵師生採訪整理的《賽金花本事》、曾繁的《賽金花外傳》，都是這時期的產物。

中年時期的賽金花。

但大眾興趣所在，仍然是那一段瓦賽情史。在這件事情上，賽金花本人的敘述顛三倒四，自相矛盾。例如她對劉半農與商鴻逵自述身世時，完全未提及在歐洲是否與瓦德西相識；而在曾繁採訪她之後所寫的《賽金花外傳》中她就明白表示二人是老相識：「他和洪先生是常常來往的。故而我們也很熟識。外界傳說我在八國聯軍入京時才認識瓦德西，那是不對的。」在有些訪談中，賽金花全盤否認「瓦賽情史」：「我同瓦的交情固然很好，但彼此間的關係，確實清清白白；就是平時在一起談話，也非常地守規矩，從無一語涉及過邪淫。」她強調的是她的俠義行徑：八國聯軍在北京城中肆意殺人，她便向瓦德西進言，稱義和團早就逃走，剩下的都是良民，實在太冤枉。瓦德西聽後下令不准濫殺無辜，因此保全了許多北京百姓。奇怪的是，有的時候她又會誇耀瓦德西乃是裙下之臣。如《羅賓漢》的記者遜之採訪她時，她便說：「時瓦德西知余下堂，向余表示愛情，余愛其人英勇，遂與同居三、四月之久。」

對此，香港掌故大家高伯雨（林熙）也曾在一九三四年間，多次去北京居仁里看過賽金花，並接濟過她。據高伯雨說，後來她對他也熟落了，彼此之間不太拘禮，談話也不太過客套了，她才坦白地對他說，她只見過瓦德西一面而已，和他沒有什麼關係。當時高伯雨就指出《申報》的「北平通訊」所載她對記者的談話，其中有該記者問她在宮裡住過幾天，她答在儀鑾殿一共住了四個月，瓦德西走時，要帶她一同往德國，她不肯，他又叫她，宮中的寶物可以隨便要，她也不敢。高伯雨問她，對記者所說的，難道完全是撒謊的嗎？她微微一笑，似是同意，歇了一會才答道：「可不是嗎？」高伯雨問為什麼要這樣呢？她答得頗有道理，她說：「人們大都好奇，報館的人和讀報的人更甚，如果我對他們說眞話，他們一定不信，還以為我不肯老實說，我只好胡謅一些來打發他們，滿足他們的好奇心。同時又可以博取人家對我同情，幫幫我忙。像先生您既不是新聞記者，又不是賣文餬口的人，我怎好向您說假話呢？」賽金花萬萬沒想到後來高伯雨成為掌故大家，也賣文為生數十年，而就在賽金花死後二十多年，他公布了這段談話。

再有一事，賽金花說八國聯軍攻陷北京沒幾天，她就遇到德國兵來騷擾，她用德國話對付，德兵大爲驚奇。接著她談起認識他們的總司令瓦德西，德兵回去報告，第二天瓦德西便派車來接她了。根據史料記載，八國聯軍是在八月十五日攻陷北京的，而據瓦德西所寫的《瓦德西拳亂筆記》（王光祈譯）觀之，瓦德西從德國授命出發，遲至十月十七日才到北京，因此北京攻陷後沒幾天，瓦德西還在往中國的海上，何能相見呢？賽金花的說法是不攻自破，一派胡言的。

另外，徐凌霄、徐一士兄弟在《凌霄一士隨筆》中說：「報載賽金花談話，謂克林德之被殺，我國願立碑以紀念之，克妻猶不滿，賴其勸告瓦德西，使向克妻解釋至再，始不復爭。此賽金花與克林德碑之關係也。」賽金花在答覆《申報》記者的訪談說：「李鴻章與各國議和不妥，即因克林德夫人要求太苛，僅僅立一石碑她不答應，我乃從中拉攏，對她說，此碑在中國只有皇帝家能立，平民是不許的。……克林德夫人經我這一說，始慨然允諾。」對此，齊如山提出他的看法，他說：「我相信賽金花沒有見過瓦德西，就是偶爾見過一兩次，她也不敢跟瓦帥談國事，第一她那幾句德國話，就不夠資格，就說她說過，瓦帥有這個權，可以答應這些事情麼？瓦帥確是各國聯軍（也有德海軍陸戰隊）的總司令，但這種總司令，是那一國的官級高，那一位就擔任此職，並非因德國公使被害，而德國的權力較大也，所以由天津往北京攻的時候，總司令是英國人，瓦帥到得很晚，到京約一個月之後，德國陸軍才到，才換他爲總司令，這種總司令，仍不過只管軍事，至一切國事的交涉，仍須由各國公使秉承各本國政府的意旨進行或主持，瓦帥怎能有權答應這種請求呢？在庚子那一年，賽金花是偶爾在人前表功，她倒是沒有說過求瓦帥，她總是說跪著求過克林德夫人，所以夫人才答應了她，她這話，卻沒有對我說過，她也知道，我知道她的底細，我想她沒有見過克林德夫人，我雖不能斷定，但以理推之，卻是如此，因爲她庚子年在北平，不過一個老鴇子的身分，一個公使夫人，怎能接見這樣一個人呢？再說我也常見克林德夫人，總沒碰見過她，……就說，假如賽金花可以求克林德夫人，試問一個公使夫人，有權答應這件事情麼？她丈夫雖然被害，她不過可以要求關於自己的賠償，至於眞正國際的事情，萬非她可以主持。」

一九三六年上海的話劇公演，王瑩飾演的賽金花扮相。

而曾娶李鴻章兒子李經方（按：實爲李鴻章六弟李昭慶之子，後過繼給李鴻章）的女兒李道清爲妻的楊雲史，所作的〈靈飛事蹟〉說李鴻章沒有託賽金花向瓦德西進言的事，他說：「至謂李文忠公躬造娼門求靈飛（賽金花），乃得減賠款兩萬萬，而和約且以成。欲證其說，雖辱宗國誣名賢而弗恤，其陋謬違理多類此。」因爲當時楊雲史和他的父親楊崇伊父子兩人都在李鴻章幕中，楊雲史說：「當庚子七月，文忠奏調先大夫隨辦和議入都在文忠幕，余則爲文忠公長孫婿，父子皆居文忠邸，時侍左右，寧有不知耶。」當可證明。而再退一萬步說，賽金花不能講流利的德語，又怎能在克林德夫人跟前再三解釋立碑為最光榮之事呢？這種解釋之詞，一定要把說詞講得溫和有禮，有條不紊，動聽非常，如此始能打動對方而放棄成見，一般的外交家都還不一定能做到，試問賽金花的德語有此造詣否？

蘇曼殊《焚劍記》裡記述：「庚子之役，（賽金花）與聯軍元帥瓦德斯（西）辦外交，琉璃廠之國粹，賴以保存。……能保護住這個文物地區，不使它遭受搗毀破壞，也應算她作了一樁好事。」林語堂的《京華煙雲》裡也有這樣的話語：「北京總算得救，免除了大規模的殺戮搶劫，秩序逐漸在恢復中，這都有賴於賽金花。」他們的這些說法，難免都受到「傳言」的影響而誇大了賽金花的功勞。其實賽金花的事絕沒有後來文士及詩人所描述的那麼傳奇和誇大。「紅顏禍國」或「紅顏救國」，很多都是文人的想像罷了。「瓦賽情史」也是起諸於小報文人的編造，經小說、詩歌、戲劇、電影的渲染，成了人們津津樂道的話題。而當事者更是順水推舟，捏造誇張所謂口述自傳，於是造成一段讓人信以為真的鐵案，但它終究不過是個「彌天大謊」，這是讀史者不可不辨的。

從外交總長到修道院神父的陸徵祥

他曾經是中國政壇和國際外交舞台上一位顯赫的人物，但到後來卻成了隻身隱居於異國的一名修士。他的前半生毀譽參半，他的後半生功德圓滿。他的人生起伏不可謂不大，他就是陸徵祥。

陸徵祥，字子欣，上海人。生於一八七一年（同治十年）六月十二日。其父陸雲峰（誠安）為「誓反會」傳教員，每晨外出散發傳單，分送《聖經》。因其頗聞西洋之學，他不願獨子陸徵祥考科舉，於是在他十三歲時，便送他進上海廣方言館，習外國語。讀了八年，又送他進同文館，專習法文。在進廣方言館之前，他只進過兩年私塾，讀完一部《四書》和半部《禮記》，因此他的國學根底並不深厚，加上也沒有出洋留學獲得「洋博士」的頭銜。他的外交生涯完全得益於許景澄及楊儒等晚清外交家的言傳身教，是在具體的外交實踐中鍛鍊成長起來的。

一八九〇年（光緒十六年）許景澄（文肅）任駐俄、德、奧、荷四國公使，他呈請總理衙門，調陸徵祥為隨員。於是陸徵祥於一八九二年搭輪船出國，抵俄京聖彼得堡後，初任學習員，旋升四等翻譯；再升三等翻譯，加布政司理問銜，即選縣丞，後升二等翻譯。此後四年陸徵祥一直於許景澄門下「學習外交禮儀，聯絡外交使團，講求公法，研究條約」；許景澄也著意栽培，不僅培養訓練其作為一名外交官的基本技能素質，更注意對其道德人格憂國憂民情懷的陶鑄。馬關之辱後，他曾告誡陸徵祥「你總不可忘記馬關，你日後要恢復失地，洗盡國恥」。許景澄對陸徵祥的影響是深遠的，他總是以許景澄為楷範，亦步亦趨，甚至忘記其本鄉上海話而隨許景澄講嘉興話，因此駐俄使館同仁，稱為「小許」。若干年後，陸徵祥仍然深情地提到「我一生能有今日，都是靠著一位賢良的老師」，對許景澄的感恩之情，溢於言表。

一八九六年冬，許景澄調職，繼任駐俄、奧、荷公使爲楊儒，他奏留陸徵祥，加同知銜，即選知縣；又奏加直隸州知州銜。一九〇二年，胡惟德繼任駐俄公使，亦奏留陸徵祥，加參贊銜，又奏加三品銜，即選知府，旋升二等參贊。一九〇六年，清廷升任陸徵祥爲駐荷公使，離俄去海牙，首設中國使館。當陸徵祥離俄之際，俄皇尼古拉二世破格召見，且派馬車迎送。接見時，俄皇親手贈授勳章，而且俄后也出見，禮遇之隆，實屬罕見。一九一一年，陸徵祥由海牙赴聖彼得堡，爲改訂陸地通商條約專使。抵俄京後，駐俄欽使適被調回北京，陸徵祥遂被任爲駐俄公使。

不久，武昌起義，清室遜位。袁世凱任臨時總統，唐紹儀任內閣總理。陸徵祥也於一九一二年五月，回國擔任中華民國第一任外交總長。從此，他由駐外使節進而掌握外交之樞機。他歷任趙秉均內閣之外交總長、熊希齡內閣之外交總長。袁世凱稱帝時，他以國務卿兼外交總長。一九一七年，任王士珍內閣之外交總長。一九一八年，又任段祺瑞內閣之外交總長、錢能訓內閣之外交總長。一九一九年，他以

許景澄（1845—1900）

原名癸身，字竹篔，一作竹筠。浙江嘉興人。同治七年（一八六八）進士。是清政府中熟悉洋務的少數外交官之一。在十九世紀晚期曾先後聘任駐法、德、義、荷、奧、比六國公使和駐俄、德、奧、荷四國公使。一八九八—一九〇〇年，任總理衙門大臣兼工部左侍郎，又充任京師大學堂總教習。在多次對外交涉中，處處力爭，維護國家權益。卻生不逢時，處於上有昏君、外有暴民的義和團時代，如此優秀的人冒死上書力阻拳亂，最後被慈禧太后斬於菜市口。一九〇一年，迫於中外的巨大壓力，慈禧不得不為他和其他幾位被冤殺的大臣平反。宣統元年（一九〇九），追諡文肅。

外長任首席代表出席巴黎和會。一九二〇年，辭外長職，結束了他的從政生涯。

陸徵祥在外交總長任內的兩件重大事件，一是簽字於日本所提出之「二十一條」；一爲拒絕簽字於巴黎和會。這「簽字」與「拒絕簽字」兩件事情，都造成極大的影響。

一九一四年，第一次世界大戰爆發，日本以英、日同盟（協約國）爲理由，強行派兵接收德國（同盟國）在山東膠州灣的租界地，以及膠濟鐵路沿線地帶，中國政府無力阻止。一九一五年一月十八日，日本乘歐美各國無暇東顧，不顧外交禮儀（條約當經由外交部），由駐華公使日置義直接向中國元首袁世凱提出了「二十一條」要求，包括：（一）關於山東省四項；（二）關於南滿洲及東部內蒙古七項；（三）關於漢冶萍公司二項；（四）關於不割讓沿海事一項；（五）其他希望條件七項。逼迫中國政府承認日本取代德國在華的一切特權，進一步擴大日本在滿蒙的權益，以及承諾聘用日人爲顧問。日本的要求接近等同將中國納入成爲其保護國。日置義公使在將文本交給袁世凱之前，警告袁要絕對保密，若透露出去，將產生嚴重後果。在談話中，公使提到革命黨人「與許多在野的日本人關係密切」，「日本人無法制止這種人在中國興風作浪，除非中國政府給予友好的證明」。並表示大多數日本人「認爲大總統是堅決反日的，大總統的政府與遠方國家親近而與鄰國爲敵。如果大總統接受這些條件，日本人民就會相信大總統對日本是友好的，而日本政府那時也將有可能向大總統提供援助」。日本對袁世凱可說是軟硬兼施、威脅利誘，同時進行。

袁世凱是首任中華民國大總統，並於民國五年（1916）短暫稱帝。

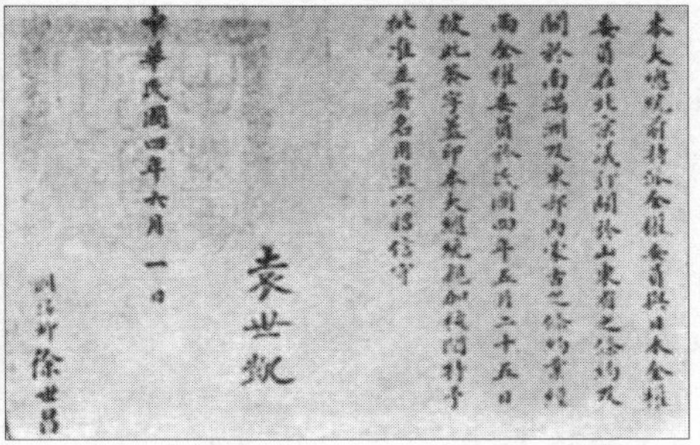

本大總統前特派全權委員與日本全權委員在北京議訂關於山東省之條約及關於南滿洲及東部內蒙古之條約業經兩全權委員於民國四年五月二十五日彼此簽字蓋印本大總統披加復閱特予批准並署名用璽以昭信守

袁世凱

中華民國四年六月一日

國務卿徐世昌

日本對華二十一條要求。

而當時陸徵祥實已退居總統府外交最高顧問，身當其衝者原爲外交總長孫寶琦與次長曹汝霖。然因孫寶琦在日置義公使面遞條約時，即大發議論，袁世凱斥爲荒唐粗率，不足當此重任，乃「臨陣換將」，發表陸徵祥接任外長。當中日雙方在外交大樓開議時，陸徵祥頗能以堅忍之精神、迂迴之戰略，逐條辯護，據理力爭。自二月二日正式開始談判，至四月二十六日，日本提出最後修正案止，歷時八十四天，正式會議二十五次，會外折衝不下二十餘次。四月底，談判完全陷入僵局，日本再次調動軍隊，向中國發出最後通牒。

袁世凱缺乏談判籌碼，只能一面拖延，一面讓其祕書顧維鈞將條款內容對外披露，希望獲得國際輿論支持，以抵抗日方壓力。但當時歐戰正酣，友邦亦無法分心東顧，國際援助無望，內審國勢，又無力捍衛主權，於是只得委曲求全。至五月九日，在日本提出最後通牒脅迫之下，袁世凱及北洋政府乃被迫接受了二十一條要求當中的大部分條款，史稱「五九國恥」。

二十一條簽字後，陸徵祥即坦言：「我簽字即是簽了我的死案，三五年後，一輩青年不明今日苦衷，只說陸徵祥簽了喪權失地的條約，我們要吃他的肉。」果如其然哉？否也。其一：陸徵祥在談判中完全稟承袁世凱的旨意，是在袁世凱所設定的框架內對日進行談判並最終簽字的，他的職業要求他必須服從國家政策、政府意志，糟糕的結果使其成爲歷史無辜的犧牲者。其二：將二十一條最終之結果與日本原提案比，經過艱苦的談判，還是維護爭取了很大的權益的。第五號駁回，第四號也以「商人之產業，政府不能預定」加以駁回。其三：簽字後，陸徵祥以其豐富的歷史及外交閱歷，曾提出「參戰」及「到和會時，再提出，請各國修改」的補救建議。

學者陳恭祿說：「就國際形勢而言，中日強弱懸殊，和戰均不利中國，衡其輕重利害，決定大計，終乃迫而忍辱簽訂條約，何可厚非？」而當時尚在美國留學的胡適也在日記中寫道：「吾因此次對日交涉，可謂知己知彼，既知持重，又能有所不撓，能柔也能剛，此則歷來外交史所未見。」名報人王芸生也評價說：「綜觀二十一條交涉之始末經過，今以事後之明論之，中國方面可謂錯誤甚少。若袁世凱之果決，陸徵祥之磋磨，曹汝霖、陸宗輿之機變，蔡廷幹、顧維鈞等之活動，皆前此歷次對外交涉所少見者。」可說持平之論。

一九一八年，第一次世界大戰結束，中國因緊隨美國加入協約國參戰而成爲戰勝國，並應邀參加巴黎和會。一九一九年一月十八日，舉世矚目的巴黎和會在法國凡爾賽宮隆重開幕。當時中國代表團成員有五個全權代表，其中有擔任團長的外交總長陸徵祥、駐美公使顧維鈞、南方政府代表王正廷、駐英公使施肇基、駐比公使魏宸組。但作爲戰勝國之一的中國，在和會上反而成爲被宰割的對象，中國要求索回德國強占的山東半島的主權，但英、法、義主張將德國的利益轉送給日本，美國提出暫交英、法、義、美、日五國共管，遭到日本拒絕。中國代表團向和會提出兩項提案：取消帝國主義在中國的特權；取消日本強迫中國承認的「二十一條」，收回山東的權益。但提案被否決了。因爲一九一七年參戰命令公布後，段祺瑞即與日本有西原大借款，又訂軍事同盟，且在山東問題之換文中，對於膠濟鐵路之日本提議，中國駐日公使章宗祥於答文內，竟寫有「欣然同意」一語，以致中國代表團在巴黎手腳被縛，當時顧維鈞在和會宣稱：「一九一五年之約（二十一條），爲日本哀的美敦書（**按：即ultimatum，最後通牒之意**）所迫而成，當時爲保全東亞和平，不能不稍隱忍。一九一八年者（山東問題中日換文），亦即根據前約而來。」似亦氣壯詞嚴，卻禁不起美總統威爾遜的一駁。美總統指出：「一九一八年九月，歐戰停戰在即，日本決不能再強迫中國，何以又『欣然同意』與之訂約？」顧氏雖仍有所答覆，但於「欣然同意」則無法加以解釋。以故，我國代表團在巴黎和會之失敗，雖有多種因素，而「欣然同意」一詞，鑄成大錯，亦爲重要原因之一。

出使「巴黎和會」，擔任中國代表團時的陸徵祥。

巴黎和會徹底暴露了帝國主義的猙獰面目，巴黎和會關於山東問題的無理決定，極大地震怒了中國人民，也打破了中國人民對帝國主義的幻想。一九一九年五月四日，北京學生在天安門前集會，吹響了反帝愛國的戰鬥號角，「外爭國權，內懲國賊」、「廢除二十一條」的吼聲傳遍全國，爆發了「五四運動」。火燒趙家樓交通總長曹汝霖住宅，毆傷時適歸國之駐日公使章宗祥，並直指曹汝霖、章宗祥、陸宗輿爲賣國賊，要求政府予以罷免。

面對對德和約應否簽字，一度困擾著陸徵祥等代表團成員。如果簽字，山東恐無收回之日；若不簽字，又擔心會得罪列強，更擔心因此而不能加入國際聯盟。因此陸徵祥去電北京請示，應否簽字。他建議政府：「隱忍簽字，而將山東條款保留。」亦即是在和約內註明中國對山東問題條款不予承認的保留意見，中國才能簽字。無奈國內此時爲學潮所困，總統、總理紛請辭職，幾於中樞無主。五月二十三日，北京政府發來「經熟思審處，第一步應力主保留，以俟後圖。如果保留實難辦到，只能簽字」。五月二十八日，中國代表團召開祕密會議，針對簽字問題：王正廷、顧維鈞、施肇基主張不保留絕不簽字；胡惟德、王廣圻同意簽約。陸徵祥於當天再電北京「請求」政府「立速電示」。六月十三日，錢能訓內閣垮台，總統徐世昌任命財政總長龔心湛代理國務總理，組織看守內閣。又「電飭巴黎各委員，對於和約簽字問題，令其審度情形自酌辦理。」把球又踢回給陸徵祥。顧維鈞回憶說：「這自然把中國代表團團長置於極爲嚴峻的困境。」

學者黃尊嚴指出，與陸徵祥畏首畏尾的心態及「保留簽字」方案遭到內外阻力後的一籌莫展有所不同，顧維鈞態度鮮明地力主拒簽，並採取了極富靈活性的談判策略。那就是：向和會不斷地提出各種最低條件的保留方案，「在力爭保留完全失敗之後拒絕簽字」，以「得到國內外輿論的支持」。因此他認爲顧維鈞才是此次拒簽和約的頭號功臣。顧維鈞在回憶錄中說：「儘管國內輿論明確無疑，使人確信中國理應拒簽，但北京政府和巴黎的陸總長依然感到採取這一步驟責任實在重大，後果難以預料。陸總長本人起初贊同簽約，甚至即使不允保留，可能也會贊同簽字，但由於中國國內以及巴黎形勢的發展，在國內輿論強大壓力下，他最後也同意我的意見，反對簽字了。我至今難以推斷，如果北京最後的訓令是簽字，他是否會俯首遵命。」事實表明，一直猶豫不決的陸徵祥之所以最終同意拒簽，是在輿論的強大壓力下，聽從顧維鈞意見的結果。

一九一九年六月二十八日，和約在巴黎凡爾賽宮中明鏡殿簽字，各國代表均已蒞齊，中國代表卻缺席不到，一面以抗命拒簽，電請政府交付懲戒。詎至七月十日，外交部忽正式發表不簽字命令，陸徵祥一行，遂由原先的抗命轉爲符合命令。於是當中國代表團從巴黎回國時，船到吳淞口，便受熱烈歡迎，岸上立有幾千人，高擎大書「歡迎不簽字代表」的旗子，臨風招展，盛極一時。

這次外交的失敗將陸徵祥所有的夢想摧毀。隨後，他決定退出外交圈，攜愛妻遠渡比利時。陸徵祥的妻子培德．博斐（Berthe Bovy）是比利時人。其祖其父均爲比國將軍，與當時比國駐俄公使洛凱（Loghait）係至戚，培德隨洛凱常住俄京，且常出席各項應酬交際之場合，陸徵祥以善於應酬故，熟知外國交際之禮法，故中國公使必由陸徵祥同去任翻譯，而該時俄皇宮廷中，以陸徵祥風流瀟灑、年少英俊、談吐溫文，都有好感，因此外人皆樂與交接。陸徵祥與培德一見傾心，遂諧燕好。於一八九九年二月十二日結婚於俄京。

陸徵祥任外交總長時，初入內閣，未便攜妻同來。他說：「我掌外交後，先幾個月，未帶內人同來，因我結婚時，許多人反對，許景澄、楊儒兩欽使都不贊成。袁項城一次問我說：『陸夫人為什麼不出門，連拜會總統夫人都不來。』我說：『內人現在已經完全中國化，像中國女子不愛出門。』項城含笑說：『這好極了，今晚總統府宴請英國公使，為他餞行，便請陸夫人來陪英國公使夫人。』我說：『內人一定來。』這是我的內人第一次到來中國赴宴會應酬。後來，項城任命我內人為總統府禮官處『女禮官長』，各國公使夫人，都很滿意。也是中國政府第一位女禮官長。」

在巴黎和會行前陸徵祥向培德夫人表示，要在和會上力爭廢除日本二十一條並收回日本強占山東的主權。但是巴黎和會是列強的「分贓會」，當然是拒絕中國的要求。此際陸徵祥竟對培德夫人的承諾「置諸腦後」，準備在和會上簽字。然而就在簽字當天，巴黎華僑和留學生將中國代表住處團團包圍，阻止陸徵祥代表去簽字，陸因無法走出去，因此最終未在和會上簽字。回國時，陸徵祥受到愛國英雄式的盛大歡迎。後來培德夫人得悉丈夫未能簽字的「真實原委」，心中有一種被丈夫欺騙愚弄的痛楚，她決定離開中國和丈夫，回法國後在巴黎養病，臨終時給陸徵祥寫了一封遺書：「子欣，我的病大概沒有希望了，親愛的，你平生一切都對得住我，只是一件，我認為最不光彩（指簽訂「二十一條」一事）；你這件事，不僅對不起我，也對不起你的國家，並且對不起上帝。我死了之後，你最好趕快到比國從前我學習的教堂裡去服務，也許能得到上帝的赦免，還可望到天國去。子欣，永別了！」

陸徵祥趕到巴黎，未能和妻子見最後一面；看到遺書後痛哭，絕食三日。他遵照妻子遺言，一九二七年十月四日，陸徵祥在比利時布魯日的聖安德魯修道院正式出家，成為了一名修道士，皈依基督教，從此不問政治。很多人對這位年近六十的人還來當普通修士感到不解。陸徵祥說：「說實話，我並沒有追求什麼，也沒有求光明，也沒有求幸福，我僅僅勉力盡我之職。……我一生僅在這時，追求了一件東西，我求一退省時機。我開始祈禱，我有意尋路走入仁慈天主的宅中。我尋路時，緊緊記著許文肅公的遺教：『當靠自己，勿靠旁人。』同時也記著先父『靠天』的遺訓。我那時既無父、又無師、又無妻。我只有一心靠天主，一心靠自己。仁慈的天主引我前進，我進了修會的生活中。」

這時候的陸徵祥生活貧苦。有一次，國民政府駐日內瓦國聯代表顏惠慶專程去拜訪這位老上司，但一見之下卻大吃一驚，原來，陸徵祥一臉營養不良的樣子，簡直和街上窮困潦倒的老人沒有區別。顏惠慶馬上拿出錢送給陸徵祥，但被婉言相拒，陸徵祥稱自己立誓安貧從教，如收錢也將交給院長。

成爲修道士後，陸徵祥一直在爲簽署「二十一條」之舉而懺悔，在他一九三七年給好友劉符誠的信，就說：「……以自身的經歷，此筆貽誤國事之大帳，早晚總要清算。貽誤國事，前清老臣既不能辭其咎，民國要人復不克卸其責，全國民衆終不能完全委諸領袖人物之肩背上，而不自認其貪懶自棄之一部分的責任。値此清算總帳之日，尙有不覺悟之輩，背國助敵，爲虎作倀者，尙何言哉！尙何言哉！小兄於此筆大帳上欠負不輕，於前清帳上、民國帳上、國民分子帳上，都有重大的欠缺。既承竹賓先師之訓練指導，復許先室以殘身獻事上主，借以作補贖工夫，減輕我一身對世界、對祖國、對民衆之罪惡帳目，迄今思之，實出上主寵召之恩。小兄目蒿時艱，更感主恩於無窮期矣！惟此筆血帳何日算清結束，尙難逆料，惟主命是聽耳。」

一九三七年日本發動全面侵華戰爭後，陸徵祥雖已遠離國內戰場，但他並未置身事外，他以基督徒的身分，積極向外界宣傳中國的抗戰。一九三九年初南京主教于斌到比利時拜訪他，商議由他主編《益世報海外通訊》，介紹中國抗戰的情況，呼籲歐洲各國人民支援中國的抗戰。他在以「木蘭」爲筆名的文章中寫道：「我們中國正在爲捍衛世界的文明而戰……爲了那些慘死於日軍屠刀下的無辜中國百姓，請別買日本商品，因爲你們所付出的這些錢很快會被日本人變成槍炮來殺戮中國的婦女、兒童和老人。」

一九四五年八月，兩名專程從中國趕到比利時的名記者陸鏗和毛樹清採訪了陸徵祥。他們看到一位頭上有兩條受戒的線、鬢髮略現斑白，扁嘴，彎腰，年已七十三歲的老人，金絲眼鏡，全身黑色道服迎了出來的陸徵祥。他一方面對於曾替袁世凱簽署「二十一條」向中國人表示懺悔，他不無感慨地說：「三十年來我一直爲此深深負疚，因此，從不願和人提起這件事。即使被問到，我也禮貌地拒絕回答。二位先生不遠萬里而來探候，無以爲報，乃簡述往事。總歸一句話，弱國無外交。」另一方面他又對中國取得抗戰的勝利異常興奮，感慨終於「在有生之年得見國家一雪前恥」。陸鏗在他的回憶錄中說，陸徵祥談到過往十七年的修道生活，很興奮，他說：「我是一個錢沒有，而在這裡舒適地生活了十七年。修道院裡，不但有裁縫、木匠，而且五畜俱全。最初進院時，還有些小工廠。我越過越健康。做官三十七年，最後兩袖清風。二十一條簽訂後，本來曾以外交總長立場，建議袁世凱准設養老金制度。不久袁世凱下台，建議也落空了。」陸鏗說老人幽默地告訴他們說：「幸虧找到這條路，否則恐怕早餓死了！」

一九四九年一月初，陸徵祥走到了自己的生命盡頭，此時他仍然掛念著戰亂中的祖國，當修道院長到醫院看望他時，病危的陸徵祥用力說出了「整個地爲中國，整個地！整個地！」。一月十五日，中國現代史上唯一的一位「修道士總理」病逝，終年七十八歲。

據《中國時報》駐倫敦特派員江靜玲二〇〇六年的採訪報導說，陸徵祥在聖安德魯修道院裡待了二十二年，始終謹守會規，辭世後簡單地與其他修士合葬一處。當年曾經跟隨過他的年輕修士們，如今都已是八旬老人了。在修道院圖書館侍奉的巴克特神父回憶，陸徵祥是個平和慈祥的長者，由於「陸」與當地語言「狼」諧音，所以他們管稱陸徵祥「老狼」。修道院裡有一個存放陸徵祥照片資料的小房間。巴克特神父指著其中陸徵祥穿著修士服的一張照片說：「他眞的是從基層修煉起，看，他的修士服前襟只有那麼短。」巴克特神父表示，修士服的前襟愈長愈表資深。小房間書桌一角，壓了一張巴黎和會座次表。詢問後來在比屬剛果服侍三十年的巴克特神父，是否知道「老狼」入修院前的事蹟，巴克特神父想了一下說：「一個非常特別的中國人，不會再有這樣的人和例子了。」

林紓的幕後英雄——魏易

林紓（琴南）被胡適和鄭振鐸稱爲「是介紹西洋近世文學的第一人」，開始了中國「翻譯世界的文學作品的風氣」。「林譯小說」影響後來許許多多的現代作家，包括魯迅及周作人兩兄弟。當時他們在日本留學，只要林紓的譯作一出，他們便從書店買回，看完後還拿到訂書店去改裝成硬紙板書面、青灰洋布書脊的精裝書，以便於收藏。郭沫若也說他少年時最嗜好的讀物便是「林譯小說」。錢鍾書也從小就嗜讀「林譯小說」，他回憶說：「林紓的翻譯所起的『媒』的作用，已經是文學史上公認的事實……我自己就是讀了他的翻譯而增加學習外國語文的興趣的。商務印書館發行的那兩小箱《林譯小說叢書》是我十一、二歲時的大發現，帶領我進了一個新天地，一個在《水滸》、《西遊記》、《聊齋誌異》以外另闢的世界。」

然而林紓的翻譯小說，其實並非有意爲之，而是純屬偶然。那是一八九七年林紓中年喪偶，終日多愁寡歡，於是到福建馬江作客散心，有一天，有人把剛從法國歸來的王壽昌和魏瀚二人介紹給他，王、魏兩人在法國讀過小仲馬的《茶花女》，對這部小說交口稱讚，他們勸林紓把它「翻譯」出來，林紓接受了他們的建議。他們合作的方式是：先由王壽昌字字落實地說出法文小說原著的意思，林紓則在一邊握著他的毛筆迅速地用漢語把它編成文章，林紓這時用的是帶有桐城派風格的古文！據回憶，林紓在譯《茶花女》時，因他的夫人去世不久，所以每譯到傷感處，林、王兩人竟會相對大哭，聲音一直傳到門外，弄得鄰居不知道裡面發生了什麼事。

《巴黎茶花女遺事》於一八九九年出版後，大受歡迎，一時洛陽紙貴，風行大江南北，人們稱之爲「外國《紅樓夢》」。當時著名的翻譯家嚴復曾有詩曰：「可憐一卷《茶花女》，斷盡支那蕩子情。」林紓因此受到鼓舞，從此一發不可收，開始了他的「翻譯」生涯。

林紓從一八九七年翻譯《茶花女》開始，終其一生，所譯作品原著者清楚的有一百八十一種（有二十二種生前未刊），其中英國作家六十二名，作品一百零六種（未刊五種）；法國作家二十名，作品二十九種（未刊五種）；美國作家十五名，作品二十六種（未刊十種）；俄國作家三名，作品十三種（未刊二種）；希臘、德國、日本、比利時、瑞士、挪威、西班牙各國均作家一名，作品一種。上述翻譯作品中除少量社會科學著作、人物傳記、戲劇、雜說、寓言外，基本上都是小說，且多數是長篇小說。林紓向國人介紹的國外著名作家有莎士比亞、狄更斯、司各特、笛佛、歐文、雨果、大仲馬、小仲馬、巴爾扎克、易卜生、賽凡提斯、托爾斯泰、孟德斯鳩、哈葛德等。世界文壇上著名的《老古玩店》（林譯爲《孝女耐兒傳》）、《艾凡赫》（林譯爲《撒克遜劫後英雄略》）、《大衛·考伯菲爾》（林譯爲《塊肉

林紓（1852—1924）

字琴南，號畏廬，別署冷紅生，福建閩縣（福州）人，古文家，翻譯家。光緒八年舉人。歷任家鄉蒼霞精舍、杭州東城講舍、京師金台書院、京師大學堂等院校教席。一九一四年任北京《平報》總編。一九一九年在《新申報》發表小說〈荊生〉，反對推廣白話文。林紓不諳外語，不能讀外國原著，後來他與王壽昌、魏易、王慶驥、王慶通等人合作，翻譯外國小說，一生著譯甚豐，共譯小說超過二百一十三部。翻譯小說最多的是英國哈葛德的作品，其他還包括有莎士比亞、笛福、斯威夫特、蘭姆、史蒂文森、狄更斯、司各特、柯南·道爾、歐文、雨果、大仲馬、小仲馬、巴爾扎克、伊索、易卜生、托爾斯泰等名家的作品。稿酬如潮，他的好友陳衍（石遺）戲稱他的書房是「造幣廠」。

餘生述》）、《董貝父子》（林譯爲《冰雪因緣》）、《九三年》（林譯爲《雙雄義死錄》）、《堂詰訶德》（林譯爲《魔俠傳》）、《湯姆叔叔的小屋》（林譯爲《黑奴籲天錄》）以及《魯濱遜漂流記》、《茶花女》等都有林紓的中譯本，而且絕大部分都是最早的中譯本。

這樣一位名滿天下的翻譯家，但是說出來簡直令人難以置信：林紓本人竟不懂外文！一位不懂外文的翻譯家！他的翻譯方法是請一位懂得西文的人口譯，然後由自己「耳受口追」，用略帶桐城派風格的文言文筆述成篇。這種翻譯方法在中國古代佛典和明清之際的「格致之書」中已經出現，因此林紓式的對譯在世紀初並未遭到人們的反對。據目前所知與林紓合作的「口譯者」除王壽昌、魏易外，還有曾宗鞏、陳家麟、力樹萱、王慶通、王慶驥、毛文鐘、李世中、嚴璩、嚴潛、林騶、陳器、林凱、胡朝梁、廖秀昆、葉于沅、魏瀚、蔡璐、樂賢共二十人。其中參與小說翻譯的有十八人，而合作作品較多的有魏易、曾宗鞏、陳家麟、李世中等人。林紓晚年曾說過：

林紓畫像

「今已老，無他長，但隨吾友魏生易、曾生宗鞏、陳生杜蘅（家麟）、李生世中之後，聽其朗誦西文，譯爲華語。畏廬則走筆之。」

王壽昌是林譯第一部小說《巴黎茶花女遺事》的「口譯者」，如果沒有他，林紓未必能走上翻譯之路，雖然他們只合作一部作品，但卻占有極爲重要的地位。其後與林紓合作最多的是陳家麟；而魏易與林紓合譯的歐美作品達五十餘種，數量僅次於陳家麟，而「林譯小說」中諸多優秀之作，皆出其口譯。

魏易（一八八〇—一九三〇）字沖叔，其先祖為唐代魏徵之後，世居河南，於宋代隨同高宗南遷，曾獲賜御書「讀書人家」匾額。魏氏歷遷浙江餘姚、寧波，其後乃遷杭州。蘆溪公為魏氏遷杭始祖，在仁和縣經營米業，以勤儉起家，至今杭州武林門外尚有「米市巷」之稱。數傳至祖父魏笏，經洪楊之亂，損失慘重，家道因此中落。父魏灝，以功名獲四川重慶道道台，不幸於攜眷赴任途中遇風覆舟殞命。遺三孤子：伸吾十四歲，簡侯十二歲，沖叔十歲。當時母親已先逝，賴母親陪嫁使女率領孤兒扶柩返杭，生活艱苦。使女目睹三位孤兒孤苦無依，拒絕離去，獨立承擔撫養之責。魏易初受舊式教育，出身書香門第，深受翰墨，中文造詣甚佳，十六、七歲時，聽見上海梵王渡學院（即聖約翰大學前身）不收學費，就決定去就讀。三年後，他大學畢業回到杭州，得遇林紓，兩人合作翻譯《黑奴籲天錄》。

《黑奴籲天錄》（*Uncle Tom's Cabin*，原名《湯姆叔叔的小屋》）是美國女作家斯陀（Harriet Beecher Stowe）所著一部流傳甚廣的反奴隸制小說。對於翻譯此書，魏易這麼說：「近得美儒斯土活氏所著《黑奴籲天錄》，反覆披玩，不啻暮鼓晨鐘。以告閩縣林先生琴南，先生博學能文，許同任翻譯之事。易之書塾，與先生相距咫尺，於是日就先生討論。易口述，先生筆譯，酷暑不少間斷，閱月而書竣，遂付剞劂，以示吾支那同族之人。」這書費時六十六天，在杭州求是書院內譯成。林紓曾一再表示其翻譯此書之目的：「余與魏同譯是書，非巧於敘悲以博閱者無端之眼淚，特爲奴之勢逼及吾種，不能不爲大衆一號。」可見林紓是想藉此來喚醒當時中國人民的愛國熱情，激勵中國人民反抗帝國主義列強，拯救中國於「國將不國」之境。因此它不同於原著的寫作目的，這決定了林紓與魏易不可能字字對譯，它必然要刪減、增添、改寫來達到他們的翻譯目的。

《黑奴籲天錄》出版後，其影響力不亞於《巴黎茶花女遺事》。日本的中國留學生於一九〇六年成立了名爲「春柳社」的話劇團，就將《黑奴籲天錄》改編爲一齣五幕話劇，一九〇七年在東京上演。一九〇八年，「春陽」話劇團將其在上海上演。此外，譯本還被改編爲詩歌、繪畫等等。正如原著被認爲是改變世界歷史的十六部作品之一，《黑奴籲天錄》也被認爲是改變中國近代社會的一百種譯作之一。

一九〇二年，嚴復主持京師大學堂中譯書館，聘請林紓、魏易到館中爲譯員，翻譯法國歷史《布匿第二次戰紀》和《拿破崙本紀》二書。同時魏易也擔任京師大學堂的英文教習。一九〇三年，張元濟主持商務印書館編譯所，擬出版翻譯小說叢書，以每千字銀圓六元的高酬向林紓索稿。自一九〇四年起，林紓、魏易專爲商務印書館譯小說。譯有狄更斯（Charles Dickens）著作五種——《滑稽外史》（*Nicholas Nickleby*）、《孝女耐兒傳》（*The Old Curiosity Shop*）、《冰雪因緣》（*Dombey and Son*）、《賊史》（*Oliver Twist*）、《塊肉餘生述》（*David*

Copperfield），司各特（*Walter Scott*）著作三種——《撒克遜劫後英雄略》（*Ivanhoe*）、《十字軍英雄記》（*The Talisman*）、《劍底鴛鴦》（*The Betrothed*），歐文著作三種、柯南．道爾著作七種、哈葛德著作七種、其他著作十五種。

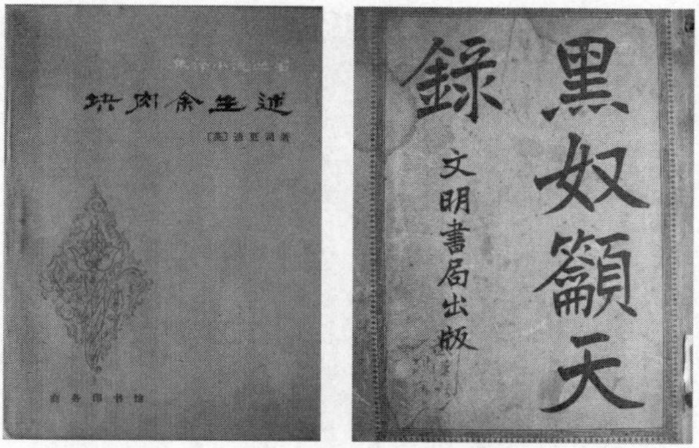

林紓、魏易合譯小說《塊肉餘生述》及《黑奴籲天錄》書影。

因爲林紓「不審西文」，所以選什麼書來翻譯，是由魏易來負責，能夠選譯這些文學精品，也不能不佩服魏易的眼光。像狄更斯的《塊肉餘生述》，林紓自認爲：「近年譯書四十餘種，此爲第一，幸海內嗜痂諸君子留意焉。」而哈葛德的《迦因小傳》，原有楊紫麟和包天笑的譯本，但未能譯全，也是魏易的建議，林紓才重譯此書。

按照當今學院派翻譯家的看法，林紓與魏易的翻譯不無可議之處。有些批評家早已指出，所有的「林譯小說」都有訛譯、錯譯或大段刪節的地方。錢鍾書在〈林紓的翻譯〉一文中也曾指出，林紓不但喜歡刪削原文，有時還忍不住插嘴，將自己的意思或評語加進去。這時魏易常常會加以制止，我們看到魏易的女兒魏惟儀在〈我的父親——魏易〉一文中說：「林先生不太了解譯書必須忠於原文，不可隨意竄改，往往要把自己的意思加進去，自然不免有時會與父親發生爭執；結果林先生總是順從了父親的意見，僅將自己的想法寫在眉批裡。」這也是我們現在看到的書中林紓冠以「外史氏曰」的按語，是由於魏易監督的結果。

錢鍾書在指出林紓的缺點外，他說後來他重溫了大部分的林譯，發現許多都值得重讀。林紓對原作除了煩刪外，還有增補的作用，功力甚至勝過原作的弱筆或敗筆，得出「寧可讀林紓的譯本，不樂意讀哈葛德的原文」的結論。而名翻譯家高克毅更說「拿魏、林譯本來跟*Nicholas Nickleby*原書對照，我發現許多地方譯文流暢，簡潔而傳神，難怪英國翻譯大家韋理（Arthur Waley）要說林紓譯狄更斯的文字有去蕪存菁之妙。」

魏易在一九〇九年後，放棄教師及翻譯的工作，轉入仕途，擔任大清銀行的正監督祕書，因此停止和林紓的合作。辛亥革命以後，他與北洋政府中首腦人物關係密切，蒙熊希齡先生賞識，在熊希齡組閣時，曾任祕書長，同時兼順直水利委員會主任委員多年。熊閣結束後，魏易棄官從商，改任開灤煤礦公司總經理。一九三〇年死於咯血之症，年僅五十。

魏易在和林紓的長時間合作中，也提高了自己的文學修養。一九一三年他自己獨譯了狄更斯的《二城故事》（即《雙城記》），此外還有法國作家勒東路易的《冰櫱餘生記》、大仲馬的《蘇后瑪麗慘史》和歷史學名著《元代客卿馬哥波羅遊記》，都是在與林紓分手後譯出的。

魏惟儀（前駐美大使沈劍虹的夫人）說：「最使我們這些子女慚愧的是，由於八年抗戰顛沛流

魏易及其夫人

離，把父親的書全部散失，他的書多半是由商務印書館出版。戰後我們曾去購買，但發現該館在閘北所藏舊書已全燬於戰火，父親的書於是成了絕版。三兒景蒙在世時曾到處託人搜尋只覓得數本。在這兒我要向高克毅先生致謝，他曾爲我們尋得《孝女耐兒傳》，並影印後寄與三兒。」不幸的是魏景蒙於一九八二年去世，高克毅在文中說：「可喜的是，這項任務現在有惟儀接過來積極推動。她和劍虹兒曾去中央圖書館請求協助。隨後由該館出版品交換處代爲函詢，獲悉美國哈佛燕京圖書館藏書內，竟有林魏合譯小說十八種；他如哥倫比亞、密西根、柏克萊加大等東亞圖書館，也各有兩三種不同的；現已用中央圖書館名義，請各該館代爲製作縮影本。在此同時，我又從私家藏書借得兩部狄更斯小說的中譯本：《滑稽外史》和《冰雪因緣》。惟儀影印二書後來信告知，等各圖書館的縮影到手，再加上其他可靠的來源，這項進行多年的獵書記，僅差五種，就可以圓滿結束了。」據筆者調閱中央圖書館（現改名爲國家圖書館）的館藏目錄，尚未尋獲的只剩四本是：魏、林合譯的《埃司蘭情俠傳》、《花因》、《藕孔避兵錄》和魏易獨譯的《冰蘗餘生記》。魏、林的譯本終於在其子女的尋訪中，重回國人的眼前，這不能不說是不幸中的大幸了。

紅顏未必禍國

——也談「趙四風流朱五狂」的朱湄筠

一九三一年「九一八」事變，日軍很輕易地占領了我東北。當時張學良執行南京政府的不抵抗政策，事變之時，張學良在北平養病，日本新聞通訊社就利用這個機會，製造「九一八之夜，張學良正在北京飯店和影星胡蝶跳舞」的新聞。於是有不少報紙就根據這新聞繪聲繪影地大加渲染，還有人根據它來編劇本、寫新舊體詩。其中最爲傳頌一時的是著名學者、大教育家馬君武仿唐李商隱「北齊體」於十一月二十日在上海《時事新報》上發表的感時之作〈哀瀋陽〉二首，詩云：

其一：

趙四風流朱五狂，翩翩胡蝶正當行。
溫柔鄉是英雄塚，那管東師入瀋陽。

其二：

告急軍書夜半來，開場弦管又相催。
瀋陽已陷休回顧，更抱佳人舞幾回。

李商隱的〈北齊〉二首是詠史之作，諷刺北齊後主高緯寵幸馮淑妃而亡國。馬君武對〈哀瀋陽〉二首甚爲得意，說這些佳句足以和吳梅村（偉業）痛譴吳三桂的〈圓圓曲〉相媲美。詩誠然是好詩，但所言卻非事實。馬君武顯係根據報紙所載，摭拾浮言，輕率譏評人物。陳定山在《春申舊聞》書中就說：「九一八事變，東北五省一夕失守，報紙喧騰，謂張學良與胡蝶共舞。其實胡蝶於時已戀有聲（按：潘有聲），事變之夕，胡蝶並未離開上海，此與一二八事變，謠言陸小曼與王賡者，事出一轍。美人禍水，常被後人歪曲描畫，點綴歷史。其實：『吳亡何預西施事，一舸鴟夷浪費猜。』千古沉冤，正恨無人洗刷耳。」

根據文如（高伯雨）發表在一九七五年香港《春秋雜誌》四四三期的說法，他說「九一八事變後第三年我移居北平，從許多政界朋友口中，知道九一八事變的時候，張學良還在協和醫院養病，他的體力還不能夠支持他『舞幾回』。」文如的說法是，一九三一年五月五日，「國民會議」在南京開會，張學良於四月三十日到南京出席，五月十三日會後，宋子文請張學良遊玄武湖，其時風雨迷濛，湖船來往於櫻桃垂柳之間，風景絕佳。宋張二人有說有笑，很是高興。張學良隨手摘了一簇掠船而過的櫻桃，吃了幾個。大概是櫻桃帶有細菌，張吃了之後即生病。大會是五月十七日閉幕的，張學良因爲要坐鎮華北，未便久離，在大會未閉幕前即先行北返，五月十八日便在北平病倒了。病勢來得很凶猛，經醫生診治，認爲是嚴重的傷寒症，立即移住協和醫院，進行治療。這一病就病了差不多三個月才脫離險境，到九月初旬，

胡蝶與潘有聲結婚照。

他已經可以出來略事應酬了，但還要住在醫院休養。「九一八」那一晚，張學良在他的私邸設宴款待宋哲元等人，據說這個宴會頗重要，故張不能不親自出席。罷宴後，張學良偕夫人于鳳至及趙四小姐，又請一班客人在前門外中和戲院觀看梅蘭芳的《宇宙鋒》。這事後來也得梅大師的證實。不過，張只坐了一會，就先離席而退，回協和醫院休息了。大約是久病之後，體力未充足，不能久事應酬之故。張學良睡去很久之後，瀋陽方面有電話向他報告日軍進攻北大營的消息。這大概是馬君武詩中「告急軍書夜半來」的由來。張學良接通東北邊防軍司令長官公署參謀長榮臻電話，瞭解詳情；著左右終宵與南京當局電話聯繫並親自通話，請示如何應變；迅即召來顧問端納，讓他通知歐美各國駐北平新聞記者，夤夜通報日寇攻占瀋陽的消息……「是夜，張學良庶幾沒有休息。待記者招待會畢，他才回到病房稍睡些許時間。」（湯紀濤：〈張學良二三事〉）

而胡蝶在她的回憶錄中說：「世間荒唐的事情還眞不少，瀋陽事件發生的時候，我那時還跟明星公司攝影隊一起逗留在天津，沒有踏入北平一步……後來爲拍《自由之花》到北平時，已是『九一八』事變約一周，未料此行會引起一段莫須有公案。」「在北平期間因爲三部影片（按：《自由之花》、《落霞孤鶩》和《啼笑因緣》）同時開拍，生活極其緊張。同時，張石川爲防大家散漫，影響拍攝進度，訂下了嚴格的生活紀律，所以空閒時間不多，即或有些大的應酬，都是集體行動的。我和張學良不僅那時素未謀面，以後也從未見過面，眞可謂素昧平生。」而據王益知的《張學良外紀》書中說：「至於胡蝶來京攝《啼笑因緣》外景，是在『九一八』後幾天，胡

王益知著《張學良外紀》書影。

住在香廠東方飯店，是三層樓的建築，樓下只有兩個大房間，裝有浴池，設備簡單，並無舞廳，更不是適當的交際場所。」王益知晚年在《亦報》所寫的《張學良外紀》，可信度極高，因作者跟張學良多所接觸故也。一九二七年，錢芥塵替張作霖在瀋陽創辦了《新民晚報》（與上海的《新民晚報》無關），但因他正在上海忙著主編《上海畫報》，所以具體的編輯事務，便是委託《晶報》的王益知負責的。

明星公司的劇組在北平忙碌了一個多月。在離京前，梅蘭芳在家中宴請了洪深、張石川、胡蝶等二十餘位攝製人員，對於外界的傳言，席間，梅大師曾言：「九一八」那天晚上，張學良在戲院看我的演出。而胡蝶他們對此言並未在意，可能是忙昏了頭，對外界的事竟一無所知。十一月下旬他們回到上海，胡蝶到家時頓時發現氣氛不對，父親把一摞報紙摔過來：「你在北平幹什麼事我們不知道呀，你自己看看吧！」胡蝶看到那些報紙上的大字標題是：「紅顏禍國」、「不愛江山愛美人」、「東三省就是這樣丟掉的」，再看內容，不由大呼：「這根本不是事實，全是造謠！」明星影片公司為此於一九三一年十一月二十一日在上海《申報》以胡蝶的名義刊登闢謠啓事：「蝶亦國民一分子也，雖尚未能以頸血濺仇人，豈能於國難當前之時，與負守土之責者相與跳舞耶？『商女不知亡國恨』，真是狗彘不如者矣。」導演張石川及演職員洪深、鄭小秋、夏佩

朱啓鈐與他的兩位夫人及五個女兒。

朱湄筠

玲、龔稼農等，也登啓事並刊報端，爲其作證。

「趙四風流朱五狂，翩翩胡蝶正當行。」趙四小姐趙一荻，電影皇后胡蝶，一爲張學良的紅粉知己，一爲影壇風雲人物，至今仍爲人津津樂道，那麼另一位與她們並列的朱五又是誰呢？她就是朱啓鈐的五小姐朱湄筠。朱啓鈐又是何許人也？

朱啓鈐（一八七二—一九六四）字桂辛，晚年號蠖公。中國政治家、實業家、古建築學家。祖籍貴州紫江（今開陽縣），生於河南信陽。其姨夫是軍機大臣瞿鴻禨。拜徐世昌爲義父。光緒舉人。曾任清末京師大學堂譯學館監督、北京外城警察廳長、內城警察總督、蒙古事務督辦。民國時期歷任京浦鐵路督辦、交通總長、內務部長、代理國務總理。一九一四年主持創建中國第一個公園：北平中央公園（今北京中山公園），創建中國第一所博物館——故宮古物陳列所（後併入故宮博物院）。一九一五年底任袁世凱稱帝大典籌備處處長，主持拆正陽門甕城。一九一六年帝制失敗後隱居在天津英租界。一九一七年參與經營中興煤礦股份有限公司和中興輪船公司。一九一八年任安福國會參議院副院長，發起國人開發北戴河等工程。一九一九年南北議和失敗後，朱啓鈐憤而辭去北方議和總代表的職務，蝸居京門，從此再沒有踏入政壇。他致力於社會公益活動以及對古建築的研究。一九三〇年創辦研究我國古代建築的學術機構——中國營造學社；同年被張學良委任為北平市長（未就任）。一九六二年被國務院總理周恩來接見。一九六四年二月二十六日病逝於北京，享年九十三歲。

曾被稱爲「洪憲餘孽」的朱啓鈐，他的一生頗富傳奇性，早年從政，中歲後忽附和袁世凱稱帝，爲其策劃帝制，收場被通緝，後來獲准特赦重返北京，又在政海中游泳片刻，此後眞的「遯跡山林」，潛修學問。胡適在一九二三年八月五日的日記中說：「在君（按：丁文江）邀我吃飯，請的客都是曾捐錢給地質調查所圖書館的人，有朱啓鈐、劉厚生、李士偉……等，共十三人。這是我第一次見著朱啓鈐。此人自是一個能幹的人；聽他的話，竟不覺得他是一個不讀書的人。他是近十年內的第一個能吏，勤於所事；現在他辦中興公司，每日按時到辦公室，從不誤事。交通系的重要分子，以天資的聰明論，自然要推葉恭綽；以辦事的眞才論，沒有可以比朱啓鈐的。」朱啓鈐著有《李仲明營造法式》、《蠖園文存》、《存素堂絲繡錄》、《女紅傳徵略》、《絲繡筆記》、《芋香錄詩》、《清內府刻絲書畫考》、《清內府刺繡書畫考》、《漆書》等書。從北洋政要到著名學者，朱啓鈐見證了百年波詭雲譎的歷史。

朱啓鈐的次子朱海北說：「我父與張作霖在清朝末年曾有一段交往。那是光緒三十二年（按：當爲光緒三十四年，西元一九〇八年），徐世昌任東三省總督時，先父襄贊政務並任蒙務局都辦。徐世昌任命張作霖爲五路巡防營前路統領，駐紮洮南府。先父幾次視察政情至洮南，由瀋陽出法庫，經濟爾沁左翼後旗。通遼，再經科右翼後旗、扎賚特旗，至黑龍江省，經杜爾伯特旗至哈爾濱……一路都由張作霖派人警戒護送。所以對張學良來說，我們兩家是兩代世交。他把先父尊爲父執前輩。」

朱啓鈐與元配夫人陳光璣、繼室夫人于寶珊共育有二子十女：陳夫人生長子朱沛（一八九〇生）、長女湘筠（一八九四生）；于夫人生次女淇筠（一八九八生）、三女淞筠（一八九九生）、四女津筠（一九〇四生）、五女湄筠（一九〇七生）、次子朱海北（一九〇九生）、六女洛筠（一九一一生）、七女浦筠（一九一二生）、八女沚筠（一九一四生）、九女汀筠（一九一五生）、十女浣筠（一九一六生）。其中沚筠四、五歲時死於猩紅熱，而浦筠於十七歲時死於腦膜炎。

除了七女及八女早故外，朱啓鈐的八個女兒都嫁給顯赫的人物，長女湘筠於一九一四年嫁給宛平的孟某，似係北京著名綢緞莊瑞蚨祥的小老闆。二女淇筠於一九一三年嫁書法家章梫（章一山）之子章以吳（周恩來天津南開中學同學），生子章文晉爲外交家。三女淞筠於一九一五年嫁給陳清文。四女津筠於一九二五年嫁張學良的副官吳敬安。五女湄筠於一九三〇年嫁張學良的機要祕書朱光沐。六女洛筠於一九三四年與張學良之弟張學銘在德國結婚。九女汀筠於一九三五年嫁黑龍江三省督軍兼省長吳俊升的兒子吳泰勳（一名吳幼權）。一九四八年，中航機空中霸王號由上海飛香港，到香港上空，撞毀，乘客三十餘人皆死，朱汀筠在其中亦無法倖免。十女浣筠嫁蔣介石保健醫官盧致德，一九四九年跟隨到台灣。盧致德曾任台灣榮民總醫院院長。

由於朱啓鈐遊歷過歐美，思想較新，從不限制子女的社交活動，因此他家小姐們活躍於交際場合，在社會上頗有名望。其中朱三和朱五在民國初年可說是名噪京華，八方傾倒！據傳，民國某日，上海進步黨人之輿論機關《時報》便發表一首竹枝詞諷刺當時內務總長朱啓鈐的女兒，詩曰：

欲把東亞變西歐，到處聞人說自由。

一輛汽車燈市口，朱三小姐出風頭。

當時私人擁有汽車的可說是寥若晨星，但朱家已有了汽車和畫舫，難怪要引人注目了。至於「燈市口」，說的是那裡有個某會堂，是中外仕女舉辦舞會的中心。至於朱五小姐湄筠，出名則因馬君武的那首〈哀瀋陽〉。其實張學良跟她沒有任何曖昧關係，偏偏被馬君武的詩扯到了一起，讓他們倆都大呼冤枉。張學良晚年接受唐德剛採訪時說：「我最恨馬君武的那句詩了，就是『趙四風流朱五狂』……她（朱五）小的時候，我就認得她，我同她的姊姊是朋友，僅僅是一般的朋友關係。她的四姊還嫁給了我的一位副官。這首詩我最恨了，我跟她不僅沒有任何關係，我都沒跟她開過一句玩笑！」少帥一生風流，女朋友不少，對此也從不諱言，偏偏被人把這個一句玩笑也沒開過的朱五小姐扯到一起，讓他大呼冤枉。

朱家和張學良家是世交，往來密切，彼此之間也頗有淵源。朱海北就回憶說：「一九二四年夏天，張學良來到北戴河。當時正在醞釀第二次直奉大戰，張學良將軍花費重金在法國購進水上飛機，由秦皇島來北戴河海濱進行試飛。當時他自兼航空署督辦，同來的有航空署副署長馮庸、原南苑航空學校教育長姚錫九、少校飛行駕駛員吳敬安、少校祕書朱光沐、飛行員衣里布（蒙族）、法籍教官布雷等人。張學良到海濱後立即來拜訪先父，還熱情邀請我們全家到海邊觀看飛行。我們如約去了，臨時他又提出請我們乘坐他的飛機作空中遊覽。我四姊津筠勇敢地上了飛機。我剛登上舷梯，被母親一把拉住，因爲老人家覺得這是冒險的行動。午間，我父親設便宴招待學良將軍一行。」

一九二八年的趙一荻。

朱海北又說：「張學良將軍在天津有一座豪華的公館，院子裡建有網球場，樓上設有台球房，庭園寬敞，和我家的天津寓所是隔壁近鄰。二次直奉大戰，奉系取得勝利，天津又是東北軍的勢力範圍，張學良經常駐節津門。每次他回到天津的公館必邀請我哥哥、姊姊和另外幾家門第相當的世交好友去打球跳舞。……張學良身邊的得力僚屬都是頗有才華而又倜儻風流、事業心很強的青年。在頻繁的交往中，彼此增進了感情，在張學良將軍和馮庸的撮合下，我四姊津筠與吳敬安於一九二五年結了婚。後來五姊湄筠又嫁了朱光沐。而張學良與趙四小姐（趙一荻），也是在這個時期，通過和她的哥哥趙燕生及其二姊、三姊與我們一起交往而相識的。趙四小姐的父親趙慶華是我父親的老部下、老朋友，先父任交通部總長時他在部任司長，後來葉恭綽任總長時，他又先後任津浦和滬寧鐵路局局長，隨後當過交通部次長。他有六男四女，一荻最幼。一荻的六哥燕生與我同學，她姊姊和我的姊姊也都是好友，一荻和我六妹洛筠同學。她不論在天津、北京、北戴河都屬於上層社交活動的著名人物，我們都把一荻稱爲『小妹』。」

由此觀之，確實張學良和「朱五」是沒有任何緋聞關係的。倒是「朱六」與張學良的弟弟張學銘因此而認識。朱六洛筠晚年風趣地說，朱張兩家是有通家之好的。那年張學良去勘查葫蘆島後

趙四（一荻）（1912—2000）

原籍浙江蘭溪，出生於香港。又名綺霞，在姊妹中排行第四（么女），家人親暱地稱她為趙四小姐。她出身於一個頗有名望的官宦之家。其父趙慶華在北洋政府時代，歷任津浦、滬寧、廣九等鐵路局局長，曾任東三省外交顧問，並官至交通次長，為人耿介不阿，為官清廉。一九二八年（一說一九二七年）與張學良相識於天津，私奔，趙四跪求張妻于鳳至接納，並許諾終身不要名分。一九二八年冬「東北易幟」，一九三六年十二月十二日張學良兵諫蔣介石，于鳳至和趙四多有襄助。一九四〇年，于鳳至因患乳腺癌，不得不與張學良分離，去美國治病，趙四得以陪伴張學良左右。一九六四年，于鳳至為張學良安全考慮，同意在形式上和張學良離婚，但堅持「離婚」是被逼無奈，並非夫妻情斷。趙四遂藉機扶正。二人有一子張閭琳。

到海濱時，張的高級隨員：胡若愚、張學銘、朱光沐、黃顯聲以及英籍顧問伊雅格等，就住在北戴河西院裡。她那次才和張學銘相識。如果說朱家和張家有關係的話，應該說就是由她和張學銘的相識開始的。但直到一九三四年她才與張學銘在德國結婚，這時趙四小姐和張學良已早修成正果了。她和她的童年同學、閨中密友的趙四小姐，更進一步變成妯娌的關係。

有論者還說由於馬君武的那首〈哀瀋陽〉詩，鬧得沸沸揚揚，後來朱五才嫁給張學良的親信朱光沐，這難免讓人留有想像空間，而且也絕非事實。在《朱啓鈐自撰年譜》中說：「民國十九年庚午，是年遣嫁五女湄筠於山陰朱氏。」筆者更從一九三〇年《北洋畫報》四四〇期，找到如下的報導：「朱啓鈐之第五女公子前許配於張學良之機要祕書朱光沐君，現聞婚期已定於四月念二日（國曆）婚禮將在瀋陽舉行，張氏爲之證婚，似已確定。」因此在一九三一年「九一八」事變時，朱五已嫁爲人婦一年有餘了。而據《朱啓鈐自撰年譜》中說：「九月十八夜日軍陷瀋陽，次子渤（**按：朱海北**）時方肄業講武堂，間道馳赴山城鎮，其婦孺依、五女湄筠家處危城中，遇人營救，乃得脫難。」因此「九一八」之夜，朱五是在瀋陽度過驚險之夜的。

所以馬君武的兩首〈哀瀋陽〉，雖傳頌一時。但所述除「趙四風流」，四字正確外，其餘均非事實。作爲「詠史」詩觀之，是不能不明辨的。另據台灣文史作家高陽晚年回憶，他曾見過年已八十歲的朱五小姐，朱五告訴他一件妙事，說一次席間應酬，見到了馬君武，於是端著酒杯過去敬酒：「您是馬博士馬君武不是？我就是朱五。」當時馬博士的窘態，非語言筆墨所能形容，結果是不俟終席而遁去。亦可見馬君武對此事的心虛。

朱五與張學良原本可以「載入史冊」的關係也就僅限於此了，然而三十年後，又一樁政治事件將他們聯繫到了一起。據中央文獻檔案中保存著一份周恩來寫於一九六一年五月三十一日的材料，說：

> 張學銘、張學思給張學良的信，已託朱五送到張學良手中，我寫「爲國珍重，善自養心；前途有望，後會可期。」幾句話已帶到，張現住董顯光家中，僅獲有限度的自由。

「朱五」再度登上歷史舞台，卻是充當了周恩來與張學良之間的信使。原來周恩來一向有心與被軟禁在台灣的張學良接洽，但費盡人力物力亦無法打開渠道，他最後找來張學良的二弟張學銘商量對策。於是周恩來的十六字寄語連同張學銘、張學思（四弟）的兩封家書先由張學銘夫婦帶至香港，交給在那裡定居的朱湄筠，一九六一年春，朱湄筠專程前往台灣，將信交給了十妹朱浣筠。五月的一天，朱浣筠將信夾到一本《聖經》裡，最終在張學良、趙一荻經常禮拜的凱歌堂，巧妙地將夾在《聖經》裡的信件送至張學良手中。

朱五與朱光沐育有女兒名朱萱，據作家符立中的《上海神話》書中說，朱萱從影後改名秦羽，又名秦亦孚，香港大學畢業，是當時學歷最高的電影明星。她在念書時即和葛蘭、鍾情、李湄、周曼華一同演出《碧血黃花》，後因話劇《清宮怨》爆紅，ＢＢＣ請她飛到倫敦主演《秋月茶室》（銀幕版由馬龍白蘭度、葛倫福特、京町子主演）。秦羽的英文造詣廣獲好評，是當年的風雲人物。秦羽係大家閨秀，囿於教養，《情場如戰場》是其最後演出。她後來變成當紅劇作家，擔任電懋影片公司編劇主任，電懋重視劇本凌越一切，早在國際時期即成立一個劇本編審委員會，成員有宋淇、張愛玲、姚克、秦羽、易文、陶秦等，以及顧問孫晉三，都是文化界飽學知名之士，專責劇本編審。秦羽任編劇主任時給予張愛玲不少協助。秦羽曾以《星星月亮太陽》和《蘇小妹》兩度獲得台灣的金馬獎，並替香港美新處翻譯亨利・詹姆斯的《碧廬冤孽》（*The Turn of the Screw*）。

朱五因女兒的關係也任職於電懋，據香港掌故作家高伯雨（林熙）說：「我是一九六三年在香港電懋影片公司由易文（電懋的導演，楊千里之子，已逝世）介紹的，五小姐時任職電懋，管理服裝，我是《西太后與珍妃》一片的顧問，時時要入片場，關於服飾方面，就要和五小姐接談了。電懋後來改名國泰，到陸運濤在台灣空難死後，國泰停業，此後即不聞朱五消息。」

一九八六年春，朱湄筠八十大壽，朱家後裔親屬從世界各地趕到香港慶賀，以乃弟朱海北爲首，肆筵設席，舉酒稱觴，誠久別以來罕有之盛會。曾經是「北洋名媛」，早已隨著時光的流逝而淡出了公眾的視野。晚年的朱湄筠隨子女移居加拿大，一九九一年當張學良飛往美國夏威夷定居以後，她才得以與張學良及夫人趙一荻見面。六十年後，三人在異國他鄉見面，無不白髮蒼然，回首往事，並不如煙。

馬君武風流韻事多

馬君武是中國近代學者、教育家和政治活動家。當年中國學術界有「三馬」，即指馬敘倫、馬浮、馬君武是也。其中馬敘倫、馬君武皆在政治舞台上擔任過重要職務，馬浮則爲單純的學者。

馬君武是中國留德學生第一個取得科學博士學位者。這位留德工學博士，精通英、日、德、法等數國文字，又寫得一手好詩。曾用舊詩格律譯拜倫、歌德、席勒等人的詩篇；編譯了《德華字典》等書，他還是第一個翻譯並出版達爾文《物種起源》的中國人。其時，有人開玩笑說，「馬君武」對上「達爾文」，眞是一副「絕世好聯」。老實說，馬君武在政治上是沒有多大成就的，他的成就在文學與教育上。他後半生致力於科學教育事業，先後任上海大夏大學、北京工業大學、上海中國公學校長。一九二七年，應廣西省政府之邀在梧州創辦廣西大學，任校長。在任期間，辛勤規劃操持，聘請有才識之士和進步學者任教，提倡科學研究，作出了一定貢獻。

馬君武的舊體詩寫得極好，但他卻不是詩人，實則爲他的政治、論學之名所掩，詩名反而不彰也。「九一八」事變發生後他堅主抗日，激於愛國義憤，寫了〈哀瀋陽〉詩兩首，傳頌一時。「趙四風流朱五狂，翩翩胡蝶正當行。」詩描寫得雖然很深刻，但所言均非史實，曾使張學良、胡蝶、朱五（朱湄筠）蒙受不白之冤。據一九五二年鍾堯鋒在香港訪問胡蝶時說：「我當然不會錯過她與張少帥的那一段『莫須有』的傳聞，她笑得比較大聲說：中國人有句俗話：『譽之所至，謗亦隨之』，張少帥是高抑矮？是胖抑瘦？至今沒有見過。……至今我還清楚地記得她談這件事堅定而微哂的神情，後來她還說：『清者自清，濁者自濁。』現在執筆時餘音仍縈繞耳際。」

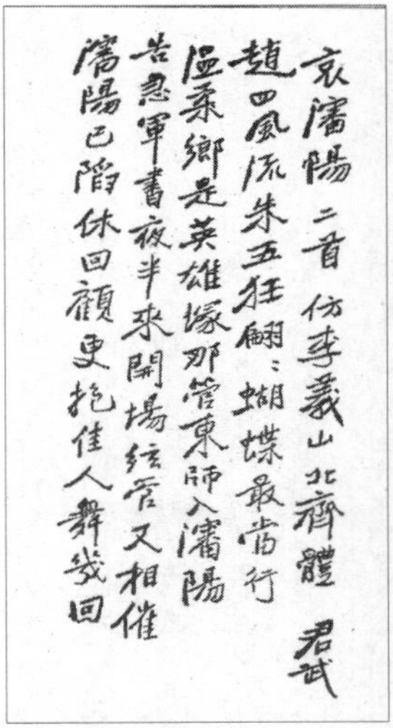

馬君武〈哀瀋陽〉詩二首。

一九三五年的胡蝶。

而據香港邵氏影片公司台灣分公司經理馬芳踪在〈飛言絮語談胡蝶〉一文說：「胡蝶在台灣定居期間，旅日華僑朱芳坤亦在台北，二人常相偕至西門町『春風得意樓』飲茶，斯時『少帥』張學良因愛吃碎牛肉皮蛋粥，亦偶由副官伴同在『春風得意樓』吃粥，但二人從未相遇。筆者頗有意製造一機會，讓馬君武筆下『瀋陽已陷休回顧，更抱佳人舞幾回』而實則兩個當事人從未謀面的男女主角作一次『喜相逢』。經向立法委員王新衡談及，爲王新公所勸阻，說免引起節外生枝，蜚短流長而未成事實。」

倒是馬君武晚年有一段風流韻事，較張少帥與胡蝶間莫須有之事，更爲轟動。只是當時時值抗戰艱苦之期，前方戰報較之後方的名士風流，更爲重要得多，因此廣西文人嘲諷馬君武的詩，就遠不如馬君武嘲諷張少帥的〈哀瀋陽〉詩流傳得廣了。鍾堯鋒說他當年役桂林軍次，親歷其境，因此順便告訴一代影后。而胡蝶對他這段描述，一直凝神諦聽，講完後她特別站起來緊握鍾堯鋒的手，感謝這得來不易的雪泥鴻爪，而且用筆記下那首詩，過幾天她還親筆寫信向他致謝並附一張全家福照片。

鍾堯鋒對胡蝶所說的事，是馬君武與小金鳳的一段往事。據筆者查考確是眞有其事，連香港武俠名家梁羽生都寫過方塊雜文。根據關國煊的資料說，小金鳳原名尹素貞，後改名爲尹羲。祖籍廣西桂林。生於一九二〇年，自幼家貧，父親任職酒家，酒家附設戲班，尹羲每日看戲，漸漸對桂劇發生興趣。十歲入「小金科班」拜老藝人袁潤榮爲師，始學小生，兩年後改學青衣、花旦，十一歲即登台獻藝，在桂林火神廟演出《雙陽追夫》（又名《狄青趕夫》），初露頭角，其後隨「小金科班」演出於桂、湘交界的平樂、八步等地，攀山越嶺，作流動演出，被稱爲穿山班。一九三六年，年十七，在桂林南華戲院於《虹霓關》中客串飾演東方氏一角，引起轟動，跟著又客串演出《張繡殺嬸》，更爲轟動，戲院老闆鑽天王邀小金鳳搭班，從此聲名大噪，與如意珠（謝玉君）、金小梅、小飛燕齊名，被譽爲「桂劇四大名旦」。桂系將領白崇禧的兒子、名作家白先勇在他的小說《花橋榮記》中就這麼寫道：「以前在桂林，我是個大戲迷，小金鳳、七歲紅他們唱戲，我天天都去看的。」又說小金鳳「那齣《回窯》把人的心都給唱了出來」。白先勇還感嘆道：「幾時再能聽小金鳳唱齣戲就好了。」

而對於白崇禧、歐陽予倩，小金鳳晚年有文章說，一九三七年八月四日白崇禧從桂林飛往南京，著名戲劇家洪深帶著李濟深和馮玉祥兩位將軍的親筆信求見。信的內容是推薦歐陽予倩和上海救亡演劇二隊到桂林和廣西的部隊從事戲劇宣傳工作。白崇禧看信後大喜，叫他的機要祕書謝作為打長途電話告訴正在桂林的李宗仁，徵得李宗仁的同意，演劇二隊到李宗仁指揮的第五戰區工作，謝作為又代表白崇禧致電廣西省主席黃旭初，以廣西省政府顧問馬君武的名義出面，邀請歐陽予倩從上海來桂林幫助改革桂劇。歐陽予倩接到馬君武的電請後，於一九三八年四月十二日離開上海，乘船轉道香港經梧州、柳州到桂林，從事桂劇改革達七年之久。小金鳳特別強調說，如果沒有白崇禧的支持和幫助，抗戰時期的桂劇改革是很難想像的。

小金鳳

小金鳳說：「以改革桂劇為宗旨的廣西戲劇改進會（又稱桂劇改進會），由名人組成股東，白夫人（按：白崇禧夫人——馬佩璋）也是股東之一。」另外一位股東是馬君武。小金鳳聲、色、藝俱佳，馬君武最為欣賞，捧之不遺餘力，以廣西大學校長之尊收為乾女兒，每日形影不離，甚至坐車出遊，也是「有女同車」，並發動桂林各大衆傳播媒體大事宣傳，還舉行什麼票選「藝壇狀元」。以馬君武在當地的名望和影響力，當然是「小金鳳」獨占鰲頭，於是而紅透南中國半邊天。每夜馬君武必至戲院，還邀一些名流同好，坐於台前第一排，大力捧場，小金鳳對這位「乾爹」感恩圖報，在台上演出時的眼神，率多瞄掃她的「乾爹」，於是也有騷人墨客以「其人之道還治其人之身」，仿效他當年嘲諷張學良一樣，寫了詩來諷諭他，詩云：

詞賦功名恨影過，英雄垂暮意如何？
風流契女多情甚，頻向廂房送眼波。

馬君武聞之，一笑置之，不以爲忤。

又馬君武出任廣西省長時，廣西省當局在桂林湖濱路建了一幢洋房送給他，黃旭初並在房門額上書有「以彰有德」四個大字。馬君武自己寫了一副對聯，聯曰：

種樹如培佳子弟，
卜居恰對好湖山。

據說有人影射嘲諷他與義女的關係不尋常，便跟他開個玩笑，把對聯改了。在上下聯各添加四字，變成上聯：春滿梨園，種樹如培佳子弟；下聯：雲生巫峽，卜居恰對好湖山。所謂「春滿梨園」，當指他和小金鳳之事；所謂「雲生巫峽」，則以馬君武的洋房正遙對城外的「特別區」

（當年廣西當局所指定之妓館名稱）也。妙的是橫額「以彰有德」的「有」字中間的兩橫被塗去，「有」字變為「冇」字（粵語「沒有」之意）。聽說馬君武見了也為之大笑，連忙教人塗去與改正，但這一韻事已傳遍桂林城了。

一九三八年七月，國民參政會在湖北漢口舉行一屆一次大會，馬君武離桂赴漢出席，深以一日不見義女為苦，在火車上寫七絕一首給小金鳳，詩云：

百看不厭古時裝，剛健婀娜兩擅長；
為使夢魂能見汝，倚車酣睡過衡陽。

情眞意切，頗為感人，但他與義女的關係卻也引來了非議。

一九四〇年，馬君武因胃病逝世於廣西，義女小金鳳撫棺痛哭，如喪生父，並輓以聯云：

撫我若親生，慈父心腸，大人風度；
現身而說法，桃花舊恨，木蘭新辭。

從此離開舞台生涯，以報知音，不少人為小金鳳的眞情感動。小金鳳尹羲後來積極從事桂劇藝術的教育工作，一九七二年轉入廣西藝術學校進行教學，先後兼任校長和名譽校長，培養出大批的桂劇新人。二○○四年三月二十五日病逝於廣西南寧，享年八十四歲。

又讀劉太希《無象庵雜記》中有〈馬君武豔事〉一節，提及馬君武當年卸任廣西省長，和他的如夫人坐小船而行，在灕江遇著變兵，兩岸都開槍對著船攻打，船如箭發，雖得逃去，但船身已中彈累累了。可憐他的如夫人，那時怕馬君武受危險，伏在他的身上來保護他，馬君武雖倖免於危，而這位如夫人卻爲亂彈所中而亡。因此馬君武異常悲痛，奉其木主永祀之，其記此事有詩云：「驀地槍聲四面來，頓教玉骨委塵埃，一坏寧瘞彌天恨，萬事無如死別哀。海若能塡惟有淚，人難再得始爲佳，從今收拾閒情賦，且買青山伴汝埋。」後來他看到如夫人的舊信札，又題詩云：「此是當年紅葉書，而今重展淚盈裾，斜風斜雨人將老，青史青山願終虛。百字題碑記恩愛，十年去國共艱虞，茫茫樂土知何在，人世倉皇一夢如。」風流韻事中，卻也眞情流露。

張竹君

其實馬君武在少年時期就留下不少風流韻事。一九○一年秋，他在廣州英文夜館任教期間，有廣州富家女張竹君，小時候在教會女校讀書，光緒二十五年（一八九九）畢業於廣州博濟醫院醫科班（中山醫學院前身），在廣州行醫濟世。張竹君是基督徒，又是愛國主義者，常在福音堂講道，更定期舉辦演說會、討論會，傳播新知，闡述時事。當時經常來聚會有胡漢民、馬君武、盧少岐、宋通儒、程子儀、周自齊、王亦鶴、張蒿雲等人。馬君武去福音堂聽道，對張竹君的偉論非常佩服，從此每逢張竹君講道，馬君武必往「捧場」。久之兩人漸熟，馬君武時露愛慕之意；但張竹君早已和東莞富紳盧賓岐的兒子盧少岐過從甚密，雖未論及婚嫁，但盧少岐儼然以戀人待之，今見馬君武有問鼎之意，幾欲揮以老拳。而馬君武在對張竹君百般暗示都得不到明確回答的情況下，便用法文寫了一封求婚信，詞藻典雅，情詞純摯，使張竹君看了感動不已，終於張竹君給馬君武回了一封信，信的大意是：希望馬君武多爲國家社會盡些力量，一旦結婚以後，不但爲家務所累，也將受兒女牽纏，所以婚姻問題，暫時不要作考慮！馬君武經此打擊，黯然離開廣州而遠走南洋，後來追隨孫中山到了日本，可馬君武總記著張竹君的好處，不能忘情於她，曾以「馬貴公」的筆名在一九〇二年的《新民叢報》上寫了一篇〈女士張竹君傳〉稱她是「中國之女豪傑」，文末附贈竹君詩二首：

其一：

淪胥種國悲貞德，破碎山河識令南。
莫怪初逢便傾倒，英雄巾幗古來難！

其二：

推闡耶仁療孔疾，娉婷亞魄寄歐魂。
女權波浪兼天湧，獨立神州樹一軍。

張竹君是中國第一位女西醫，她創辦的褆福、南福兩醫院是中國人最早創辦的西醫院；她首開中國婦女登台講演之風，倡立演說會，「指論時事，慷慨國艱」，名噪當時。張竹君一生致力於女權運動，終身未嫁。「一二八」和「八一三」淞滬戰爭中，雖年事已高，但她仍積極參與救傷工作。上海淪陷後，張竹君除任教婦產學校外，偶爾也為人治病，後息隱家園，安度晚年。

而馬君武在日本京都帝國大學留學期間，另有一段被戲弄的「豔事」傳出，當時他是個窮學生，經常要靠賣文貼補生活，因此常為保皇黨所辦的《新民叢報》寫些文章。而這刊物因拖欠稿費，許多作者就不投稿了，以致常鬧稿荒，這使主編梁啓超頭痛不已。梁啓超有個同學叫羅普（孝高），也在《新民叢報》社裡，便向他獻計道：「馬君武近來不常來稿，必是見我們發不出稿費了，待我耍他一下，不怕他不源源投稿。」梁啓超問他計將焉出？他便附在梁啓超耳邊，如此這般，梁啓超拍手稱妙，叫他立即照做。其時馬君武正是二十一、二歲的青年，感情豐富，羅孝高便利用青年人的心理，化名為「羽衣女士」，大寫豔體詩及小說，刊在《新民叢報》，梁啓超又用編者名義，在作品後加上按語：「羽衣女士，為廣東順德人，才貌雙絕，中英文皆有極深造詣，現在香港某女校執教，本報承其惠稿，至為榮幸，經承其垂允為本報特約撰述，今後女士大作，將源源在本報發表。」馬君武讀這羽衣女士的詩，覺得很好，以為是個才女，居然為之傾倒。一天，見著羅孝高，便問：「那個羽衣女士的作品寫得很好，不曉得模樣怎樣？」羅孝高道：「靚得很！難得的才貌雙全。」馬君武不信，「你怎麼知道？難道你見過她不成？」羅孝高哈哈大笑道：「怎麼不知？她就是我的表妹呀！我不知誰知？」邊說邊拿出早已準備好的羽衣女士來函，說：「她呀，不久就要來日本留學了，不信你看！」馬君武看了信，看得暈陶陶的，便說：「她到之後，請你給我介紹，如何？」

羅孝高心裡竊喜，這回你可上鉤了！便道：「她暑假後才能來，算算還有三、四個月呢。她讀過你的文章，歎為天才，曾問起你的身世，如果你願意，我可先介紹你們通信，你可以先贈她幾首詩，登在報上，她一定很高興，從此魚雁常通，先建立了友誼，然後我這紅娘才做得容易呢。」馬君武大喜，立即作詩，加以通信。羽衣女士回信，對馬君武大灌迷魂湯，還再三叮囑他，要時時寫稿登在《新民叢報》上，以便拜讀。馬君

羅普（1876—1949）

原名文梯，字熙明，號孝高，又號披髮生。廣東順德人。他是著名的「康門十三太保」之一，少年時跟從康有為讀書，接受維新思想，二十二歲時赴日本求學。第二年，成為早稻田專門學校經濟特科官費留學生。戊戌政變發生後，到橫濱參加梁啓超、麥孟華主辦的《清議報》、《新民叢報》編輯工作，他以筆為槍，奮力寫作，除了論文外，還用「羽衣女士」的筆名撰寫鼓吹革命的小說，計有《東歐女豪傑》、《鐵假面離魂病》以及日本翻譯小說《佳人奇遇記》多種。一九〇四年以後，他受到康有為的委派，到上海創辦《時報》和《輿論日報》，鼓吹立憲保皇。民國成立後，歷任揚州政府顧問、廣東實業司司長、廣東電力公司及自來水公司督辦、國務院諮議、交通部參事、京師圖書館主任等職。一九二六年以後，歷任河北省政府、平漢鐵路局、平綏鐵路局、財政部稅務署祕書。一九四九年病逝，享年七十三歲。

武奉命爲謹，日夜拚命作詩文，源源送往發表。如是者過了幾個月，《新民叢報》不愁稿荒，而馬君武的腦汁卻荒了，便向羅孝高追問：「你那位令表妹，爲何姍姍其來遲呀？」羅孝高沒法，只好騙說：「快了，快了，下月初她就要搭東京丸到橫濱了，到時候我們一起去接船，怎樣？」馬君武信以爲眞，屆期一打聽，東京丸已定期開抵橫濱，便逼著孝高同往，孝高不得不硬著頭皮同赴橫濱，覷個便，偷乘下一班車溜回東京。馬君武在碼頭上望穿秋水，找羅孝高不到，以爲他把表妹接走了；即趕回東京，深夜去敲羅孝高的門，說他把羽衣女士藏起來了，不讓相見。羅孝高再也撒不出謊來，只好默不作聲，一任他發脾氣，馬君武賴著不走，把羅孝高弄得沒法子，只得把實情說出，連連作揖道：「請你原諒，羽衣女士正是不才在下也！」馬君武無端被他哄了幾個月，氣極敗壞地大罵他們混帳王八羔子，拿出口袋裡寫好的歡迎羽衣女士的詩箋，撕了個粉碎，還啐了幾聲，憤然離去。自然，以後《新民叢報》再也看不到馬君武的大作了。不二日，這一段豔事傳遍東京，平江不肖生向愷然嘗摭之入其小說《留東外史》，加油添醋，渲染一番。另劉禺生的《世載堂雜憶》中亦有〈馬君武受紿〉一節，記載此事。

梁啓超還作詩兩首，對馬君武極盡調謔戲弄。原詩題爲〈題東歐女豪傑代羽衣女士〉：

磊磊奇情一萬絲，爲誰吞恨到蛾眉？
天心豈厭玄黃血，人事難平黑白棋；

秋老寒雲盤健鶻，春深叢莽殪神鷸；
可憐博浪過來客，不到沙丘不自知。

天女天花悟後身，去來說果後談因；
多情錦瑟應憐我，無量金針式度人；
但有馬蹄懲往轍，應無龍血灑前塵；
勞勞歌哭誰能見，空對西風淚滿巾。

看來曾痛斥少帥張學良好色誤國的馬君武，不獨有偶，早年及晚年也曾因風流韻事，屢被他人嘲諷。

汪精衛的退婚與結婚

要說汪精衛（兆銘）的退婚，得先從汪精衛的同父異母大哥汪兆鏞說起。汪精衛的父親汪琡，字省齋，籍貫浙江山陰（今紹興），後外出遊幕，由海道到廣東番禺（今廣州），從此便寄籍其地。汪琡元配為盧氏，生有一子三女，子名兆鏞（字伯序，一八六一—一九三九）；一八七一年盧氏病歿，汪琡續娶廣東人吳氏，吳氏先育有三女，而後才生下兆鋐（字仲器，一八七八—一九〇三）、兆鈞（字叔和，一八七九—一九〇一）、兆銘（字季新，一八八三—一九四四）三子。「伯仲叔季」，汪精衛在四位兄弟中排行最末，而且是庶出的。

汪兆鏞幼聰慧，十歲能詩，年十八侍從父穀庵先生讀書隨山館，致力於經史古文詞。舉學海堂專課生，為東塾先生陳蘭甫之高足。與同邑梁鼎芬、陶邵學等遊，學益進。光緒六年補縣學生，十一年以優行貢成均。考用知縣。十五年舉於鄉，兩應禮部試不售，遂南歸，以刑名之學遊於州縣幕者有年。汪兆鏞長汪精衛二十二歲，汪精衛出生時，其父已六十二歲，但因食指浩繁，仍得奔走為幕。汪兆鏞為減輕父親的負擔，身為長子的他，對九位弟妹極為照顧，尤其是三位弟弟的課業更加注重，他扮演著「長兄如父」般地教之、養之。我們看汪兆鏞的《微尚老人自訂年譜》中說光緒十七年「余趨侍府君四會縣幕，命課仲、叔、季讀書」，光緒十九年又有「一省府君，並教授叔、季弟讀書」之句。光緒二十二年，十三歲的汪精衛喪母；次年又喪父。再次年汪兆鏞到樂昌辦理鹽務，《年譜》中說：「二十四年戊戌，三十八歲，二月赴樂昌，仲弟留省教讀，叔弟留省學幕，余挈季弟、六妹、妻兒一同首途。」他特別將汪精衛帶在身邊，就近照顧。汪精衛在樂昌時，「從番禺章梅軒（琮）讀，致力文史經世之學」，其中章梅軒即是汪兆鈞的岳丈。汪精衛在樂昌這幾年，「學業獲得不少進步，長兄如父，家教嚴得近乎苛刻，汪背後雖有微言，但成年後還是很感激他的大哥兆鏞對他的教育和關懷。」光緒二十七年（一九〇一），汪兆鏞的「叔弟」——兆鈞不幸遘疾遽歿，終年二十三歲。而光緒二十九年（一九〇三），他的「仲弟」——兆鋐甫以縣試第一，補縣學生，但過沒幾天，卻染疫去世，年僅二十六歲。汪兆鏞至此雁行折翼，兄弟之間只剩汪精衛一人。

年輕時的汪精衛。

汪精衛於一九〇四年在廣州考得留學日本法政速成科的官費生，東渡日本求學。次年加入同盟會，被推為評議部的評議長，並以「精衛」的筆名在《民報》上發表了多篇思想進步的政論文，引起清廷的不滿。當時汪兆鏞正在兩廣總督岑春煊那裡當幕友（師爺），據後來汪精衛在一九三四年發表的〈自述〉一文說，有一次岑藉醉要汪兆鏞把他交出來：「那時候兩廣總督是岑春煊，我的兄長在他幕府……忽然聽得我做了革命黨，不免驚心，《民報》上文章越做越多，風聲自然越緊。有一日，岑春煊喝醉了酒，硬要我長兄將我交出來，不然就要對不住，我得此信息，便寫了一封最後的家信，署名『家庭之罪人』。……長兄得此信後，便將『驅逐逆弟永離家門』具稟番禺縣存案。」汪精衛的信有兩段是這樣說的：「事已發覺，謹自絕於家庭，以免相累。家中子女多矣，何靳此一人！望縱之，俾為國流血，以竟其志，死且不朽。惟寡嫂孤侄，望善撫之；不然，死不瞑目。抑此非罪人之所宜言也。」「與劉氏女曾有婚約，但罪人既與家庭斷絕關係，亦當隨以斷絕。請自今日始，解除婚約。」

汪精衛這封信是寫於一九〇六年，同年汪兆鏞的《年譜》也說：「報載精衛起意為革命之舉，來函自絕於家庭，並與已聘劉氏退婚。」當時汪兆鏞在兩廣總督岑春煊那裡當幕友時，與同事劉子蕃異常相好，於是他便以大哥的身分代精衛與劉子蕃之妹劉文貞訂了婚約。因為此時汪精衛的父母已死，汪兆鏞見四弟經已成人，如果還不替其訂親，既無法盡自己的責任，也會惹起親友的議論。當汪兆鏞接到汪精衛的信後，立即採取緊急處置：一面驅逐逆弟，永離家門，具稟番禺縣存案；一面與親家劉子蕃先生商量，將兩家聘物交還，婚約焚燒，作為了事。

關於「驅逐逆弟，永離家門」，學者彭海鈴認為此舉是為了避禍，免得汪家因此遭受牽連，尤其汪兆鏞當時在岑春煊幕中，岑春煊此人行事作風大刀闊斧，見有不當之事，即大肆彈劾，絲毫不留情面，以至「上下皆股慄失色」，如今幼弟成了革命黨人，汪兆鏞如不如此作為，則將受其牽累，難保一家十多口之生計。另據汪兆鏞的《年譜》說：「壬子五十二歲，辭樂桂醛埠席，閉門不出。精衛至廣州，回家相見，余誓不任事。」那是民國元年，南京臨時政府成立，汪精衛與陳璧君於上海成婚後，「偕返廣州，省視兄嫂」，可見兄弟仍有見面。只是汪精衛似曾邀其兄於新政府任職，但為汪兆鏞所拒，這是由於汪兆鏞素重氣節、忠心不二的前清遺民思想所致。黨國元老劉成禺的《廣州雜詠》就說：「予在粵時，元旦日，精衛大笑而來，曰：『我幾做清室遺民。』當日絕早，精衛赴兆鏞家賀年，兆鏞正設香案往北拜，強精衛爲之，精衛跳而免。」劉成禺又說，汪兆鏞校閱卷課時，每遇「儀」字，必加四方圍於上，都在在顯示出汪兆鏞不忘清室故國的遺民思想。又汪兆鏞於一九三〇年繼其叔父汪士林及從兄汪兆銓之志，編成《山陰汪氏譜》，仍把汪精衛列爲十九世孫，與他仍爲同胞兄弟，可見「驅逐逆弟，永離家門」只是應付的成分居多，族譜的證明，汪精衛並未「永離家門」。這在在地證明兄弟之間，後來因爲政治立場不同，而採取避嫌的作法，非如外界所言兩人關係決裂。

至於「退婚」之事，是確定的。當汪家退回婚約書的時候，劉子蕃最先是憤憤不平，可是當汪兆鏞向他說明，汪精衛不但「退婚」而且「出族」的事實，揣知他是怕萬一出事連累家人，所以才有此番舉動，最後其苦心也就爲劉子蕃諒解了。只是劉文貞明白原委後，卻叫劉子蕃轉告汪兆鏞，不管他是不是形式上的退婚，她仍願等待他，決不改嫁。汪精衛的〈自述〉中說：「後來聞得劉氏女反對他們這種做法，只至民國元年，我已娶了，回到廣州，重見家門，聞得她尚未嫁。我覺得正如古人所言：『我雖不殺伯仁，伯仁由我而死』，未免耿耿於心，及至聞得她和一位陳先生結婚了，方才寧貼。」外界曾傳言劉文貞因爲與汪精衛的婚事不遂，失意地遁入空門做了尼姑；也有人傳說她在香港入了天主教，做了修女。其實這都是無稽之談。劉文貞在被「退婚」後，爲了生活獨立計，毅然決然學習醫科，後來和一位姓陳的結婚，曾在越南西貢懸壺應診。在她本人來說，算是幸福的。劉文貞雖然未能與汪結婚，但也免掉像陳璧君般地被唾罵爲漢奸夫人的遭遇，果幸歟？抑不幸歟？

汪精衛與陳璧君的認識經過，在汪的傳記中或有提及，但劉成禺的說法，無疑地更接近些，據其說：光緒三十三年（一九〇七）間，中山先生由河內到新加坡。先到星洲的胡漢民、胡毅生、汪精衛、黎仲實等，都住在張永福的晚晴園，策劃革命。當時有庇能僑商陳姓之女陳璧君與其生母寄居星洲，有一天，參加了中山先生的公開演講會。在會場中，得見汪精衛是個「翩翩美少年」，言語舉止，文雅大方。又探聽得汪在番禺應試，曾榮獲秀才第一名（案首）；又是東洋留學生、革命志士；同時又是革命黨魁所親信的左右手。自然一見傾心，認爲是最理想的對象。第二天，陳璧君母女，把握時機，到晚晴園晉謁中山先生，表示要加入同盟會，爲革命工作效勞；同時要求中山先生轉商張永福准許她們母女遷入園裡暫住，得以經常親炙革命偉論。中山先生因鑑於同盟會成立以後，女同志參加的寥寥無幾，

陳璧君年輕時的樣貌。

汪精衛與陳璧君合影。

如今陳氏母女既志願加入革命工作，當即表示歡迎，允其所求。怎知陳璧君別有存心，移居晚晴園後，便常常借託機緣和汪精衛接近，搔首弄姿，柔情蜜意地表達情意。當時汪追隨中山先生，專心致志於革命活動，對於男女私情，不大介懷。所謂落花有意，流水無情！陳璧君於是請她母親出面，懇請中山先生作媒人，但中山先生卻指出汪陳兩人，各已訂婚，不宜多生枝節。原來陳璧君早已由父母之命，許配給星洲僑商之子梁宇皋。梁宇皋（一八八八—一九六三）先後在怡保英華學校及檳城聖芳濟學院受教育，在一九〇六年時，梁宇皋也加入新加坡的同盟會。爲此陳璧君徵得梁宇皋同意，兩人解除婚約。一九〇八年梁宇皋申請到獎學金到英國深造，就這樣他與陳璧君的愛情關係也就一刀兩斷了。

一九〇八年冬，陳璧君隨汪精衛赴日，中山先生以陳璧君年少有志，毀家紓難，囑方君瑛、曾醒予以照料。後來汪精衛與同志組織暗殺團時，陳璧君乘機對汪說：「此次歸國活動，如有女眷同行，可以作爲掩護，逃避清吏奸細的注意。」因之汪、陳兩人得以同往北京。當埋炸彈的前夕，陳璧君又向汪說：「事之成功與否？現在難以估計。成功呢，將來銅像巍峨，萬人瞻仰！否則便要流血成仁。我們兩人，能假托夫婦名義，何妨婚締今日，再會來生，不要辜負時機啊！」她借用慷慨纏綿的話，來打動汪的心弦。汪爲所感，遂同意陳璧君所言，先爲名義上之夫妻。

一九一〇年三月三十一日，汪謀炸清攝政王載灃。後事泄，四月十六日，汪精衛、黃復生、羅世勳被捕。在監獄中汪精衛寫出「慷慨歌燕市，從容作楚囚，引刀成一快，不負少年頭」等膾炙人口的詩句。清廷原擬判處汪精衛死刑，後改判終身監禁。此時陳璧君在外四處奔走，設法營救。汪精衛在北京獄中，轉眼即是嚴冬。一夕風雪交加，夜未成寐。忽獄卒悄悄「示以片紙，綳皺不辨行墨，就燈審視，赫然冰如（陳璧君字冰如）手書也」。獄卒附耳告汪，此紙乃傳遞輾轉而來，速要回函。汪精衛遂改寫清顧梁汾寄吳季子（漢槎）的《金縷曲》，「慮其京賈禍，詞中峻促其離去」，付獄卒轉陳璧君。其詞曰：「別後平安否？便相逢，淒涼萬事，不堪回首。國破家亡無窮恨，禁得此生消受？又添了離愁萬斗。眼底心頭如昨日，訴心期夜夜常攜手。一腔血，爲君剖。淚痕料漬雲箋透，倚寒衾循環細讀，殘燈如豆。留此餘生成底事，空令故人僝僽，愧戴卻頭顱如舊。跋涉關山知不易，願孤魂繚繞車前後。腸已斷，歌難又。」（載《雙照樓詩詞稿》）

一九一一年十月十日武昌起義爆發，二十多省宣布獨立，清廷爲挽回頹勢，二十七日發布〈罪己詔〉，三十日，內閣奏請釋放汪精衛等人，中有：「竊見汪兆銘等一案，情罪似出有因」、「在汪兆銘等，以改良急進之心，致蹈逾越範圍之咎」、「當日朝廷不忍加誅」，合宜「將此案監禁人犯汪兆銘及黃復生等，悉予釋放」。

十一月六日，汪精衛、黃復生被開釋。一九一二年四月底，汪精衛與陳璧君在廣州（或作上海）補行婚禮，汪時年三十，陳年二十二，由胡漢民任主婚人，李曉生任介紹人，何香凝任女儐相，兩人終於完成終身大事。

假使歷史發展到此結束，那也可說才子佳人、人間美事，但偏偏歷史是不容假設的。汪精衛後來攀登政治的高峰，但在抗日戰爭中卻罔顧民族大義，成了漢奸，這其中陳璧君也扮演著重要的角色。曾經是行刺攝政王的革命志士，卻成了賣國之人，令人不禁想起白居易的詩句：「假使當年身便死，一身眞僞有誰知？」對此天虛我生陳蝶仙之女、陳定山之妹——詩人、畫家陳小翠有〈題《雙照樓詩詞稿》〉詩云：「雙照樓頭老去身，一生分作兩回人。河山半壁猶存末，松檜千年恥姓秦。翰苑才華憐後主，英雄肝膽惜崑崙。引刀未遂平生志，慚愧頭顱白髮新。」

愛國與叛國，「一生分作兩回人」，當年沒有「引刀成一快」，後來居然落到一個漢奸的下場。不但沒有銅像巍峨，竟至暴骨揚灰！思之，不禁令人浩歎！

陳小翠（1907—1968）

又名玉翠、翠娜，別署翠候、翠吟樓主。女，浙江杭縣人。其父陳蝶仙，是鴛鴦蝴蝶派文人，又以無敵牌牙粉致富。其兄陳小蝶（定山）也是當時的名詩人。小翠擅長中國畫，十三歲即能詩，有神童之稱，後從楊士猷、馮超然學畫。擅長工筆仕女和花卉畫，風格雋雅清麗，饒具風姿。擅書法，筆致清峭，有俊拔挺秀之趣。上世紀四〇年代，陳小翠與滬上馮文鳳、吳青霞、謝月眉、顧飛等閨閣名流一道創辦了上海女子書畫會，為現代美術史留下一頁靚麗篇章。著有《翠樓吟草》十三卷等。她在文革期間飽受迫害，兩次逃離上海躲避動亂，均被闖將們捉回。一九六八年，引煤氣自盡。

「高陶事件」的幕後策劃者——黃溯初

一九四〇年一月三日，曾經是汪精衛陣營中積極親日的高宗武和陶希聖，在汪日談判過程中，「叛逃」到了香港，一月二十二日並以兩人名義在香港《大公報》揭露汪日密約〈日支新關係調整要綱〉及其附件，一時震驚海內外，史稱「高陶事件」。

而高宗武、陶希聖之所以能順利擺脫汪精衛樊籠，逃離上海安抵香港，與黃溯初、徐寄廎的眞誠支持與幫助分不開，但其中的內情鮮有人知。高宗武在他的英文回憶錄《深入虎穴》（*Into the Tiger's Den*）中說：「二月下旬（**按：一九三九年**），我到了『蝴蝶夫人』的故鄉長崎。我立刻去鄉間看望黃群。黃先生六十出頭，是我的溫州同鄉。我非常尊敬他的智慧和正直。他和我所認識的其他人不同。在一九二〇年代的北京舊國會時代，黃是財政部長的最高顧問。他後來棄政從商，在上海成立一間信託公司。結果生意失敗，他退休來到長崎，住在郊外一座背靠雲仙山麓、面向海洋的房子裡。雖然他政治、商業兩頭失敗，我非常重視他的意見。黃和我住入山上一間溫泉旅館，同住一間房。洗了澡、檢查有無竊聽設備後，我們開始談話。我們談到清晨四時。我們以與衆不同的溫州土話交談。我懷疑除了中國人外，有人會有他鄉遇故知的那種愉快的感覺。在大困難的時代，回到童年時用別人聽不懂的方言交談，那種契合，是別人無法想像的。清晨四時，我們得到必然的結論，無論發生何事，不能容許汪被日本人操縱利用，在東京，我只聽而不做任何承諾。」

高宗武提到的黃群（一八八三—一九四五）原名沖，字旭初，後改爲溯初。祖籍平陽鄭樓，父輩以經商遷居溫州朔門。他是高宗武父親高玉衡（澄）的摯友，高宗武自讀書起以至服官，多出於他的安排。黃溯初少時學習舉業，先後在永嘉縣城的私塾、書院讀書。清光緒二十七年（一九〇一）黃溯初到杭州師從陳介石、宋恕。時陳介石在養正書塾（後改名杭州府中學堂）任總教習，宋恕執教於求是書院，因此結識了兩校的高材生蔣尊簋、蔣百里、周承菼、許壽裳、馬敘倫、湯爾和、杜士珍等人。第二年，陳介石和宋恕攜同黃溯初、馬敘倫、湯爾和諸學生離開杭州到上海。八月，陳介石在上海主編《新世界學報》，發表大量抨擊專制政體的文章，黃溯初亦參與編撰，發表了〈法律約言〉、〈法律與愛國性之關係〉、〈公利〉等文章。宋恕稱之謂「別具隻眼，入情入理，脫盡學界報界習氣奴性，欽折莫名」。光緒三十年（一九〇四）黃溯初留學日本，入早稻田大學，攻讀政法，學成回國後，先後在湖北督署調查

陶希聖（1899—1988）

名匯曾，字希聖。湖北黃岡縣人。一九〇三年舉家由黃岡故里移居開封。九歲隨其兄入河南最早開辦的旅汴中學就讀。一九一五年，投考北大預科，師從沈尹默、沈兼士等先生。一九二二年夏季，任教安徽法政專門學校。一九二四年為上海商務印書館編譯所法制經濟部編輯。一九二五年，得識陳布雷，陳、陶二人後成為至交。一九二七年初，任武漢軍事政治學校政治教官，並在武漢大學任政治法律教授。一九二八年底，辭所有職務，回上海賣文為生。一九三一年，任北京大學法學院教授。陸續出版四卷本皇皇七十餘萬字的《中國政治思想史》；其間又創辦《食貨》半月刊，開啓中國社會經濟史學之新風氣，成為上世紀三〇年代史壇上一件影響深遠的大事。

「七七事變」爆發後棄學從政，加入軍事委員會委員長侍從室第五組，從事國際宣傳工作。曾任汪偽中央常務委員會委員兼中央宣傳部部長。後與高宗武逃赴香港，披露汪日簽訂「密約」內容。一九四一年太平洋戰爭爆發後去重慶，任蔣介石侍從祕書，起草《中國之命運》，任《中央日報》總主筆，成為國民黨權威理論家。後歷任國民黨中央宣傳部副部長、總統府國策顧問、國民黨設計委員會主任委員、國民黨中央黨部第四組主任、革命實踐研究院總講座、國民黨中央常務委員會委員、《中央日報》董事長、中央評議委員等職。

局、政法學堂工作。

一九一一年十月武昌起義，黃溯初趕回浙江協助新軍八十二標標統周承菼光復杭州，周任浙江軍政府總司令。十一月，黃溯初與湯爾和等五人被推為都督府代表，參加在上海召開的各省都督府代表聯合會。嗣後赴武昌參與《中華民國臨時政府組織大綱》的制訂。中華民國元年（一九一二）黃溯初被推舉為臨時參議院議員，參與制訂《中華民國臨時約法》。第二年，又當選為第一屆國會衆議院議員。同時參加共和黨，後改組為進步黨，梁啓超任理事。黃溯初與梁啓超交往甚早，在梁啓超所領導的進步黨和後來的研究系中，黃溯初都是主要成員，並成為梁啓超的智囊。一九一四年袁世凱陰謀稱帝，解散國會。到了第二年八月，籌安會醜劇上演，帝制逆流甚囂塵上。孫中山於國外發布討袁檄文。梁啓超亦發表〈異哉所謂國體問題者〉一文，反對帝制，並與蔡鍔祕密籌劃討袁計畫。梁啓超認為討袁「莫如運動馮華甫贊助起義之舉最為重要」。馮華甫即馮國璋，時任江蘇都督，掌握長江中下游一帶軍權。是袁世凱手下一名大將。黃溯初為此事，先後三次赴南京與馮國璋洽談。一九一五年十二月二十五日，蔡鍔在雲南與唐繼堯通電各省宣告雲南獨立，組成護國軍出兵討袁。馮國璋出於自身利益，暗中串通江西、浙江、山西、山東、湖南五省將軍聯名要求袁世凱「速取消帝制，以安人心。」袁世凱在內外交困下，不得不宣布取消帝制。

一九一六年三月，為促進廣西陸榮廷宣布獨立，聯合西南各省反袁。黃溯初與梁啓超經香港往海防轉入廣西。途中，梁啓超起草《護國軍軍政府宣言》，黃溯初起草《軍務院組織條例》。到了海防，根據情況，黃溯初與梁啓超分道，隻身入滇，繞道越南，進入廣西。事成後，到肇慶與梁啓超會面，然後去南京，返回上海。一九一六年六月六日，袁世凱在衆叛親離中死去，國內各派系的矛盾正在激化。梁啓超特派黃溯初爲代表進京「上謁府院」，調停段祺瑞、黎元洪之間的矛盾，另又電促馮國璋對自己擬定的恢復舊約法，召集國會、改變帝制官制的方針採取一致態度。由於梁啓超的斡旋，最後黎元洪繼任大總統，馮國璋任副總統，段祺瑞當上了國務總理。

曾經先後任外交部東亞司司長、外交部次長的李毓田（馨畹）在〈記黃溯初先生〉文中說：「黃溯初雖與梁啓超爲好友，但兩人的性格和趣味卻迥然不同。段祺瑞組閣，梁任財政總長，但對財政卻是外行，原想拉黃幫忙，屈就次長；但黃怎也不肯，祇允幕後協助。第一次大戰，國會和內閣多數人都反對參戰，但後來卒參戰了。歷史上祇知這是段祺瑞的明智，頂多知道是梁啓超的建議，哪知道實是黃溯初的深謀遠慮。以故日本人稱他爲『幕後政治家』。這是楊雲竹代理駐日大使時從《朝日新聞》報載得知告訴我的。」

爾後，軍閥混戰，狼煙四起，政局敗壞，國事日非。黃溯初深深地失望了。於是棄政從商，希望發展民族工業，「殖產」救國。汪惺時在〈黃溯初先生事略〉文中說：「初，黃助其弟梅初與同鄉數人在滬組織通易商號，經營進出口貿易，大都以溫州土產變換上海工業品。後梅初在普濟輪沉沒時遇難，黃乃將商號擴而充之，經營銀行信託業務。」他順理成章地擔任上海證券交易所第一號經紀人，從一九二一年七月連續擔任通易董事長兼總經理，直到一九三六年六月公司虧空而倒閉，歷時十五年之久。李馨畹說：「『通易』雖說是私人機構，但中國銀行總裁張嘉璈是黃溯初的莫逆朋友。匯豐銀行英人某又是張的熟人，因此『通易』在上海金融界仍居很重要的地位，凡不能與『中國』、『匯豐』打通者，遂群趨『通易』了。故黃溯初又是銀行家。」但後來由於決策失誤、用人不當等多種原因，通易破產倒閉，黃溯初遭從商的挫折，被迫索居於日本長崎小濱。

一九三九年二月一日，高宗武奉汪精衛電召自香港到達河內，商討今後對策。高宗武即偕周隆庠攜帶這些方案和條件，從河內經香港轉上海赴日，二月二十一日在長崎登陸。高宗武在日期間，專程到小濱去拜訪黃溯初。黃溯初有〈高宗武來訪，同宿雲仙觀光旅館，賦贈〉詩云：「平生朋舊知多少，誰訪孤蹤到日邊？為我遠來留一宿，與君闊別忽三年。身經夷險情逾見，談到興亡思欲然。山館高寒夜寥寂，偶聞石罅瀉溫泉。」這一晚他們談了什麼？據黃溯初的侄兒黃達聰〈「高陶事件」的眞相〉說：「當時伯父就開門見山義正辭嚴地向高指出：『你要救國，必先從自救開始，你跟汪精衛走是絕對錯誤的。』高宗武聽後大受感動，連連稱是，當即決定邀請伯父去上海為他安排一條棄暗投明的出路。」而杜月笙的祕書胡敘五，後來與黃溯初多所接觸，他以筆名「拾遺」所寫的《杜月笙外傳》中說：「溯老於是正色對他說：『一個幹政治的人，頭腦要和冰一樣的冷，熱情要和火一般的熾。惟其冷纔可以沉思觀變，惟其熱纔能當仁不讓。目前你看到草案的苛酷，纔感到犯了不可饒恕的罪惡。其實你離開重慶那一天，便已撒下了毀滅的種子。抗戰力量，誠為微弱。但合則猶可圖存，分則自掘墳墓。政見儘管不同，主張儘管互異，但在今日情形之下，站在國家民族立場，必須追隨著蔣先生。至低限度，亦應自託於抗戰陣營之列。根本說來，這並不是服從蔣先生，我們所應硜硜信守的是中國人在國破家亡的正義傳統。回頭是岸，今尚不遲，只要抱定決心，一切我來區處。』」雖然高陶的叛逃有其諸多原因，但胡敘五認為「宗武此行，所要商量的正是切身問題。大海中既獲南鍼，反正之念，自更堅決。於是彼此約定，宗武先歸，溯老隨後亦回上海。」

據溫州圖書館副研究員盧禮陽所撰〈黃群年譜〉云：「秋，乘船離開小濱，祕密歸國，為高宗武謀脫身之計。在滬下船之際遭遇盤問，登岸後暫寓滬西極司非爾路蔣方震（百里）舊宅。此時蔣宅由宗武寓居。」據黃達聰前文說：「在上海期間，伯父曾因高宗武之介紹會見汪精衛。據伯父事後回憶，會見時間是在深夜，汪的情緒極壞，狂飲白蘭地酒。伯父當時竭誠告誡他：無論如何不能去南京組織偽政府。汪口頭承諾：『一定不去。』」高宗武在他的英文回憶錄中也說：「那年後來，汪和我在上海，黃從長崎來。我帶他見汪，他們談了兩小時。黃勸汪立即離開上海，不再任由日本人操縱。汪回答說，他寧死不屈。但他沒能兌現他的諾言。」〈黃群年譜〉又云：「是時浙江興業銀行常務董事徐寄廎也住在極司非爾路，與杜月笙有交情，就由徐出面與杜駐滬代表徐采丞聯繫，由徐采丞赴港轉達高的反正意向，要求向渝方接洽。」

徐寄廎（一八八二—一九五六），浙江永嘉人。幼年就讀於私塾，後入浙江杭州高等師範學堂學習，一八九八年畢業，東渡日本進東京同文書院攻讀，畢業後再入日本山口高等商校專攻金融，一九〇五年歸國後從事教育、投身金融，成爲金融界鉅子之一。一九三七年「八一三」事變後，徐寄廎任上海市商會常務理事、公共租界華人納稅委員會副主席、地方協會理事、抗敵後援會委員、籌募救國公債委員會委員等職。當時，他是杜月笙和浙江財閥在上海的高級代表，擔任浙江興業銀行常務董事，可說是杜的親信。徐寄廎與黃溯初是同鄉和至交，幼年在應童子試就訂交了。在日本留學時，雖不同校，但每週彼此均有往來。後來黃溯初在上海經營信託事業，徐寄廎在浙江興業銀行，兩人朝夕相見。因此，黃深信徐定會爲自己所託之事盡心盡力。

徐采丞（一八九二—一九五五），名錫章，江蘇無錫人。抗戰前他在上海商場，僅爲二三流的腳色，他的出身是一個小洋行（**按：德國人開的**）的買辦，爲了事務，曾去過歐洲，後來由史量才的支持，從中南銀行取得貸款，創辦民生紗廠，規模很大，但卻曇花一現，在八一三滬戰前即已倒閉。在表面上他雖擠在富商一起，其實早已外強中乾。戰時他與日方傾心往來，其動機即在於此，對準經濟，想打開出路。民生紗廠設於曹家渡，他爲應付工人及該地段的流氓地痞，最初巴結張嘯林，年節送禮，單說洋酒香菸，便需小汽車裝運，其他可知。及史量才遇害，張嘯林的聲勢漸遜，而杜月笙則一枝獨秀，他乃以事張嘯林轉事杜月笙，抗戰期中，表現尤著。徐采丞雖是海派商人出身，給人的印象卻謙和靜穆，彬彬有禮，吐屬婉約，絕少市儈氣味；而七情內斂，城府甚深。處事周密，差不多到了心細如髮的地步。不論公事或私事，沒有必要，絕不輕易告訴別人，可以說守口如瓶。大概由於這些原因，一九三八年杜月笙和黃炎培離開上海的時候，便決定讓他以「上海市地方協會」理事的身分暫代總祕書之職，掌握會務。他利用杜月笙的關係，使其本身發展得以左右逢源，周

杜月笙

旋如意。曾在《申報》的陳彬龢就說過：「那些年間，對外自稱杜月笙代表的大有其人，杜不否認，亦不承認。事實上這些人也非假冒，因杜經手的事太多，張三李四因以代表自居，似亦說得過去，徐采丞的代表名義，即在此一情形下產生，惟利用杜名，做出偌大市面者，當時實以徐采丞爲翹楚。」

杜月笙的祕書胡敘五說：「此時溯老最急急的祇爲高的問題，如何早日與重慶取得聯繫。由於他與徐寄廎先生以同鄉而兼至好，所以遇事只和寄老商酌又鑑於本身以往經驗，如以此事與國民黨官僚直接接觸，深覺不堪承教。思得一社會有力人士，擔起居間責任。在信義上彼此交孚；在合作上推誠相與。寄老便直覺地提起杜月笙來，認爲除他以外，沒有第二個適當之人。溯老離國過久，情形隔膜。但亦曾聽到杜月笙雖是出身江湖，其行徑卻不類於『過橋抽板』的儈夫市儈。

於是決將這樁買賣，奉送與月笙承辦。其時已是十月，徐采丞適從香港返滬。甫抵家門，寄老踵至，將大致情形，撮要告知。隨手掏出一張條子，上面僅書『高決反正，請向渝速洽』九個字。即浼采丞原船返港，速與月笙接洽。」

胡敘五又說：「月笙看過字條，深悉寄老為人，十分謹慎，如非千眞萬確，落筆不致如此堅定。認為事不宜遲，利在速洽。即於翌晚飛往重慶，一面囑采丞留港稍候。其時蔣委員長適有桂林之行，原擬小駐，聞此密報，一宿還渝。召見月笙，前席專對。即囑月笙從速返港祕密進行。月笙返港後，又著采丞從速返滬。纔逾十天，溯老蒞港。當將宗武去日經過、密約要點，逐一和月笙細說，並製成筆錄（**按：由胡敘五筆錄**），俾月笙不致遺忘，得向當局詳陳。於是月笙在同一月內又作第二次重慶之行。」據徐寄廎〈《敬鄉樓詩》跋〉回憶：「時杜月笙君在港，與溯初無素，余為介紹，一見如故，爰偕赴陪都，以某事言之於當路。」而據蔣介石一九三九年十二月十八日日記云：「下午與俄使談外交，與月笙談汪事。」十二月二十一日日記云：「下午與黃溯初談話。黃溯初，浙江溫州人，高宗武之父高玉環的至友。」是蔣介石見過黃溯初，而黃達聰記黃溯初事後回憶：「因腰部不好，坐下後立不起來，蔣親自扶他起來，臨別又為他披上大衣，送他出來」，蔣有一封親筆信交其帶轉香港，信中稱讚高是「浙東好男兒」。另黃溯初在其〈雜感八首〉中的第六首云：「蜀道飛行豈畏難，巴山共話到更殘。歡然不覺頻前席，詎料元戎禮數寬。」當是紀實之作。

高宗武出走時機接近成熟之時，他想到了陶希聖，認定陶是最適合「一起幹」的人選。於是高向陶以誠相告，將自己的安排和盤托出。正為未來深感煩惱的陶希聖無異於遇到了救星，便一口答應偕同出走。高、陶住在上海雖受日汪監視，但有軍統上海區和萬墨林等人的保護，倒也平安無事。他們一直等到一九三九年十二月三十日汪精衛在密約上簽字後，於一九四〇年一月三日攜帶早已偷偷拍攝的汪日密約逃離上海。當時高、陶分開行動，高化裝乘車登上美國郵輪「胡佛總統號」；陶則乘車到國際飯店佯裝探望友人，從前門進去，即從後門走出，鑽進事先停在門口的汽車，也順利登上了郵輪。

對於如何盜取汪日密約，高宗武在回憶錄（根據陶恆生的中譯本）中說：「此後我們反覆討論這些條款。我們關起門開會。每次會議結束後，汪會收集所有文件帶回自己的房間。我知道我被懷疑，所以每次都坐在汪的旁邊。當其他人在文件上打轉的時候，我試著默記它。我知道那不是容易的事，因為中文文件有幾十頁。不過當時我認為偷這份文件是不可能的。正當我想放棄默記這些放在汪面前的文件時，一個好機會來了。犬養告訴汪，文件的中譯本文字比日文原本嚴厲，能不能找個人來更正一下？汪在下一次會議時提出這個問題，指定我做這件工作。我故意一再推辭，說我不喜歡那些條文，大家

一九三二年，陶希聖於北平。

把這責任推給我太危險了，日本人可能會說我故意把條文改得比原文更加嚴厲。如我所料，我越推辭，大家越堅持，最後我接受了。不過很不幸，我必須在汪的家裡工作，我不能把文件拿出去，更別說找機會偷偷抄寫一份了。該來的還是來了。一天，一位突然從東京來上海的日本國會議員打電話到汪府找我。由於他是位重要人物，汪乃邀請他來汪府與正在修改中譯稿的我見面。我們談了兩小時後，日本人說他要回旅館，我自然要禮貌地送他。汪看見我們出門，卻沒看見我口袋裡的文件。我從旅館會客室撥電話給汪說，剛才匆忙間不小心把文件帶了出來，可否馬上派人來取回。要不然，我於一小時之內送回來。如我所希望的，汪說沒關係，不急。我到旅館門口告訴送我們來的司機有事耽擱，要他等一會兒。然後從旅館後門出去，叫了一部計程車直奔回家。我不懂拍照，可我太太懂，她把全部文件拍了下來。沒有她的幫忙，事情絕對辦不好。文件拍照完畢，我坐計程車趕到一位朋友家，把底片交給他。要他沖洗後爲我絕密保存。然後，我回到旅館後門，藉故進入國會議員的房間隨便問問，知道沒人從汪府來電找我。於是從旅館正門出去，上車吩咐司機開快點。我只離開了一個鐘頭。汪沒有一點懷疑的跡象。他甚至說：『不必急著拿文件回來嘛，放在你那兒一會沒關係的。』他的無辜讓我產生罪惡感。這也表示從南京回來之後，他已不再懷疑我了。否則我不可能那麼順利的。這是十一月中的事。那時我並沒有想到利用我得到的東西。我還在殷殷希望汪能回心轉意。他還沒有在草約上簽字。不到那時我絕不放棄希望。」

高宗武陶希聖攜港發表
汪兆銘賣國條件全文
集日閥多年夢想之大成！
極中外歷史賣國之罪惡！
從現在賣到將來從物資賣到思想
日支新關係調整要綱
附件一
附件二
日支新關係調整要綱
另一賣國文件

一九四〇年一月二十二日的香港《大公報》揭露「汪日密約」。

一九四〇年一月五日高、陶安抵香港，隨後會晤黃溯初、杜月笙。七日高宗武致蔣介石信：「頃晤玉笙、溯初兩先生，得悉鈞座愛護之情無以復加，私衷銘感，莫可言宣。宗武於五日抵此，回顧一年以來，各方奔走，祇增慚愧而已。今後唯有杜門思過，靜傾尊命。先此奉達，並托玉笙先生代陳一切。另帶上密件共三十八紙，照片十六張，敬請查收。」

當時由於陶希聖的眷屬尚留在上海，顧及他們的安全起見，故不便立即發布汪日密約。一月二十一日，陶眷經杜月笙、萬墨林協助安抵香港。次日，香港《大公報》全文披露汪日密約，並發表高、陶的公開信。高、陶在信中對自己參與「和平運動」表示懺悔，並說明汪日密約的來源。此舉對汪精衛叛國集團是一次沉重的打擊，汪當即令周佛海等人商討對高、陶的處置。周佛海「憤極之餘，徹夜未睡」，並惡狠狠地表示「高、陶兩動物，今後誓當殺之也」。而汪精衛則在青島發表談話，竭力否認密約之事。

「高陶事件」完美落幕，蔣介石頗感欣慰，他讓杜月笙轉交一封親筆信給高宗武，謂「今後如願返渝作研究工作亦可，不過，依愚見，最好渡美考察。」高宗武心領神會，表示遵命赴美「考

夏侯敘五著《高宗武隱居華盛頓遺事》書影。

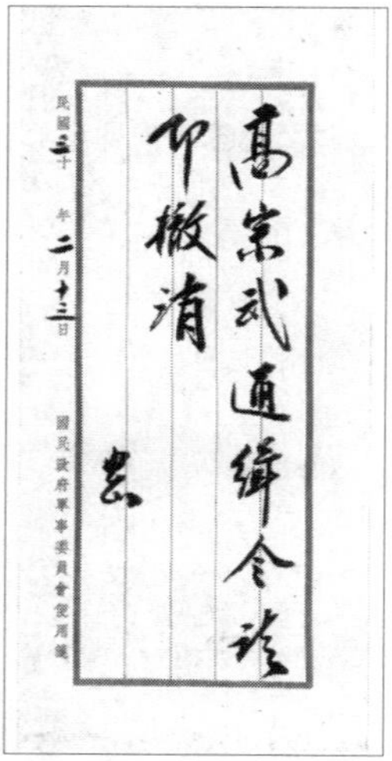
撤銷通緝令

察」。臨行前高氏夫婦到九龍塘與黃溯初話別，黃有〈宗武、惟瑜夫婦同為歐美之遊，賦此贈別〉詩云：「去年初春君訪我，雲仙共話到深更。今年初春我送君，九龍握手意難分。交情應與年俱積，春去由來不容惜。但使花開勝舊年，根深那怕春風顛。救國須從自救始，猛然掉頭覺今是。此去歐洲復美洲，最難梁孟得同遊。去舟倘夢西湖月，故國還憂金甌缺。不櫛欲加博士銜，男兒志氣更非凡。平生對君久期許，舉杯不效時俗語。功名有命莫嫌遲，請君記取贈別詩。」

一九四〇年五月二十四日，抵美國的高宗武夫婦和駐美大使胡適吃飯，胡適日記說：「宗武說，此次精衛的事，反對最出力者有杜月笙，有黃旭初（溫州人，宗武同鄉）……」胡敘五說：「這次高陶反正事件，幕後全是由他（黃溯初）策劃，但絕不居名，更無所『利』。事成以後，溯老在九龍塘借賃一間廳房，仍然過其簡單的獨身生活。月笙於他尊重異常，敬禮備至；但他卻從不跨進杜宅一步。遇有疑難問題，或逢國際局勢變化；月笙往往起個絕早，跑到九龍塘去，登門就教。溯老有一特殊本領，常把各報同類消息，歸納一起，再將類似消息，穿插其間；又追溯到以前報導，互相印證。在茫無頭緒之中，每每被他發掘出一個有系統的線索來，大有智燭機先、談言微中之妙。」

高宗武雖定居華盛頓，但對先前被發布爲通緝犯，一直耿耿於懷，他曾寫信給在香港的陶希聖，陶希聖在一九四〇年九月五日的覆信中說：「蓋弟以爲離滬只不過是國民良心之發動，而非建功之業，自亦無功業可以自恃，因而決不可有所希冀，故唯有孤寂忍而已……。」這件事高宗武也向胡適提過，同時他也致函給杜月笙及黃溯初，希望向蔣介石反映。一九四一年二月初，黃溯初應重慶方面電邀，第三次飛渝，曾當面提請政府解除對高宗武的通緝令，果然在二月十三日蔣介石親下條子──「高宗武通緝令請即撤消」，二月十七日國民政府發布「高宗武著即撤銷通緝」。

一九四一年十二月中旬，香港被圍，當時往來香港重慶間的徐寄廎說：「糧盡援絕，數米而炊，形影相弔者，余與溯初及其嗣子達權而已。」等到香港淪陷後，黃溯初由廣州轉往桂林。而在華盛頓定居的高宗武，也不時透過杜月笙轉達關懷之意，聽說溯老生病，便在美國訪醫求藥，然後託駐美大使館人員陸軍武官蕭勃帶回給他。迨桂林告警，黃溯初又轉往重慶，寄寓重慶郊外大興鄉「棋王」謝俠遜家。

據夏侯敘五《高宗武隱居華盛頓遺事》一書說，黃溯初爲了高宗武的前程出路，到處奔波。

一九四五年二月二十二日還親書一信託杜月笙轉寄高宗武，信云：「……余自小濱返國以迄於今，對於國難常以犧牲之精神，做開濟之貢獻，不幸無效，忍性等待至於今日，而余之初衷，一如昔日也。余與信如先生（按：蕭勃）所談者，皆係肝膽之言，已面懇奉達於左右矣。來日能否見諸行事，雖曰人力，亦關天命，余六十三歲老病之軀，余生修短，在所不計，所希望者，唯能親身目睹眞能奠定新中國建立之基礎而已。請兄與信如先生面商後即設法以要情函示爲幸。……」沒想到兩個月後，即四月二十六日，黃溯初卻因心臟病發去世了。高宗武聞訊悲痛不已，他仰天長嘆：「從此以後，能眞心爲我設想籌劃者又少一人矣。」

而陶希聖在一九四五年五月三十一日的重慶《中央日報》發表〈憶溯初先生〉文曰：「溫州黃溯初先生奔走國事三十餘年，余所知者有二事，皆有貢獻於國家。然報章不載，史策亦將不傳。三年之前，余在九龍，與溯初先生比鄰而居，薰沐其風采。寇軍侵入後，余以必死之身托庇於溯初先生者五日，復承其分僅有之錢幣，始得買米以活妻兒。情義之摯，永銘肺腑。昨日爲溯初先生逝世五七之辰，港滬舊友舉行公祭，余輓之曰：爲國家憂瘁而終，獨行危言，皆簡篇所未記；在涸轍呴噓以沫，高情厚誼，居湖海亦難忘。」

是的，一生爲國盡忠爲友盡義、不好名利的黃溯初，是不該被歷史所遺忘的！

黃侃與老師章太炎及劉師培之間

黃侃，字季剛，是我國近代著名的文字學家、訓詁學家和音韻學家，是章太炎的高足，與太炎先生並稱「章黃」。黃季剛被稱為國學泰斗，固成之於章太炎之薰陶，然得力於庭訓之講習居多。蓋季剛尊翁黃雲鵠，為蘄春名翰林，博通群籍，教子甚嚴。季剛幼極聰穎，凡有講授，輒過目不忘，故季剛未弱冠，即已寢饋經史百家矣。一九〇六年，章太炎在東京開設「國學講習會」，定期講授文字學、音韻學、莊子及中國文學史等課程，汪東與黃侃、錢玄同、吳承仕、魯迅、周作人、許壽裳等一同前往聽講，北面受業，其中黃侃、汪東、錢玄同精於文學，吳承仕精通經學，四人有「章門四子」之稱。章太炎曾將著名弟子五人戲分為天王、東王、西王、北王及翼王。汪東在《寄庵談薈》中記載：「黃侃嘗節老子語：天大地大道亦大，概余作書，是其所自命也，宣為天王；汝為東王，吳承仕為北王，錢玄同為翼王。余問錢何以獨為翼王？先生笑曰：以其嘗造反耳。越半載，先生忽言，以朱狄（希祖）為西王。」黃侃為天王，自然是因為其學問在章門諸子中首屈一指。章太炎曾說：「季剛從余學，年餘冠耳，所為文已淵懿非凡。」又說：「清通練要之學，幼眇安雅之辭，並世固難得其比，雖以師禮事予，轉相啓發者多矣！」。

章太炎先生喜好罵人，被人稱之為「章瘋子」。民國元勳劉成禺在《世載堂雜憶》記述：清末，湖廣總督張之洞在湖北武漢辦了一家《楚學報》，並聘請梁鼎芬為主辦，王仁俊為坐辦，章太炎為主筆。梁鼎芬是一個頑固守舊的人物，屬於「保皇黨」人，而章太炎則主張以革命的方式推翻滿清政權。王仁俊預料二人早晚有一天會因政治觀點不一致而鬧翻。《楚學報》第一期出版前，主辦梁鼎芬特地囑咐章太炎撰文。梁鼎芬本以爲章太炎能寫出一篇迎合清廷的文章，誰知章太炎卻寫了一篇六萬多字的〈排滿論〉。梁鼎芬讀了〈排滿論〉後，口中連呼「反叛反叛，殺頭殺頭」達數十次。隨後，梁鼎芬來到總督署，要張之洞捕拿章太炎，按律治罪。劉成禺等人爲救章太炎，告知王仁俊一旦按律治罪則張之洞亦要受其累，請其曰：章太炎原是個瘋子，逐之可也。是爲「章瘋子」一稱的由來。章太炎對此稱呼不惱不怒，反而公開宣稱：「大凡非常可怪的議論，不是神經病人，斷不能想，就能想也不敢說，說了以後，遇著艱難困苦的時候，不是神經病人斷不能百折不回，孤行己意。古來有大學問成大事業的人，必得神經病才能做到。」

他與黃侃的師徒緣分，據說還是罵來的。當時，季剛留學日本，時方年少氣盛，目中無人。偶與太炎同寓，季剛居樓上，太炎居樓下，初不相識。一夕，季剛內急，遽於樓板便溺，適漏滴太炎房中，太炎發現，大罵道：「王八蛋，沒娘養的，不去廁所，隨處撒尿！」季剛亦不甘示弱，以罵還之，嗣經同寓勸解，

汪東（1890—1963）

字旭初。江蘇吳縣人。他是晚清至民國的外交家汪榮寶的弟弟，原名東寶，與兄感情殊篤，後榮寶卒，他有感雁行折翼，改單名為東，取旭日東升之意，以旭初為字。他弱冠留學東瀛，先入成城學校，後入早稻田大學預科，畢業後入哲學館，同時加入同盟會，擔任《民報》撰述。一九〇六年，章太炎在東京開設「國學講習會」，定期講授文字學、音韻學、莊子及中國文學史等課程，汪東與黃侃、錢玄同、吳承仕、魯迅、周作人、許壽裳等一同前往聽講，北面受業，其中黃侃、汪東、錢玄同精於文字學，吳承仕精通經學，四人有「章門四子」之稱。民國時，歷任北京政府內務部僉事、江蘇省長公署祕書、中央大學文學院教授、中文系主任、文學院院長、監察院監察委員、禮樂館館長等職。

二人始相識。季剛因國學根柢豐富，自視甚高，及與太炎聚談，始知太炎學問淵博，非己所及，自是折節師事之。故二人師生之誼，實緣相罵而來也。

民國初年，黃侃在北京大學任教期間，曾因看不慣胡適等人發起的新文化運動，數次大罵胡適；季剛生性好罵，眼高於頂，北京的學者無一不被罵及，他的同窗學友孫思昉就說黃侃：「善罵，任北京大學教授時，幾徧罵同列，與陳伯弢漢章言小學，不相中，至欲以刀杖相決。胡適倡白話文，輒衆辱之。」但黃侃獨對劉師培一句都不罵，他說：「師培這個人很有學問，又是本師章先生的好朋友，所以口下留情。」而後來他又拜劉師培爲師，從此講學，凡涉及章太炎、劉師培，必稱本師章先生如何如何，本師劉先生如何如何，不敢直呼其名，一生篤敬如此。

章太炎

劉師培

劉師培，字申叔，江蘇儀徵人。他的曾祖劉文淇（孟瞻）是戴東原的再傳弟子。孟瞻的兩個孫子，一名壽曾（恭甫），一名貴曾（良甫），都能傳家學，師培就是良甫之子。劉氏家族幾代以治經史爲業，著述繁富，成爲乾嘉以來揚州學派的集大成者。劉師培自幼便飽讀經史，他十七歲中秀才，第二年又中舉人，可謂少年得志，意氣風發。一九〇三年，他躊躇滿志地赴開封會試，不料卻名落孫山，初次品嘗到「飛騰無術儒冠誤」的失落感。返鄉時途經上海，意外結識了因宣傳革命而屢遭清政府通緝的章太炎，此時章太炎已是飲譽學林的古文經學大師，但劉家祖孫三代以治一部《左氏春秋傳》而著稱，爲章太炎所推重，而劉師培亦仰慕章太炎的學問，兩人義氣相投，學問相近，引爲知己。當時章太炎三十五歲，劉師培只有二十歲。他們在上海創立國學保存會，出版《國粹學報》。此時劉師培也改名「光漢」，著《攘書》，表示「攘除清廷，光復漢族」的決心。

一九〇七年二月，劉師培應章太炎之邀偕同母親、妻子何震及何氏表弟汪公權東渡日本，拜謁了孫中山，並加入同盟會。劉師培很快成爲章太炎主編的《民報》的主要作者之一。劉師培「內懼豔妻」是出了名的，他受到妻子何震的影響，當起兩江總督滿人端方的特務，刺探留日學生的排滿言論和行動。黃侃在一九三五年寫的〈申叔師與端方書題記〉文中說：「丁未（一九〇七）秋冬間，申叔師與太炎師同居日本東京小石川一椽，貧窶日甚。適其戚汪公權憸人也，爲申叔設

錢玄同（1887—1939）

原名錢夏，字德潛，號疑古，浙江吳興人。一九〇六年留日，入早稻田大學讀文學，又從章太炎習文字學，研究音韻訓詁，並加入同盟會。一九一〇年回國，執教海寧、嘉興、湖州中學。辛亥革命後任浙江教育總署教育司科長。一九一三年到北京高等師範附中任教，旋任國文系教授。一九一五年兼北京大學教授，後在《新青年》倡導白話文和文學革命，並任編輯。任教育部國語統一籌備會常駐幹事（後任常委），主持編纂《國音常用字彙》。盧溝橋事變後北平淪陷，堅持民族氣節，不與敵偽合汙。一九三九年因腦溢血病逝。

策，謂僞爲自首於端方，可以絡取鉅資。申叔信之，先遣汪西渡，輾轉聞於端方。端方言非面晤申叔，錢不可得。申叔乃赴上海，與端方之用事者交談，固未敢徑赴江寧也。既而端方手書致申叔，道傾慕已久，得一握手爲幸，矢以天日，申叔又信之。」而據劉師培的外甥梅鶴孫說，端方於是命江寧藩司樊雲門（樊山）具函禮聘，由李、陳電約返國。劉師培接電後尚在猶豫，而何震久厭居東，聽小人之言，並符合她的名利思想，以爲能與官場聯繫，自然另有出路，遂極力慫恿要脅。劉師培不能堅定立場，權其得失，於是在一九〇七年十二月底夫婦貿然返國，向端方「投誠」。次年二月，又潛回東京，繼續主持「社會主義講習會」，高談無政府主義革命。

何震在當時是有名的交際花，而且常常與其表弟出雙入對，形如夫婦，對外宣稱「公夫公妻」而不諱。章太炎有點看不入眼，便私下告訴了劉師培。劉母非但不信，而且大罵章太炎企圖挑撥他們的關係。劉師培也反誣章太炎與清政府關係曖昧，並且於一九〇八年五月二十四日在上海的《神州日報》上僞造〈炳麟啓事〉，大意是說章太炎準備放棄革命，不理世事，專研佛學。章太炎得知後非常氣憤，他在同年六月十日的《民報》上刊登〈特別廣告〉，抨擊《神州日報》揑造事實，並攻擊劉氏夫婦是清廷密探。他們兩人的關係終於鬧僵。黃侃對此事也說：「若太炎師無故受誣，至今猶在夢中，則申叔師發言不愼之咎也。」

儘管章太炎對劉師培「恥其行」，但還是很欽佩他的學問，覺得他這樣誤入歧途，是很可惜的，便在一九〇八年六月一日寫信給孫詒讓，懇請孫氏出面勸勸劉師培歸隱故里，潛心學問，不要再管外事。信的最後一段說：

儀徵劉生（舊名師培，今名光漢，字申叔，即恭甫先生從子），江淮之令，素治古文《春秋》，與麟同術，情好無間，獨苦年少氣盛，喜受浸潤之譖。自今歲三月後，讒人交構，莫能自主，時吐謠諑，棄好崇仇；一二交遊，爲之講解，終勿能濟（以學術素不逮劉生故）。先生於彼，則父執也。幸被一函，勸其弗爭意氣，勉治經術，以啓後生，與麟戮力支持殘局，度劉生必能如命。慺慺陳述，非惟一身毀譽之故。獨念先漢故言，不絕如線，非有同好，誰與共濟？故敢盡其鄙陋，以浼先生，惟先生少留意焉。

後學章炳麟頓首

五月初三日

但信寄到瑞安時，孫詒讓已在病危中，據孫延釗〈餘杭先生與先徵君〉說：「札尾原屬五月初三日，時先徵君已在病中，而即於是月

吳承仕（1884—1939）

字檢齋，安徽歙縣人。光緒末年中第一名舉人，欽點大理院主事。曾留學日本。與黃侃等同為章太炎入室弟子。精研音韻訓詁及古代名物制度。與黃侃並稱「北吳南黃」兩經學大師。歷任中國大學、北京師範大學、北京大學、東北大學教授和系主任。並創辦《文史》、《盍旦》雜誌。參加「一二．九」運動，為北平各界救國會成員。一九三六年，被吸收為中共特別黨員。抗戰以後，堅持天津的地下活動。逝世於北平協和醫院。著有《經學史》、《經籍舊音辨正》、《經典釋文序錄疏證》、《三禮名物》、《六書條例》等。

二十二日卒，此札寄到，已不及見。」這麼誠懇的講和之語，並沒有得到劉師培的回應。

一九〇九年，劉師培正式成為端方的幕僚，為端方考訂金石，兼任兩江師範學堂教習。端方調任直隸總督，劉師培隨任直隸督轅文案、學部諮議官等職。一九一一年，清廷有意派端方做四川總督，命帶兵入川平亂，亂平即正式任命。但他帶的幾千軍隊未到成都，就給他的部下殺死。隨行的劉師培也遭資州軍政分府拘留，章氏惋惜其罕有之學問才華，遂作保釋其人的〈宣言〉：

> 昔姚少師語成祖云：「城下之日，弗殺方孝儒，殺之，讀書種子絕矣！」今者文化陵遲，宿學凋喪，一二通博之材，如劉光漢輩，雖負小疵，不應深論。若拘執黨見，思復前仇，殺一人無益於中國，而文學自此掃地，使禹域淪為夷裔者，誰之責耶？

轉年，中華民國成立，因在南方消息不通，一月十二日章太炎與蔡元培又聯名在《大共和日報》刊登〈求劉申叔通信〉的廣告，再次為之呼籲：「劉申叔學問淵深，通知古今，前為宵人所誤，陷入樊籠，今者民國維新，所望國學深湛之士，提倡素風，保持絕學，而申叔消息杳然，死生難測。如身在他方，尚望先通一信於國粹學報館，以慰同人眷念。」章、蔡二人的舉動，贏得天下同聲讚揚。

一月二十六日，章太炎、蔡元培電請南京臨時政府，設法保護劉師培性命。二十九日，南京臨時政府教育部、大總統府分別致電四川都督府，保釋劉師培。大總統府電報云：

四川資州軍政署鑒：劉光漢被拘，希派人妥送來寧，勿苛待。總統府。宥。

教育部電：

四川都督府轉資州分府：報載劉光漢在貴處被拘，劉君雖隨端方入蜀，非其本意，大總統已電貴府釋放。請由貴府護送劉君來部，以崇碩學。教育部。宥。

是這兩封電報，把劉師培的性命保住了。

恢復了自由的劉師培即在友人謝无量介紹下先在四川國學院講課。而何震得東京老友南桂馨等相助則在太原閻錫山處充當家庭教師，劉師培不久也到太原謀職，被閻錫山聘爲都督府顧問。一九一五年，總

朱希祖（1879—1944）
字逖先，浙江海鹽人。清道光狀元朱昌頤族孫，留學日本早稻田大學。又從章太炎受說文音韻。歷任北京大學、北京師範大學、清華大學、輔仁大學、中山大學及中央大學等校教授，是著名的史學家。他較早地倡導開設中國史學原理及史學理論等課程，並講授「中國史學概論」，在中國史學史的早期研究方面起到了一定的作用。一九三二年任廣州中山大學教授兼文史研究所所長，先後撰寫《南明之國本與政權》、《南明廣州殉國諸王考》、《中國最初經營台灣考》、《屈大均傳》、《明廣東東林黨傳》等數十篇論文，成為研究南明史的權威。一九四四年七月因肺氣腫病發，逝於重慶。

統袁世凱設參政院以代國會，網羅各界知名人物爲參政，劉師培是碩學鴻儒，也被聘爲參政，雖無實權，但地位崇高，待遇豐厚，雖然有「抬轎」之嫌，但生活優裕，並且官威十足，傳說參政的府邸大門，有護兵站崗，劉師培下班回家，兵士舉槍行禮，並高呼「劉參政回府」，聲入雲霄，何震聞之大悅。劉成禺在《洪憲紀事詩本事簿注》有詩：「千枝鐙帽白如霜，郎照歸朝妾倚廊。叫起守關銀甲隊，令人夫婿有嚴光。」記其盛。後來劉師培又名列籌安會六君子之一，做了袁世凱的弄臣。袁世凱死後，政府通緝六君子，劉乃避禍出京，後經內閣總理李經義以「人才難得」保免，才僥倖逃過浩劫。

一九一七年，蔡元培初掌北京大學，章太炎不念舊惡，向蔡元培鄭重推薦，謂：「劉生儒林之秀，使之講學而不論政，亦足以昺明國故，牖迪我多士，未可以一眚廢也。」於是劉師培被聘爲北大文科教授。與黃侃爲同事，相見日密。是時劉師培疾病纏身，常慨嘆自己的學問沒有傳人，後來傳到黃侃耳中，就說：「如果劉先生不嫌棄，不才黃侃拜劉先生爲師好嗎？」劉師培聽到了，以爲他開玩笑，說道：「足下自有名師，怎好相屈！」但黃侃出於至誠，第二天即備贄敬，登門三跪九叩首，行拜師之禮。劉師培大喜，端坐而受之。後來章太炎聞之，曰：「季剛小學文辭，殆過申叔，何遽改從北面？」黃侃卻常說：「余於經學，得之劉先生者爲多。」有論者說，黃侃自恃才高，他研讀十三經只看白文，不讀注疏，以爲晉唐人解經之說無足觀也。一日偶遇劉師培，劉問其近來講授如何？黃說正在爲學生講陶淵明詩，並說明天就要講〈命子〉詩，劉莞爾

黃侃

一笑說：「黃先生怕是講不來的。」黃當時頗不以爲然，待到家中翻開書一看，果有不可解處，於是黃即告知學生明天課暫時不上。次日，黃言之於章太炎，章告知去找《十三經注疏》看，其中《左傳》襄公二十四年等處注疏中有關於該詩「愛自陶唐」、「穆穆司徒」的解釋。黃一時驚詫不已，他正是因這兩句無法講授的。黃侃講過〈命子〉詩後，再遇劉師培，劉說黃先生你肯定問過你的「太炎師」。黃問其由，劉師培指其不讀注疏。黃佩服劉如此之學問，恐其不傳，因此而執弟子之禮。黃侃執禮甚恭，後來收門生，也要人行此三跪九叩大禮，他說非如此則師道不尊，而且本人從前拜師亦行此禮，今日收生徒，必需如此，可見他對師道的重視。劉師培和黃侃是師生，但兩人的年齡只差兩歲，難得黃侃是這樣爲學問而虛心，絕對沒有世俗人那種狂妄虛驕之氣。

同樣地，黃侃對於章太炎，也是師生情篤。同門朱希祖之子朱偰就回憶章太炎到他家的情景：「章先生穿著玄色長袍馬褂，端坐在客廳中間，道貌岸然。門弟子對他，都非常恭敬；但是那是純粹出於自然的敬愛，大家還是有說有笑，空氣非常融洽。」當民國三年夏末，章太炎爲袁世凱幽禁於北京錢糧胡同時，黃侃曾兩度入京省視。據掌故大家徐一士說：「章在錢糧胡同寓所，所用僕人及庖人，共有十人左右之多，一僕係前由軍政執法處長陸建章所薦，曾隨侍於龍泉寺，此外則吳炳湘所間接推薦，蓋由警察之類改充，皆負有暗中監視之責者也。」又稱：章氏門人黃侃應北京大學之聘來京，講授詞章學和中國文學史，見章生活寂寞、身體消瘦，恐其健康受損，於國於私都爲不利，於是假借「欲與章同寓，俾常近大師，遇有疑難之處，可以隨時請教」爲名，被允許搬入章太炎囚禁處，就近照料，「不料不數月，而黃突爲警察逐出，章氏因之復有絕食之事。」之後，黃侃罔顧生死，奔走營救，嘗有〈致教育總長湯濟武（化龍）託救太炎師書〉，中有「安可獨使斯人長此仰日月而不見照燭，臨風塵而不得經過，悵恨鬱塞槁餓以死乎？」語甚哀切。

被袁世凱軟禁時的章太炎。

一九一九年十一月二十日，劉師培逝世，年僅三十六歲。其時，黃侃已因與胡適一派論學不洽而離開北京大學，回到武昌，任教武昌師範大學。他得接劉師培死訊，曾作〈始聞劉先生凶信，爲位而哭，表哀以詩〉的詩哭之。而到一九二〇年，劉師培逝世周年，他又寫了〈先師劉君小祥奠文〉，其中有：「歲序一周，師恩沒世。淚灑山河，魂消江澨。學豐年嗇，名高患至。夫子既亡，斯文誰繫？……我滯幽都，數得相見，敬佩之深，改從北面。夙好文字，經術誠疏，自値夫子，始辨津塗。肺疾纏綿，知君不永。欲慰無辭，心焉耿耿，我歸武昌，未及辭別，曾不經時，竟成永訣！」之句，情眞意摯，感人至深。

相傳劉師培有手寫讀書心得的祕本若干冊，生前非常珍密，不單未曾給人看過，甚至未在人前提過。死後，即以此祕笈傳給黃侃。黃侃得後，亦從不示人，遇到做學問發生難題時，閉門取出祕笈參考，用畢，立加封鎖。黃侃在南京講學期間，曾出祕笈以示親密朋友只汪辟疆一人，甚至往還最密、交誼最厚的同窗學友汪東，也沒有此眼福。據民國元老劉成禺的《世載堂雜憶》載，有關劉師培祕本事，有云：「季剛沒，久經抗戰，在渝問季剛次子念田，亦云未見，且曰劉申叔全稿，亦多散失。今歲與辟疆談及，辟疆曰：『此書在寧，只余一人見過，余窮一日之力，費數十金幣，捐餚菜果餅多種，季剛醉樂，啓床下鐵箱，出一本，閱盡，再出一本，閱數十本後，鐵箱上鎖矣。余當年有日記一篇，汝閱之，可知其事。』」據弟子程千帆在《汪辟疆文集》後記中說，汪辟疆的日記起於清末，一直到一九五四年後半身中風爲止，原稿當在百冊以上，可惜文革被掠，不知下落，現存的僅有三冊，其中一冊是南師大武酉山教授用一角錢在夫子廟地攤所購，另外兩冊是掠奪者匆忙中遺落的。而劉成禺錄汪辟疆一九三四年三月二十五日日記云：「午後季剛約晚飯，飯後打牌四巡，負番幣三十枚，季剛大勝。客去縱談，出床下鐵篋，皆申叔稿，以竹紙訂小本，如呂覽鴻烈斠注補，古曆一卷。……」

劉成禺與黃侃爲同鄉，且後來同在武昌高師任教，和季剛交情最洽，季剛生平善罵，什麼人都敢罵，甚至湖北督軍蕭耀南他都大罵一頓，蕭也不降罪，其他可知。但友人中不爲其所罵者只劉成禺、汪辟疆二人。據朱希祖的孫子朱元曙說，黃侃曾戲呼錢玄同爲「錢二瘋子」，一九三二年，章太炎在北京講學，黃侃也在北京。有一次，黃、錢二人在章太炎住處的客廳裡相遇，與諸客座候師出，黃忽戲呼錢曰：「二瘋！」錢已不悅，黃繼曰：「二瘋！你來前！我告你！你可憐啊！先生也來了，你近來怎麼不把音韻學的書好好地讀，要弄什麼注音字母、白話文。」錢登時大怒，拍案厲聲曰：「我就是要弄注音字母！要弄白話文！混帳！」於是雙方吵了起來。老師聞聲，疾出排解，哈哈地笑著說：「你們還吵什麼注音字母、白話文，快要念『アイウエオ』了啊！」（見黎錦熙《錢玄同先生傳》）朱元曙又說，黃侃與吳承仕原也是極好的朋友，黃一直居住在吳的一所房子內。吳先生是位忠厚之人，而黃侃竟也與其產生了矛盾。一九二七年，吳承仕任師範大學文學系主任，黃爲教授。有學生反映黃在課堂上對女生有不尊重之言，吳作爲系主任便善意地提醒黃侃注意一下。誰知黃侃竟大怒，辭去教授之職。搬家時，黃侃竟架上梯子，爬到樑上寫下一行大字「天下第一凶宅」。這眞有點小孩子惡作劇了。吳承仕把此事告訴了太炎先生，太炎先生回信曰：「季剛性情乖戾，人所素諗。去歲曾以忠信敬篤勉之，彼甚不服。來書所說事狀，先已從季剛弟子某君聞其概略，彼亦云吳先生是，而黃先生非也。」

一九三五年十月八日，黃侃病逝南京，年僅五十歲。摯友汪東在《寄庵隨筆》中說：「季剛嘗宅南京藍家莊，取陶詩『量力守故轍』意，名之曰量守廬。既成，屬余爲圖，余又集宋人詞爲聯語贈之，上云：『此地宜有詞仙，山鳥山花皆上客』，下云：『何人重賦清景，一丘一壑也風流』。季剛甚喜。一日忽去之，曰：平頭爲『此地何人』，語殊不吉。余笑謝之。次年重九，季剛登豁蒙樓歸，飲大醉，嘔血盈升，其女夫潘重規夜半走白余，黎明，邀中央大學學院長戚壽南同往視之。戚斷爲胃潰瘍，遂不起。殮之日，余復往弔，則見此聯赫然懸書室中。」而在他五十歲生日時，太炎先生贈聯曰：「韋編三絕今知命，黃絹初裁好著書。」豈知生日甫過，遽爾身亡，聯中「知命」、「黃絹」等字，竟成語讖。太炎先生聽聞黃侃病逝，嚎啕大哭，連聲訴說：「這是老天喪我也！這是老天喪我也！」

錢玄同與黃侃同爲章門高足，但自胡適倡文學革命，錢玄同和之，而黃侃篤古不渝，兩人遂疏。黃侃卒後，錢玄同給潘承弼的信，談到兩人的交誼說：「季剛兄作古，聞之心痛，弟與季剛，自己酉歲論交，至今廿有六載，平日因性情不合，時有違言，惟民國四五年間，商量音韻，最爲契合。廿二年之春，於餘杭師座中，一言不合，竟致鬥口，豈期此別，竟成永訣，由今思之，吾同門中，精於訓詁文辭如季剛者，有幾人耶？」誠哉斯言。

洪深大鬧大光明戲院事件

一九三〇年二月二十二日，上海大光明戲院上演一部美國派拉蒙電影公司出品的電影，原片名叫*Welcome Danger*，中文譯名為《不怕死》。因片中有辱華的情節，當這部電影正在放映時，突然有個人站到了台前，鼓動大家不要看這部電影。這件事在當時是「轟動社會的大事」。那個人就是復旦大學的教授洪深。

現在年輕人可能不太清楚，實際上洪深在中國戲劇界有著很高的地位。洪深（一八九四—一九五五），江蘇武進（今屬常州市）人，是中國現代話劇和電影的奠基人之一。一九〇六年至一九〇七年，他先後在上海徐匯公學、南洋公學就讀。一九一二年，考入北京清華學校。一九一六年夏，清華學校畢業後赴美國留學，入俄亥俄州立大學習陶瓷工程。一九一九年考入哈佛大學，師從著名的戲劇家貝克教授專攻戲劇，成為中國第一個專習戲劇的留學生。並在波士頓聲音表現學校學習，又在考柏萊劇院附設戲劇學校學習表演、導演、舞台技術、劇場管理等課程，獲碩士學位。一九二二年春回國。一九二三年上演第一部劇作《趙閻王》，自飾主角。同年九月加入戲劇協社，任排演主任，先後上演《潑婦》、《終身大事》、《少奶奶的扇子》等，從此開始中國現代話劇的實驗活動。一九二六年創辦復旦劇社，後來歷任復旦大學、暨南大學、山東大學、中山大學、廈門大學、北京師範大學等校外文系教授、主任，從事教學工作達三十年之久。洪深自一九二二年起還兼搞電影工作，曾於一九二五—一九三七年任明星影片公司編導，寫出了中國第一部較完整的電影文學劇本《申屠氏》，並引進了有聲電影技術。編導電影有《馮大少爺》、《早生貴子》、《四月裡底薔薇處處開》、《愛情與黃金》、《女書記》、《少奶奶的扇子》、《同學之愛》(又名《一腳踢出去》)等。

筆者近日偶閱香港《大華》月刊第十期有主編林熙(高伯雨)的文章,談及洪深大鬧大光明一事。文中引用文壇前輩包天笑一九三〇年的《秋星閣日記》云:

二月二十二日。大光明戲院,開映一羅克所主演之有聲電影曰:《不怕死》,其中以唐人街爲背景,而描寫華僑的種種劣跡醜事,令人發笑。在五點半鐘開演的一場,洪深在該院當眾演說,謂:此等侮辱華人至於不堪的影片,我等不要看,應向該院退票。觀眾群起和之。旋鬧至該院帳房西經理處,洪深被拘去捕房。捕房恐犯眾怒,即行釋出。……

二月二十三日。今日各報皆載洪深大鬧大光明事,而大光明與光陸,依然開演,觀眾反較昨日爲多,因大家不知其如何侮辱華僑之處,向來不看電影者,亦往一觀。洪深昨日此一鬧,似爲該院作了宣傳。……

包天笑(1876—1973)

初名清柱,又名公毅,字朗孫,筆名天笑、拈花、春雲、釧影、冷笑、微妙、迦葉等,生於蘇州城內西花橋巷。著名報人、小說家、鴛鴦蝴蝶派後期的重要領軍人物。早年與祝伯蔭、楊紫驎等人在蘇州組織勵學社,出版《勵學譯編》,主編《蘇州白話報》,與陳冷血合編《小說時報》。先後任職於廣智書局編譯所、《時報》,以及《小說林》編譯所等處,並在蘇州吳中公學、上海城東女校、民立女中各校執教,以及任山東青州府中學堂監督兩年左右。一九一二年後,任職商務印書館編譯所,編輯《婦女時報》,主編《小說叢報》、《小說大觀》,印行《小說畫報》,主編《星期》週刊,又曾任職《立報》,倡組文藝團體青社。抗戰勝利後,一度由滬移居台灣,後轉往香港,直至逝世。

二月二十四日。今日各報均不登大光明及光陸之廣告，然亦無濟於事，《不怕死》仍映如故！租界中之審查電影片者，關炯之亦其一人，於是有人去質問關，關謂審查影片，屬於工部局巡捕房，惟有對於疑難之處，則始由審查委員會審查。且中西各委員，均是義務性質，這些影片，我看也未看過！

聞洪深已延請伍澄宇律師，預備與大光明之經理潮州人高鏡清，以法律起訴。高委託他所認識的友人來調停，洪猶未允。……

又據香港《大華》月刊第二十期，有讀者澤禾說他偶然翻到當年的剪報，見到一篇題爲〈洪深爲請禁映羅克《不怕死》影片呈上海市黨部文〉，此呈文出自洪深之手，對於事件的始末，描述得極爲詳盡，是一份不可多得的史料。筆者查閱《洪深傳》、《洪深年譜》等相關著作，均未見提及此呈文，特全文抄錄如下：

一九二〇年代，上海明星影片公司辦公室。

呈為奸商無恥，唯利是圖，開映影片，侮辱我中華民族，請求制止事：

竊洪深於今日星期六下午，因朋友之邀，赴大光明戲院觀看美國製造、羅克主演之影片，譯名《不怕死》。不料開映之後，該片所描寫，乃華人之爲盜賊也，華人之爲綁票也，種種下流野蠻惡劣，其侮辱誣蔑我民族者，無所不用其極，而尤以販賣鴉片爲情節中主要之點。舉凡《不怕死》之羅克所加諸「怕死」之華人身上，而引起西人之大笑者，在深觀之，眞如刀割。繼乃恍然大悟，羅克之所以取販土爲背景者，亦係投機，因高英土案，（按：高英係北洋政府時代派駐美國舊金山一個領事，因利用外交地位，帶鴉片入美國。）在美曾轟動一時，各地報紙，曾用極大號字登載。美國人心目中大都有此一件事，故演之在影片中，不但動聽，而且可信也。深思念及此，不忍卒睹，遂即離座，至馬路上，茫茫然行走，因天冷乃回家，易去西裝。惟影片所給之侮辱太深，不欲甘心忍受，乃又重回至大光明門口，欲尋得同去觀看之友人，一詢全片情形。在門口遇見數青年議論此片，正欲寫信給報館公告國人，勿再往觀。其中一人，並以當日《民國日報》館「覺悟」欄内卅六人具名之信見示。深此時大受感動，乃謂此種辦法，遠水不濟近火，何不此刻立即對觀眾言之？深遂挺身而入，向觀眾報告片中侮辱華人各點，請各人勿再觀看，群眾表同情於深者數百人，紛紛離座，並邀深同去售票處交涉退票。

而此時該院大股東兼經理高××，竟指使其雇用之西人經理，將深揪入經理室內，欲加禁閉，並動手揪毆，擊破深之嘴唇，奪去深之呢帽及圍巾，並指揮院中侍役及印捕西捕將深圍逼。該西人經理又用英語對英捕言：「吾欲拘捕此人」，即有兩三西捕將深揪入該院，一路揪至愛文義路捕房。到捕房後，該西捕謂此人係大光明戲院經理囑我拘捕者。深乃將經過情形説明，並據理與捕房力爭，計深自五點卅五分至捕房，至八點二十分走出，前後約有三小時。既無原告隨來負責保證，又無正式罪名，無故拘留數小時。直至戲院人散，始行將深釋出，該高某亦可謂善用西人之勢者矣。

竊思做人皆有人心，受侮辱必然悲憤，受壓迫必然反抗，天下之同理也。該租界當道，賴我華人所納之租稅而生存，但何以因英人不滿於《殘花淚》之寫華人優於英人也，則禁止之，又何以於義國水兵不滿於《街頭人》之寫義婦人之賣淫，奪片焚毀後委曲調停之，而對於侮辱華人之影片如《不怕死》，絕不加以取締，任其開映！且深在美國六年，曾在華人所經營之店內做過工。且亦曾居住過所謂唐人街矣，祇知僑胞刻苦茹辛，於重重壓迫下求生存，永不忘我民族之光榮，絕不似《不怕死》片中所描寫之醜惡。即有一二不良分子，亦如美國駐滬之領署法庭內，兩年前其檢察官胡薩受賄數萬元犯法而下獄，此係特別情形，而非普遍情形也。國人或有未曾去美，誤認《不怕死》片中所映係根據事實者；但在深所授課之暨南、復旦大學中，僑胞之子弟亦不少，國人何不一往晤之，詢問之！豈其父兄皆各片中所描寫者耶？事實決非如此也，總之，此片於戲弄之中，寓鄙賤之意，於侮辱之外，又附會而誣蔑，其流弊不堪設想。其在美國開映之結果，恰在高英土案之後，可使全美人民信我海外之僑胞在美所作，專是此類殺人綁票販土等事，其影響於我國際地位者爲如何！其影響於我民族之前途者爲如何！思之思之，不寒而慄，憶民國十五年，深在美時，南美黑人因《重見光明》一片，有侮辱黑人之處，乃在芝加哥某戲院開映時，奪片而焚之。該導演格雷斐斯特於片後多加一千尺，專寫黑人自辦之大學，以及黑人種種進步優良，以爲謝罪。同爲被壓迫之民族，我老大之中華，豈竟不如美洲之黑人耶！

《愛情與黃金》劇照：洪深（右）飾黃志鈞，丁子明飾陳蓮珍。

謹將管見所及之救濟辦法數端，條陳於後，即祈鑒察酌量施行：（一）轉呈上級黨部轉咨國民政府外交部從速與美國政府交涉，禁止此片在美及世界任何各國開映。（二）已運來華之《不怕死》影片，立即當眾焚毀，以後不論何時何地，不准開映。（三）嚴懲依此租界勢力而實華人資本之兩個影戲院，即（甲）映片得利之光陸，（乙）對觀眾謊言此片已經市政府檢查，且依借外人勢力壓迫國人之大光明。並著該兩戲院將連日所獲之利數萬金，悉數捐給公益慈善事業。（四）嚴懲租界所設定之影片審查會華人委員關××（按：關××即關炯之，上海人稱他爲關老爺的）賣國媚外，通過此類侮辱國人之影片。（五）此後在租界開映之外國影片，亦須同受市政府檢查，不得享受「治外法權」。至於深個人所受損害，已委託律師正式提起訴訟，合併聲明。

敬呈

上海特別市黨部宣傳部

根據陳美英編著的《洪深年譜》說，洪深於二月二十四、二十五日連續在上海《民國日報》發表〈《不怕死》！——大光明戲院喚西捕拘我入捕房之經過〉的文章及〈洪深對大光明戲院宣言啓事〉。而這時同爲明星影片公司的鄭正秋、周劍雲也仗義執言，撰文抗議毆打和逮捕洪深。緊接著二月二十六日，南國社、藝術劇社、復旦劇社、劇藝社、新藝劇社、辛酉劇社、摩登社、大夏劇社、青鳥劇社等聯合在上海《民國日報》發表〈上海戲劇團體反對《不怕死》影片事件宣言〉，內有「洪深無罪被拘，受此壓迫，非唯洪先生之自由被剝奪，亦即吾戲劇之公辱，劇界同人深願爲洪先生之後盾，做

一九四〇年代上海的大光明電影院。

一致之援助」之句。

三月初，洪深正式提起訴訟，控訴大光明放映辱華影片並妨礙他人身自由。當時上海著名律師紛紛自願為洪深做義務辯護律師，各影片公司也紛紛資助鉅款代充訟費。三月十三日，上海臨時特區法院開庭審理「《不怕死》案件」。洪深在法庭上慷慨陳詞，痛斥美帝文化侵略的罪行。人們期待著法官宣讀審判結果，不料，法官卻宣布：今日到此休庭。

在未判決之前，影片《不怕死》還是照常放映。於是上海影戲公司的主持人但杜宇，發動他公司的職員數十名，潛藏保安剃刀的刀片，分批到大光明和光陸戲院，把戲院座椅的皮面劃破，一場下來毀損慘重。另有人異想天開，裝著阿摩尼亞在瓶中，在放映時開了瓶塞，一種怪異難聞的臭氣，使人不耐久坐，紛紛離席而去。又有人買了廣東炮仗夾帶入戲院，在電影放映時，把炮仗橫置地上，用吸著的香菸頭燃著火藥線，砰的一響，竄到銀幕，觀眾正在凝神觀看，忽聞巨響，誤為炸彈爆發，嚇得紛紛逃命。如此一來，戲院的營業大受影響，幾乎門

但杜宇（1897—1972）

原名祖齡，號繩武，祖籍貴州廣順，生於江西南昌。早年喪父，家道中落。在上海美術專科學校畢業後，以畫仕女月份牌和替報刊雜誌畫封面、插圖為生，曾出版《百花圖》畫集。由於喜愛攝影和電影，他從一個法國人手中買到一架攝影機，經過鑽研，學會了電影攝影的基本技藝。一九二〇年，創辦上海影戲公司，一人統攬編導、攝影、沖洗和剪輯，主要演員也由自己的家庭成員承擔。翌年，他攝製的處女作《海誓》問世，是中國電影史上最早的三部長片之一。片中的女主角，就是後來成為他的夫人的殷明珠，由於得到殷明珠的配合，他倆經過奮力拚搏，先後拍攝了《豆腐西施》、《桃花夢》、《人間仙子》、《飛行大盜》、《媚眼俠》、《傳家寶》、《古屋怪人》、《畫室奇案》、《富春江上》、《石破驚天》等共三十三部，贏得了電影市場，得到了社會的認可，外國人也不得不嘆服。

可羅雀，不得不暫停營業。

在延宕四個多月之後，上海特區法院不得不再次公審「《不怕死》案件」。洪深再度親臨法庭，經過原告被告雙方激烈辯論之後，法院當庭宣判洪深獲勝。後來主演的羅克被迫寫了一份向中國人民「道歉書」，刊登在同年八月十五日《申報》上，以表示他虔誠之歉意。美國派拉蒙影片公司宣布收回在華《不怕死》影片全部拷貝，並保證不再放映。大光明電影院老闆高永清敗訴，一再登報道歉，並被罰五千元，作爲擴充君毅中學建築校舍基金。上海市電影檢查委員會重新收回對租界各國影片的審查權。

而在一九二八年十二月建成，同年十二月三十日開幕位於派克路轉角（即今之黃河路）和卡爾登戲院（即今之長江劇院）相並的大光明戲院，經過此一番波折，使它在開業三年之後，無奈黯然停業。一九三一年十一月，閉門歇業的舊戲院被英籍華人盧根爲總經理的聯合電影公司買下，並於次年拆除。盧根找了匈牙利建築師鄔達克重建新大光明電影院，也就是現今南京西路二一六號和五味齋緊鄰的大光明電影院。當時宣稱它「全部建築採用現代的立體式，別具風格；門面大部分用大理石鑲嵌而成，益形華貴；內部還設立噴水泉三座，它的水花能幻五色，綺麗奪目」等等。這座號稱「遠東第一」的大光明電影院於一九三三年正式落成，同年六月十四日開幕。

「退兵只為輿圖失」嗎？

——王賡獻地圖考辨

一九三二年「一二八」淞滬之役，粵系的十九路軍和中央系的第五路軍，在上海和日軍苦苦地「膠著」了三十三天之後，忽然在一夜之間，匆匆地退出淞滬，撤退到第二防線（即嘉定、黃渡之線）。官方對此的解釋是：「日寇以數師之衆，自瀏河方面登陸，我無兵增援，側面後方，均受危險，不得已於三月一日夜將全軍撤退至第二道防線，從事抵禦。」（見十九路軍一九三二年三月二日電）然而民間卻流傳一種完全不同的說法，他們認爲：接替植田謙吉的新任日軍總司令白川義則大將，其所以能夠用兵如此「神速」，在視事的頭一天，就奇襲瀏河，一舉而擊中了淞滬守軍的要害，逼得十九路軍全線退卻，只不過是因爲在南市一帶負責指揮的王賡旅長，急著要到禮查飯店（**按：Aster House Hotel**）去會晤他的前妻陸小曼，居然帶著身邊的軍用地圖，就撞入了「公共租界」。結果被跟蹤而來的日本特務，當場活捉，軍用地圖的機密，爲日軍所得悉的緣故。

對此在蔣光鼐、蔡廷鍇、戴戟的〈十九路軍淞滬抗戰回憶〉亦有提到說：「敵增加兵力後，我軍召開軍事會議。王賡以稅警團旅長身分與會，散會後王取去十九路軍『部署地圖』和『作戰計畫』各一份（當時在會場上散發的）。王當晚跑到租界舞廳跳舞，被日軍偵知，將王『逮捕』（？），搜去該項軍事文件。第二天，日本報紙吹噓俘虜十九路軍旅長王賡云云。……當時上海戲劇、文化界曾編排《王賡獻地圖》一劇公演，以揭露和譴責那些勾結敵人、出賣祖國的民族敗類。」

「王賡獻地圖」和一九三一年「張學良伴舞失東北」一樣，鬧得滿城風雨。當時馬君武寫了〈哀瀋陽〉二首，大大地譏諷了張學良「瀋陽已陷休回顧，更抱佳人舞幾回」；無獨有偶的，北平燕京大學教授鄧之誠，也以「五石」的筆名，寫了一首仿吳梅村（偉業）〈圓圓曲〉的〈後鴛湖曲〉，載於一九三二年三月十二日的北平《新晨報》，大大譏刺王賡爲了和陸小曼幽會而丟失地圖之事，全詩頗長，最後幾句云：

舊人已是綰赤符，嬌面輕啼淚模糊。
欲慰柔情須蘊藉，忍將愁抱易歡娛。
是時海上烽煙起，入寇倭奴比狼兕。
壯士衝鋒不願生，男兒報國惟同死。
縱橫決蕩聞殺聲，畏死倭奴心暗驚。
一月拒倭方雪恥，忽然退走東南傾。
退兵只爲輿圖失，虛實安能教敵悉。
却向香巢訪玉人，未防鷹隼攫來疾。

鄧之誠（1887—1960）

字文如，號明齋、五石齋，祖籍江蘇江寧。幼年入私塾，酷愛讀書，隨父赴雲南任所，習六代史。曾就讀於成都外國語專門學校法文科、雲南兩級師範學堂。一九一〇年任昆明第一中學史地教員。武昌起義後，仍兼報社工作，宣傳革命。一九一七年應北京大學之聘，任教授，又先後兼任北平師範大學、北平大學女子文理學院和燕京大學史學教授。一九三〇年並兼任北平師範大學和輔仁大學史學教授。一九四六年燕京大學復校，仍回校任教。一九五二年院系調整以後，併入北京大學歷史系。專任明清史研究導師，並為中國科學院哲學社會科學部歷史考古專門委員。著有《骨董瑣記全編》、《中華二千年史》、《清詩紀事初編》等。鄧之誠作為二十世紀中國著名史學教育家，曾培養了一大批文史考古學者，其中成就斐然者有黃現璠、王重民、朱士嘉、譚其驤、王鍾翰等。

才知女寵原禍水，破國亡家皆由此。
痛哭連城人盡俘，心傷千里室如毀。

王賡是陸小曼的第一任丈夫，他一九一八年自美國西點軍校畢業，返國後入北洋政府陸軍部任職。一九一九年，隨外交總長陸徵祥出席巴黎和會，任中國代表團武官。一九二〇年與陸小曼在北京金魚胡同海軍聯歡社舉行婚禮，當時王賡二十六歲，陸小曼十八歲。才子佳人，令人稱羨。一九二四年王賡應了西點軍校老學長溫應星（中國首位西點軍校畢業生，溫哈熊將軍的父親）之召，參加中東鐵路的警衛工作，任哈爾濱警察廳廳長。他隻身赴任，把陸小曼留在北京娘家，這時徐志摩和陸小曼也已相識，這不啻給徐志摩一個乘虛而入的機會，於是他向小曼獻殷勤就更甚，進攻也更瘋狂了。小曼是任性慣了的，一向來讓人遷就慣了，這次遇上了志摩志在必得的進攻，還顧得到什麼倫教綱常嗎？於是乃師梁啓超雖苦口婆心地告誡——「嗚呼，志摩！世間豈有圓滿之宇宙？」徐志摩仍堅持：「惟有於此茫茫人海中，訪我唯一靈魂之伴侶。得之，我幸。不得，我命！如此而已。」徐志摩與陸小曼的戀情，喧囂塵上，王賡自知已無法挽回，嘗言：「小曼這種人才，與我是齊大非偶的。」於是在一九二五年九月，同意與陸小曼離婚，結束兩人五年的婚姻關係。當時上海的報紙曾以醒目的標題：「王賡讓妻，氣度非凡。志摩娶婦，文德安在？」來形容他們三人的處境。一九二六年十月，徐志摩與陸小曼在北京結婚。

陸小曼送給胡適的照片。

失去嬌妻的王賡，在軍旅生涯中也並不得志。他先任五省聯軍總司令孫傳芳的總部參謀長，離開了孫傳芳後，又加進了唐生智部下，但都未能有所作爲。一九三〇年財政部長宋子文成立稅警總團，它原是用於緝私徵稅的非正規部隊。但宋子文有意搞一支「宋家軍」作爲自己的政治資本。宋子文是留美的，他的稅警團配備的也是美式槍械，領導人當然也要由美國軍校出身的才夠格。於是他找來的第一任總團長是溫應星、第二任總團長是王賡，都是美國西點軍校畢業生。稅警總團建成時下屬五個團，加總團直屬部隊，相當於六個團。團長有張遠南、孫立人、劉天紹等人。

王賡領導的稅警團在上海，從一九三〇年到一九三二年初，過的都是太平日子，不過操練、巡邏、緝私而已。直至一九三二年一月二十八日，十九路軍在上海爲了抗拒日本軍人和浪人的橫蠻侵略，在閘北地區跟他們打起來了，警衛首都南京的八十七和八十八兩個師都趕過來支援，在上海的稅警團當然無法置身事外。不過，它是被配置在南市、龍華那一帶戰況寂靜的地方，在番號上改成了隸屬八十八師的獨立旅，王賡任旅長。

一九三二年二月二十七日傍晚，響了一整天的槍炮聲沉寂下來，脫離戰場的王賡騎著一輛摩托車穿過了外白渡橋，進入公共租界。據三月一日上海市政府向南京外交部報告的電文是「旅長王賡於感（二十七）日因事路經黃浦路，爲日方海軍士兵追捕，該旅長避入禮查飯店後，爲工部巡捕幫同扭送捕房，由捕頭交與日方帶去自由處置……」。傳說王賡隨身帶有守軍戰線配置的輿圖和文件，都一併落入日軍手中。而王賡因何以一個戰地軍官的身分，在戰事尚在進行之時，到非戰地區的公共租界去呢？在老百姓和文人雅士的傳說是王賡要去會陸小曼，所謂藕斷絲連，何況徐志摩剛在一九三一年十一月十九日墜機身亡呢！

對於這件事後來陸小曼在一九六一年寫有文章澄清，她說當時外界有謠傳她避難於禮查飯店，但其實她因病纏綿牀第，在四明村臥病了好幾個月。有關王賡的這件事，是王賡親口告訴她母親的，因爲她母親一直和王賡感情很好，在他們離婚後，一直仍有來往。她說王賡之所以急匆匆地到美國駐滬領事館去，是要找他在西點軍校同班的一個美國同學——同是好炮手的那位朋友去研究一下，爲什麼由他指揮打向日本總司令部的炮，老是因爲發生一點小差錯而不能命中目標。他那同學是美領事館一等參贊，名字她已記不清楚了。只記得他的前妻就是那名聞全球與遜位英皇結婚的辛普遜夫人（Mrs. Simpson）。因此此行並非是去私會陸小曼的，「却向香巢訪玉人」完全是詩人的想像了。陸小曼說：「……因爲當時租界上是不能隨便逮捕人的，所以他們就一同到了虹口巡捕房。王賡的主要目的就是到了巡捕房就可以要捕房工作人員將他手裡的公事皮包扣留下來；因爲其中確有不少的要緊文件，不能落在日軍手內的。因此，捕房內的中國人就答應將皮包代爲保藏。外界

王賡與陸小曼

流傳的帶了作戰地圖去投日本人這句話，就是因此而起。又加上在他被捕後沒有幾天，日軍就在金山衛登陸，所以外邊的流言是更加多了。事後不久就由美國領事館向日軍將他要了出來，由中國政府加以監禁、審訊。由於各種的證明及虹口捕房的皮包等證件，才算查清了這件案子，始予釋放。」

筆者偶閱《羅家倫先生文存補遺》（二〇〇九年十二月，台北中研院近史所出版）中有口述筆記談到：「在淞滬戰爭的時候，有許多將領，尤其是廣東將領在戰場上打得疲乏的時候，常常溜到租界裡去享受一番，這幾乎是很普通的現象，他們認爲日本軍隊不會在租界裡採取任何激烈行動，王賡便是抱著這種心理的一個人。他膽大到絕對荒唐的地步，竟跑到黃浦灘外白渡橋畔英國

人開的Aster House裡去。那裡離開日本總領事館不遠，被日本人的特務發覺了，跟隨他進去，逮捕住他，劫去了他的皮包。外面人說是皮包裡有軍事地圖，可是據軍事方面有關人說，皮包裡只有一本支票和若干名單，並無軍事地圖。眞相如何，自然我們無法確定，說他去獻地圖是決不會的，假定他要出賣軍事祕密，在當時租界裡有的是門路，決不會做得這樣笨。至於他的行動不檢點，敢於如此的輕舉妄動，眞是絕無可恕。」

羅家倫認為王賡到公共租界去的動機與陸小曼轉述王賡的說法有所不同，但據王賡的重要幕僚莫雄（時爲稅警團「總參議」，王賡出事後，接總團長）在〈淞滬抗戰中的稅警團〉一文（該文收在《從九一八到七七事變》一書中）說，王賡此行之前有與宋子文密談過，可能是肩負某項重大使命，而非如傳言所說是去「跳舞」或與小曼重拾舊歡。莫雄又說，王賡在密談後回到總團時，在寢室內清出大堆軍事絕密文件，如我軍作戰方案、比例圖，敵我雙方的兵力配置圖以及戰地交通，後方補給、醫院救護方位圖測，悉數交給他「保管使用」，並告訴他，自己要去上海美國領事館回訪「西點軍校」同學，莫雄問何事？王賡回答：「過兩天你會明白！」堅不吐實。由此觀之，陸小曼轉述王賡的說法，並無爲親者諱，甚至開脫之嫌，是可信的。而羅、陸兩人同樣認爲「獻地圖」是絕不可能的事，若根據莫雄的說法，則根本是無「圖」可獻。王賡的學長溫應星的兒子溫哈熊將軍在其口述歷史中也說：「王賡在中國近代歷史也是委屈得很，別人把他說成是帶著地圖投降日本，其實根本沒這回事，但以訛傳訛之後，就好像變成眞的了。」至於十九路軍蔣光鼐、蔡廷鍇、戴戟的回憶文章指稱王賡被日軍搜去軍事文件（包括地圖），是不可信的說法。據羅家倫的說法，當時共產黨及左翼分子宣稱中央不派兵增援淞滬，是爲了要借日本軍隊來消滅十九路軍，因此激起民衆對十九路軍的愛戴與大量捐輸物資，也造成其他部隊的反感。因此在淞滬抗戰中，十九路軍和第五軍及稅警團是有所嫌隙的，十九路軍對王賡的落井下石是可以理解的。

衆口鑠金，當時對「王賡獻地圖」可說到群情鼎沸，「國人皆曰可殺」的階段，徐志摩的好友吳宓（雨僧）居然寫了文章來替王賡辯護道：「淞滬之役的終於敗退，早已成爲定局，絕非區區一張軍用地圖所可旋轉乾坤……。」而後來他又在《空軒詩話》中談到鄧之誠的〈後鴛湖曲〉，重申：「詩人旨在愛國教忠、勵群尙志，借事與題以抒寫之耳。至若離婚未爲失德，瑣事無關大局。滬戰全局勝敗，決不繫此。」

「退兵只爲輿圖失」嗎？當然不是。我們看三月二日十九路軍爲退兵事在南翔發表通電，說退兵之原因有四：（一）瀏河方面前晚有日軍數千人登陸，當時我方駐於該處之軍隊，其數甚少，寡衆懸殊；日人又用飛機投煙幕彈，使我軍處於煙霧瀰漫中，方向無從捉摸，致敵軍得以潛自登岸。該地既爲敵軍占領，我軍腹背受敵，在江灣、廟行、大場等處之軍隊，不得不退，遲則全數犧牲，此不得不退卻者一。（二）我軍左翼被壓迫過甚，敵軍於前日開砲達數千發，飛機不時投彈，我軍軍械不如敵軍，祇能用步槍抵抗，萬難發展，此不得不退卻者二。（三）崑山方面之橋梁已被日機炸彈炸毀，不能運輸，前後殊難呼應，此不得不退卻者三。（四）我方援軍為數甚少，日方日有軍隊來滬，其兵力已達十萬，以我疲乏之師，敵彼生力之軍，自難取勝，此不得不退卻者四。

面對強敵，其實「總撤退」早已刊上了淞滬守軍將領們的議事日程。十九路軍的宿將丘國珍老將軍在他的回憶錄《十九路軍興亡史》中就寫道：「總撤退……其必然性則早在我們意料之中；不過，這責任應由誰負之，此當待後世治史者之評論……。」因此儘管吳宓並非知兵之士，但他認為「淞滬之役的終於敗退，早已成為定局，絕非區區一張軍用地圖所可旋轉乾坤……」，卻不失為持平之論。不管王賡是不是真的獻過地圖（何況還是無「圖」可獻），都絕不能在淞滬之役的終局上，真的發生任何決定性的影響，這是我們要明辨的。

風雲才略繫興亡

——也談蔣廷黻的婚姻悲劇

蔣廷黻在他的《回憶錄》裡有這麼一段話，他說：「當我一九一九年夏入哥大時，我有一個很奇怪的想法，認爲我應該專攻新聞。我想如果我成爲中國報界大亨，我就能左右中國政治……爲此，我進了新聞學院。但我……突然感到新聞人員對一國政治的了解僅是表面的，無法深入，所以他們只能隨波逐流，迎合時代。我認爲：爲了左右政治，就必須懂得政治，欲想懂得政治，就必須專攻政治科學。因此，乃於一九一九年秋放棄新聞改修政治。但是不久我又覺得，政治也有它的限度……我的結論是：欲想獲得眞正的政治知識只有從歷史方面下手。我已經由新聞轉政治，現在我又從政治轉歷史。」從蔣廷黻的轉換選擇中，我們發現他其實在尋求更接近他「政治救國」的夢想。他說：「救中國的念頭一直潛伏在我的意識中，時隱時現。」因此他前半生的「學者論政」生涯和後半生的「學者從政」生涯，一言以蔽之，都是在「救國」這個大政治上。

無論作爲留學博士、名大學教授、著名學者，還是作爲雜誌主筆、著名政論家、國務活動家、外交家，都可以看到一個有著強烈政治訴求的近代知識分子的身影。匹夫有責的使命感，匡扶社稷的人生情懷，是其心中不滅的聖火。他的好友也是當代史學家李濟院士在一九六五年蔣廷黻去世時爲文悼念說：「當蔣最後任駐美大使期間，我訪蔣於華盛頓雙橡園（大使館址），留住數日，我問他：『廷黻！照你看是寫歷史給你精神上滿足多？還是創造歷史給你精神上滿足多？』停了片刻，蔣反問說：『濟之！現代的人知道司馬遷的人多？還是知道張騫的人多？』他這個反問，我覺得他很聰明，因爲『知道』和『不知道』是後來人的事，很顯然的司馬遷或張騫本人並不相干……。」但無疑地這兩種工作，蔣廷黻都做得相當出色。

已故《傳記文學》社長劉紹唐先生曾為文說：「蔣廷黻是一個成功的外交家，卻是一個失敗的丈夫，也是一個失敗的父親。失敗的關鍵，就是他比一般男人多了一個女人。而且他在事業顛峰時期，被這個問題困擾了至少二十年，一直到死。」在蔣廷黻即將卸任駐美大使之時，他用英文口述《回憶錄》，但在這《回憶錄》中他並沒有提及他的婚姻生活。不過倒有一段說他父親在他五歲時就幫他訂了一門親事，在他在俄亥俄州的歐柏林學院就讀時，他考慮「我是否應該像家兄一樣，俯從長輩的意思，與我五歲時訂婚的賀小姐結婚呢？我決心不幹。於是我立刻寫信告訴父親，請他解除婚約。家父的回信可以總括為兩句話：『荒謬絕倫，不可能。』當他發現我的意志堅決時，他開始用說服方法，要我不要使他失信，讓親友看他教子無方，丟他的面子。我無法向他解釋我對婚姻的觀點，我祇說我要自己選擇對象，除非和賀小姐解除婚約，我決不回中國。這樣一威脅，親戚們的信函雪片飛來。這都是家父發動的。要他們幫助說服我。有些人說家父對我的主張很震驚，甚至為此而生病。另一批人說賀小姐既溫柔又漂亮。我的三弟，當時正急於赴美留學，寫信告訴我，說家父已經後悔當年讓他的兩個兒子赴美留學，因此，他絕不讓他的三兒子赴美，以免受美國不良思想的薰陶。對這些說詞，我堅不低頭。我請父親盡速解除婚約，因為任何遲延都會影響賀小姐的終身大事。大約是我在歐柏林畢業時，終於接到家父的通知，告訴我與賀小姐的婚約已經解除，我如釋重負。」由此可見蔣廷黻是堅決反對父母之命、媒妁之言的包辦婚姻，而主張自由戀愛的。

蔣廷黻的元配夫人唐玉瑞，籍隸上海，與蔣廷黻同爲一八九五年生。她在金陵女子文理學院畢業後，於一九一四年，清華學校首次招考留學女生時錄取，首次赴美的十名女生爲：唐玉瑞、張端珍、王瑞嫻、林旬、李鳳麟、韓美英、楊毓英、湯蘊林、周淑英及陳衡哲。她們隨同該年清華本部畢業生出洋，到達美國後，分別升入各大學學習。陳衡哲後來進入美國著名女子大學——瓦莎大學（Vassar College）歷史系，主修西洋歷史，兼修西洋文學。而唐玉瑞則進到哥倫比亞大學讀社會學。蔣廷黻在奧柏林學院畢業後，應基督教青年會徵召，到法國爲法軍中服務的華工服務。一九一九年夏天蔣廷黻重返美國，進哥倫比亞大學研究院，兩人在學校認識。唐玉瑞不但喜歡蔣廷黻，而且在經濟上幫助他。聽說一九二二年十一月十一日，九國會議在華盛頓召開，當時留美學生曾組成「中國留美學生華盛頓會議後援會」，蔣、唐兩人當時就是留學生中的活躍分子。一九二三年蔣廷黻獲哥倫比亞大學哲學博士，說起來唐玉瑞也有份功勞。後來兩人相偕同船回國，就在船上他們請船長證婚，完成了他們的終身大事。舟中結婚，這不僅在當時，就是在今天也是別開生面的新鮮事兒，因此在船抵上海時，唐小姐就成了蔣太太了。

蔣廷黻與唐玉瑞

回國後蔣廷黻先在南開大學任歷史系教授，而唐玉瑞也在南開中學教數學和鋼琴。在教學之餘蔣廷黻研究中國近代外交史，校長張伯苓在經費困難的情況下，「仍肯撥款購置已出版的史料」，讓他終身難忘。在南開他完成《近代中國外交史資料輯要》（上卷），這是第一部不依靠英國藍皮書等外國文獻編輯的外交史資料，他自述「研究外交文獻六年使我成了這方面的專家」。可以說南開六年奠定了他中國近代外交史乃至近代史研究的基礎。

一九二九年五月，清華大學校長羅家倫親自到南開大學邀請蔣廷黻來領導清華大學的歷史系。他在清華六年先後兼任歷史系主任、文學院院長等職，在他的領導下，清華大學歷史系重綜合、重分析、重對歷史的整體把握，迥然有別於傳統的史料派。

同在清華執教的好友浦薛鳳說：「廷黻與予同在清華執教多年，又同住北院，朝夕相見，加之網球場上，橋戲桌邊，又復時相過從。」浦薛鳳說蔣廷黻與他有兩項共同的嗜好：「一爲運動，即打網球，每週二三次，均在下午四時許舉行。偶或預備冰

浦薛鳳（1900—1997）

號逖生，江蘇常熟人。少年即能賦詩吟詠，被譽為「神童」。始讀於塔前小學，十四歲考入北京清華學校。一九二一年秋，官費赴美留學，獲哈佛大學碩士、翰墨林大學法學博士。回國後歷任清華大學政治系教授兼系主任，《清華學報》編輯，北京大學教授。一九三三年夏，去德國柏林大學進修。抗戰爆發後，由西南聯合大學轉赴重慶進入政界，歷任國民政府國防最高委員會參事，行政院副祕書長。一九四九年後，在台灣歷任國立政治大學教務長兼政治研究所所長、教育部政務次長、台灣省政府祕書長、台灣商務印書館總編輯。一九六二年移居美國，任橋港大學教授、紐約聖若望大學教務長。著作甚豐，著有《西洋近代政治思潮》、《現代西洋政治思潮》、《政治論叢》、《政治文集》、《萬里家山一夢中》、《八年抗戰生涯隨筆》等。

淇淋一桶，置球場傍，吃吃打打。一爲消遣，即玩橋牌，每於週末晚飯後開始，祇計分數，有勝負而無輸贏。經常參加打網球與玩橋牌者，吾倆以外，計有（陳）岱孫、（蕭）叔玉、（王）化成、（陳）福田諸位。蔣、浦兩家同住清華北院（十六號與四號），相去咫尺。廷黻大嫂（唐）玉瑞與內人（陸）佩玉時相過從，且常與（北院五號）王文顯夫人，三位並坐，一面編織毛線衣帽，一面細話家常。兩家兒女亦常來往，回憶清華生活眞是黃金時代。」此時的蔣廷黻與唐玉瑞已經育有二女二男：長女智仁（大寶），次女壽仁（二寶）；長男懷仁（三寶），次男居仁（四寶）。

在清華六年，蔣廷黻不僅顯示了學術上的實力，行政才幹也得到一定展現。這期間他還在《獨立評論》發表了六十篇政論，因此在一九三三年夏天到一九三四年六月蔣介石三次約見他。一九三四年七月，他受蔣介石委託以非官方代表身分出訪蘇聯、德國、英國。一九三五年末，蔣介石親自兼任行政院長，即任命非國民黨員的蔣廷黻擔任行政院政務處長。這也是他棄學從政的開始。

在擔任政務處長期間公牘紛繁，而蔣廷黻卻是書生本色，因此實際處理，每感不慣。於是他請求外派，已定爲湖南省教育廳長。就在他正待赴任之際，而駐蘇聯大使出缺，當時行政院祕書長翁文灝知道他精於外交史，而且曾努力研究俄文，因向當局推薦派蔣廷黻出使蘇聯，自一九三六至一九三八年，在任兩年餘。蘇聯大使卸任後又回任行政院政務處長。

浦薛鳳在〈十年永別憶廷黻〉一文說，在抗戰期間他和王化成及黃少谷在重慶國府路上合租房屋一所，分別居住。「廷黻恰巧也住在國府路。每逢星期假日，常往伊之官邸，玩橋牌以資消遣。經常『橋』伴計有（陳）之邁、（吳）景超、（張）平群、（康）黛麗莎夫婦及（王）化成諸位。每逢橋戲，玉瑞自然出來招待酬應，但主人與主婦之間卻少講話。有一次，星期天上午，餘客尚未到達。玉瑞走到客廳招待，坐下寒暄談話，承詢及佩玉（按：浦薛鳳之妻）暨兒女情況。玉瑞曾云：你們雖然暫時分離，但感情要好，不在距離之遠近。說此幾句時，淚珠一滴已到眼眶邊緣，強自抑制。予急改換話題，轉頭向外。此一次無意中流露潛在久蓄之情緒（時在民國二十九年左右），給予極深刻之印象，迄今不忘。其後，玉瑞赴美，廷黻移居。」

對於蔣、唐的「婚變」，浦薛鳳居於後來的女主角亦爲清華同學之妻，因此文中只以「玩橋戲女主人露眞情」的小標題，一筆帶過，並沒有太多的著墨。對此劉紹唐的文章有所補充，他說：「蔣廷黻公餘嗜橋牌，在重慶常邀三朋四友在家中玩橋牌，蔣的牌藝甚精，爲箇中高手。難得有『棋逢對手』之人。第二個女人，就因爲玩橋牌關係撞進了蔣家、更撞進了蔣廷黻的後半生。這個女人是清華後輩沈維泰的太太，名叫沈恩欽。恩欽年輕、美風姿。同桌玩牌、同席飲宴，眉來眼去，日久生情，但究屬他人之妻，奈何奈何！此時與唐感情自然發生變化，據蔣家好友浦薛鳳說，唐玉瑞常常背後傷心落淚。」

一九四四年，蔣廷黻出任聯合國善後救濟總署中國代表及國民黨行政院善後救濟總署（簡稱

「救總」）署長。善後救濟總署規模之大，物資之多，在中國尚屬罕見。因此這官位可說是比部長，甚至比院長都大。後來雖有人爲文說當時監察院曾彈劾「救總」的種種措施說：「不意此負有救難復興重責之國家救濟機構，內容紊亂，處理幼稚，帳目無稽，甚於愚人所開之什貨店（大意如此）。」但當時也在「救總」的浦薛鳳說：「『救總』總署指揮業務與辦理公文，工作甚爲繁劇。蓋外則須與『聯總』（聯合國善後救濟總署簡稱）折衝合作，內則上必隨時向行政院報告，旁應與有關部會聯絡，下宜考慮地方政府之請求。此中艱難曲折，甜酸苦辣，非親有經驗洞悉實況者，實難想像。筆者身爲助手，提到廷黻功績，不無阿私譽友之嫌，但事實俱在，不難覆按。語云：樹大招風。中外古今皆然，『救總』自非例外。」

而據劉紹唐說，就在此期間，唐玉瑞陪著幼兒居仁到美國去看喘病，蔣廷黻不再有所顧忌，將沈維泰、沈恩欽夫婦雙雙調到「救總」任職，不久又將「男沈」調往國外，留下「女沈」陪署長打橋牌。這樣就一發不可收拾。根據蔣廷黻的侄兒蔣濟南在一九五〇年一月十六日〈致蔣廷黻的一封公開信〉中說：「……你搶了你下屬（編審處長沈維泰）之

任職國民黨行政院善後救濟總署署長時的蔣廷黻。

蔣廷黻擔任駐美大使時，與第二任妻子沈恩欽合影。

妻，與這次貪汙案有關。李卓敏想拿實權，你又極無聊，他便投你所好，將沈的妻子介紹與你打牌，跳舞，進一步便同居，又進一步便與沈維泰脫離，由李卓敏將她拉進建國西路五七〇號。沈維泰則被你調『升』到美國去！李卓敏得了實權，便與端木愷、趙敏恒等合夥，強迫你的妻子唐玉瑞與你離婚。不成功，後來到美國又要張平群來辦這事，勸唐玉瑞與你離婚，由上海鬧到紐約，由紐約到墨西哥，醜名處處聞！最後你說墨西哥法庭准予離婚。到了美國，你又利用你的美國汽車夫來欺壓唐玉瑞，以後到巴黎開會或紐美開會，你便與『沈小姐』（沈維泰之妻，也姓沈）雙雙出現在外交場合之下！」

一九四七年六月初，中國首任常駐聯合國代表郭泰祺在任內突染重疾，一時不能執行職務，政府派當時閒在上海的蔣廷黻暫代出席聯合國安全理事會代表，後來他擔任這個職務長達十五年之久。（**按：蔣氏一九六一年調任駐美大使，仍兼常任代表，至一九六二年七月才停止兼任，由劉鍇繼任。**）當時任外交部長的王世杰後來回憶說：「在一九四七年秋天，我在紐約參加聯合國大會，和廷黻先生相處得很好。可是忽然有一天早晨，他告訴我他要辭職，此事的一些枝枝節節，此處也不及細說。當時我對他說，這不行，絕對不可以。他說，我這個家庭的事情不能解決。我完全不知道這一切事情是根源於他的家庭問題。因爲頭一天晚上我們閒談，我曾經問過他，你家庭的事情有沒有改善的方法？第二天早晨他就對我說：『我家庭的事情我沒有辦法解決，我辭職好了。』我說：『豈有此理，我現在最需要你來協助處理事情的時候，你怎麼可以辭職呢！』當下我就把他的辭職信給退回去了。」

而對於此事浦薛鳳的看法是：「關於廷黻之家事，予所確知者，早在遇新以前，對舊已露端倪，醞釀頗有多年，故並非突如其來。勝利還都以後，廷黻曾單獨與我坦白誠懇，列舉瑣屑事例，詳細說明其態度之所以然。靜聽之餘，予祇有略加安慰並勸慎重。蓋默察情形，已成定局。率直言之，夫妻關係固然包括理智與情感兩因素，但是情感之分量往往重於理智，而且情感與理智不特相互牽連，更是彼此影響。何況觀念有新舊之分，法制具中西之異。故就廷黻看，自有其緣由與立場。而就（蔣唐）玉瑞言，則觀點相反。俗諺有云：『公說公有理，婆說婆有理』，『清官難斷家務事』。此皆根據經驗與包含哲理。至若法國流行諺語，所謂『一切洞悉，一切原諒』，更屬透澈。」

根據周谷所著《外交祕聞：一九六〇年代台北華府外交祕辛》一書說：「一九四八年蔣廷黻委託律師，爲他在墨西哥法庭單獨辦妥與元配唐玉瑞離婚手續，沈女士也早與其夫離婚。因之，蔣、沈於一九四八年七月二十一日在康州（Connecticut）結婚。其夫人唐玉瑞不同意這種離婚手續，乃向紐約法院提起訴訟，法院因其夫蔣廷黻在美具有外交豁免權身分，不予受理。蔣夫人唐玉瑞爲此甚至把這件事情，鬧到衆說紛紜的聯合國去了。一九四九年三月合衆社二十四日紐約電說，中國駐聯合國代表蔣廷黻的夫人唐玉瑞女士，二十四日曾請求聯合國人權委員會協助解決其婚姻糾紛，伊要求該會調查伊與其夫蔣廷黻（四個孩子的父親）間的糾紛云。聯合國的主要目的在解決國際間的糾紛，此事純屬私人家事，也就不了了之，他們兩人多少年來心情總難平復下來。」

到底意難平，唐玉瑞就是嚥不下這口氣，於是她開始「鬧場」，聽說這在當時紐約外交界是出了名的。當蔣廷黻在哪裡開會、在哪裡演講、在哪裡參加酒會、餐會，總有一個女人不請自到，而且要坐在第一排，或者設法與蔣接近，她就是唐玉瑞。而唐玉瑞之所以對蔣廷黻的活動能知道得一清二楚，聽說代表團中有內線。而蔣廷黻對付這位「髮妻」，也有一套辦法，就是派人先「清場」，或好言安撫。劉紹唐就認爲：「不過，不管如何『平安過關』，對我們這位身負國家重任的大使代表的情緒，每每有重大的影響。影響他的『表演』，影響他的雄辯，影響他的起居，日久甚至影響他的健康。」

據一九六三年到華府就任駐美大使館祕書的周谷說，蔣廷黻在逝世前一年（按：一九六四年）已知道自己患了不治的絕症，所以生前他在使館兩位同仁馬紹棠及韓貝克女士（Mrs. Marie Hanbuck）見證下，預立遺囑處分了他自己的財產。一半給他自己後來的夫人沈恩欽女士，一半給從未曾與他離婚的唐玉瑞女士。周谷認爲「他對微時故劍恩情未絕，還是中國一位眞正的讀書種子」。

一九六五年五月蔣廷黻卸下駐美大使前，政府曾有意調他回國工作，出任其他較清閒的職務，以備當道諮詢。但蔣廷黻表示他七十歲後，定然要退到中央研究院重做學術工作，繼續他未完成的中國近代外交史的研究工作。可是天不假年，就在一九六五年十月九日在美國病逝了，這離他退休還不到五個月，連他在做口述回憶錄，都還沒全部完成，就遽歸道山！難怪劉紹唐對此婚姻悲劇，不無感慨地說：「一九五〇年代，蔣廷黻在聯合國為維護中華民國代表權的精彩辯論，鏗鏘有聲，他在外交戰場上打了一個接一個的勝仗，真抵得過百萬雄師。如果他沒有婚姻上的不幸與困擾，如果他還像寫這批家書時所表現得無『後顧之憂』，也許還有幾個勝仗可打，也許還有幾本大書可寫，至少至少還可以多活十年八年！」

沉疴域外終難起，碩彥今餘幾？風雲才略繫興亡，贏得書生報國譽無雙。
衣冠樽俎尋常事，書史平生志。蓋棺猶憶氣如虹，來日艱辛操慮與誰同。

這闋〈調寄虞美人〉詞是當年胡建中追悼蔣廷黻的，寫盡蔣氏一生的寫照。蔣氏的兩位遺孀：唐玉瑞女士於一九七九年十一月四日病逝於紐約，沈恩欽女士則於一九八二年八月二十七日壽終台北。俱往矣！他們三人生前的一切恩恩怨怨，都已隨風而逝了。

以英文寫作的溫源寧

胡適在一九三二年二月七日的日記上說：「與溫源寧同吃飯，談北大英文系的事。他近年最時髦，有『身兼三主任、五教授』的名聲。他今晚極力撇清，但我仍勸他不可自己毀了自己。」後來胡適在寫《丁文江的傳記》一書時，又回憶當年的情況說：「我到北平，知道孟鄰已回杭州去了，並不打算北來。他不肯回北大，是因爲那時的北平高等教育已差不多到了山窮水盡的時候，他回來也無法整頓北京大學。北京大學本來在北伐剛完成的時候，已被貶作『北平大學』的一個部門，到最近才恢復獨立，校長是陳百年（大齊）先生。那時候，北京改成了北平，已不是向來人才集中的文化中心了，各方面的學人都紛紛南去了，一個大學教授最高俸給還是每月三百元，還比不上政府各部的一個科長。北平的國立各校無法向外延攬人才，只好請那一班留在北平的教員盡量地兼課。幾位最好的教員兼課也最多。例如溫源寧先生當時就有身兼三主任、五教授的流言。結果是這般教員到處兼課，往往有一個人每星期兼課到四十小時的！也有派定時間表，有計畫地在各校輪流講課！這班教員不但生意興隆，並且飯碗穩固。不但外面人才不肯來同他們搶飯碗，他們還立了種種法制，保障他們自己的飯碗。例如北京大學的評議會就曾通過一個決議案，規定『辭退教授需經評議會通過』。」

由胡適的描述，我們可知溫源寧當時是名氣很大的英文教授，同時在幾個大學兼課。溫源寧（一八九九—一九八四）廣東陸豐人。早年就讀於英國劍橋大學王家學院，獲法學碩士學位。一九二五年以後，歷任北京大學西方語言文學系教授兼英文組主任、清華大學西洋文學系教授、北平大學女子師範學院外國文學系講師等職。徐志摩一九三一年三月四日給陸小曼的信，談到他除在北大教課外，也在女子大學兼課，他說：「女子大學的功課本是溫源寧的，繁瑣得很。八個鐘點不算，倒是六種不同科目，最煩。」

名作家張中行在三〇年代曾在北大聽過溫源寧的英文課，他在《負暄瑣記》一書中，這麼描述：「是三〇年代初，他任北京大學西方語言文學系英文組的主任，每週教兩小時普通英文課。我去旁聽，用意是學中文不把外語完全扔掉，此外多少還有點捧名角的意思。第一次去，印象很深，總的說，名不虛傳，確實是英國化了的gentleman，用中文說難免帶有些許的嘲諷意味，是洋紳士。身材中等，不很瘦，穿整潔而考究的西服，年歲雖然不很大，卻因爲態度嚴肅而顯得成熟老練。永遠用英語講話，語調頓挫而典雅，說是上層味也許還不夠，是帶有古典味。中國人，英語學得這樣好，使人驚訝。我向英文組的同學探詢他的情況，答覆不過是英國留學。我疑惑他是華僑，也許不會說中國話，那個同學說會說，有人聽他說過。後來看徐志摩的〈巴黎的鱗爪〉，知道徐先生也很欽佩他的英語造詣，並說明所以能有如此的原因，是吸菸的時候學來的。我想，這樣學，所得自然不只是會話，還會攙上些生活風度。問英文組同學，說他有的時候確是怪，比如他的夫人是個華僑闊小姐，有汽車，他卻從來不坐，遇見風雨天氣，夫人讓，他總是說謝謝，還坐自己的人力車到學校。只是聽他一年課，他就離開北京大學。到哪裡，去做什麼，一直不清楚。」

其實在一九三三年後溫源寧南遷來滬，同年六月，錢鍾書從清華大學畢業，來上海光華大學任教，溫源寧在清華大學授課時是錢鍾書「最敬愛的老師」之一，他對錢鍾書這個學生格外欣賞，給過「超」的最高分。在錢鍾書剛剛讀大學三年級時，溫源寧就主動介紹他要去英國倫敦大學東方語文學院教中國語文。錢鍾書將這個消息用航空快信告訴父親，錢基博於一九三一年十月三十一日給兒子回信，告誡他要謙虛，「勿太自喜」，因爲「立身正大，待人忠恕」比「聲名大、地位高」更加重要。因此身爲光華大學文學院長的錢基博聘請溫源寧爲光華大學教授。錢鍾書的舊詩中，有一首題爲「與源寧師夜飲歸來，不寐，聽雨申旦」，足見二人交情之深。

一九三五年溫源寧應吳經熊博士之邀，擔任英文雜誌《天下》月刊（*T'ien Hsia Monthly*）的主筆。吳經熊在他的英文自傳《超越東西方》（*Beyond East and West*）就提到一九三五年五月六

溫源寧著作《不夠知己》書影。

一九三五年出版的英文雜誌《天下》月刊。

日，是「我組織的《天下》月刊編輯部在上海的辦公室裡第一次聚會」。至於何以要辦這個英文刊物呢？吳經熊說：「我在《中國評論週報》（*The China Critic Weekly*）的一次宴會上遇到了溫源寧，他曾是北京大學的英國文學教授。我對這個人的學問和人格有很深的印象。後來我們成了朋友。一天，我們談起了辦一個中英文的文化和文學期刊——以向西方解釋中國文化——的可能性。這只是一時之想。這樣的一種期刊會顯得曲高和寡，很少會有人訂閱，不能自養。誰能資助它呢？我們只是談談而已。正巧，我在擔任立法院的工作時，還兼任孫中山文教進步研究所宣傳部的部長。一天早上，我和孫科博士在公園散步時，談到了我與溫源寧的談話。出乎我意料，他對這件事比我還要熱心。他馬上說：『給我一個計畫。研究所也許可以支持。』於是我們制定了一個計畫交給他。他作爲研究所主席立即就同意了。我和源寧一起商量編輯部人選，決定請林語堂和全增嘏。他們兩人都毫不猶豫地接受了我們的邀請。我們還請了余銘作我們的廣告經理，這樣我們的工作就開始運轉了。我們的辦公室位於愚園路，『愚園』字意爲『傻瓜的花園』，這正好用來描述我們。『天下』一名是我建議的。我在孫博士那裡看到一張很大的橫幅，上書『天下爲公』四字，就是『普天之下的萬物都應該爲人民所享』的意思。我想，我們的雜誌也應談論天下大事，要與別人分享，『天下』倒是一個不壞的名字。我的建議在編輯部第一次會議上被採納了。」

吳經熊提到他的初識溫源寧是在《中國評論週報》的一次宴會上，其實在一九三四年一月溫源寧加入了《中國評論週報》的撰稿編輯行列。在一月四日出版的第七卷新開了一個專欄，「Unedited Biographies」（人物志稿），陸續撰發二十餘篇評介當代中國文化名人的文章，對時賢加以月旦，「評頭品足」一番。林語堂曾將其中寫吳宓及胡適的文章譯成中文，分別在其主編的《人間世》第二期（一九三四年四月二十日）及第三期（一九三四年五月五日）發表，引得文化學術圈內好一陣「熱鬧」。一九三五年一月，溫源寧挑出其中的十七篇，吳宓、胡適、徐志摩、周作人、梁遇春、王文顯、朱兆莘、顧維鈞、丁文江、辜鴻銘、吳賚熙、楊丙辰、周廷旭、陳通伯、梁宗岱、盛成、程錫庚，取名爲*Imperfect Understanding*，交付上海Kelly & Walsh Ltd.（別發洋行）刊行。

溫源寧在該書的序言中說：「這些對於我所知的一些人的一知半解是我閒散時候寫的。自然，它們合適的安身地應該是廢紙簍。不過它們曾經給有些朋友以樂趣，也就是適應這後一種要求才把它們集在一起印成書。我相信這裡沒什麼惡意，也不至惹誰生氣。不過，也可能有一兩位不同意我關於他們的一些說法。如果竟是這樣，我請求他們寬恕。」溫源寧透過表面，深入內心，一針見血地評論各式各樣的人物，文筆悠緩雍容卻不失幽默，正是英國散文essay的特點。

吳經熊

錢鍾書一生恃才傲物，眞正受到他內心欽佩的現代學人似乎不多。然而，他卻對溫源寧十分佩服和親近。同年六月他在《人間世》第二十九期發表了篇書評，將書名*Imperfect Understanding*譯爲《不夠知己》。錢鍾書說：我們看過溫先生作品的人，那枝生龍活虎之筆到處都辨認得出，輕快，乾脆，尖刻，漂亮中帶些頑皮；從側面來寫人物，同樣地若嘲若諷，同樣地在譏諷中不失公平；溫先生是弄文學的，本書所寫又多半是文學家，所以在小傳而外，本書中包含好多頂犀利的文學批評，其中名言雋語，絡繹不絕；不過，「本書原是溫先生的遊戲文章，好比信筆灑出的幾朵墨花，當不得現代中國名人字典用。」話雖如此，後人對溫源寧這些「遊戲文章」引用率之高，恐是溫、錢兩人所始料未及的。溫源寧在今日還未被遺忘，要歸功於這本書了。

《天下》月刊是由中山文化教育館印行。《天下》月刊是民國以來水準最高的英文學術性刊物。吳經熊在〈回憶哲生先生二三事〉文中說：「《天下》月刊第一期是在二十四年（一九三五）八月問世的。發刊詞是哲生先生所貢獻，指出本刊的宗旨，主要是在溝通中西文化。《天下》月刊一共出了五十餘期。起初編輯部設在上

吳經熊（1899—1986）

一名經雄，字德生。浙江鄞縣人。一九一六年入上海滬江大學學習，不久轉入天津北洋大學，隔年入東吳大學法科學習。一九二一年赴密西根大學法學院學習，一九二二年獲博士學位，後赴柏林大學繼續深造。一九二四年回國，任東吳大學教授、上海公共租界工部局法律顧問，一九二七年任上海特區法院法官、東吳大學法學院院長，一九二八年任立法委員、司法院法官，一九二九年任上海特區法院院長，一九三三年任立法院憲法草案起草委員會副委員長，一九四五年任國民黨第六屆候補中央執委，一九四六年任駐教廷公使、制憲國民大會代表等。一九六六年由美國赴台灣，任總統府資政、國民黨中央評議委員等。一九八六年二月六日在台北逝世。

海，上海淪陷後，搬到香港，到香港淪陷，才始停版，迄未復刊。」雜誌由溫源寧主編，林語堂、全增嘏、姚莘農（克）等任編輯，溫源寧每期都寫有編輯前言，除此而外他還發表不少篇的文章，據上海華東師範大學博士生黃芳指出有〈中國繪畫之人種特徵〉、〈愛爾蘭詩人A.E.詩作〉、〈當今英國四詩人瑣談〉、〈奧布理瑣談〉、〈藝術歷程〉等大量的文化專論以及圖書評論文章。他著力譯介英國文學作家及作品，為英國文學向中國的譯介與傳播做出重要貢獻。這些論文不同於《不夠知己》的英式essay的筆法，它們都是嚴謹而擲地有聲的文章。可惜的似乎很少人注意這些文章，若能將這些文章蒐集，並譯成中文，當可以更進一步了解到溫源寧的學術思想。

林語堂的女兒林太乙在《林語堂傳》這麼描述：「這些文人聚在一起的時候以講英語自豪。溫源寧是英國劍橋大學的留學生，回上海之後，裝出的模樣，比英國人還像英國人。他穿的是英國紳士的西裝，手持拐杖，吃英國式的下午茶，講英語時學劍橋式的結結巴巴腔調，好像要找到恰到好處的字眼才可發言。吳經熊在哈佛大學讀法律，他與溫源寧不同，不肯穿西裝，講英語時故意帶點寧波口音。邵洵美常在《天下》投稿。他是上海富家子弟，在劍橋讀過兩年書。他是追隨徐志摩的新詩人。家住在楊樹浦，每天開一部轎車到大英租界找朋友，逛書店，尋歡樂。他有老婆小孩，卻又與美國女作家項美麗（Emily Hahu）結婚。洵美表面上厭惡一切舊思想、舊風俗，卻不肯穿西裝。這批騷人墨客略帶矯揉造作的舉止，無非是徘徊在中西文化之間，想找出一條和諧的出路。語堂自己覺得當時對許多事都必須有所選擇，是要西方的，還是要東方的，要新的，還是要舊的——由雙足所穿的鞋子以至頭頂所戴的帽子都要選擇。他剛從外國回來時，穿的是西裝，後來改穿長袍，但仍舊穿皮鞋。後來他又認爲中國舊式的小帽子比洋帽較爲舒服。」

今年已九十五歲高齡的詩人鍾鼎文（筆名番草）在接受訪問中，曾談及他在一九三七年受邀參與創辦上海《天下日報》，那是一份四開的小型報，由他任總編輯，邀來詩人艾青擔任副刊主編。中文的《天下日報》與英文的《天下》月刊是姐妹報刊，因此之故，他與溫源寧也相熟。

除《天下》月刊主筆外，溫源寧還擔任過太平洋學會中國代表團代表、中國訪英團團員、泛亞會議中國代表。一九三六年任立法院立法委員，一九三七年任國民黨中央宣傳部國際處駐香港辦事處主任，一九四六年當選制憲國民大會代表，一九四七年起任國民黨政府駐希臘大使。在擔任希臘大使期間的一九六二年十月十日，第十七屆聯合國大會中，阿爾及利亞的左傾總理班拜拉發表其首次演說，大賣其騎牆主義的論調，他並宣稱要使世界和平必須讓中共取得聯合國的合法席位。當班拜拉發言時，溫源寧大使半睡半倦的坐於中國代表團的席位上。在班拜拉的政策演說結束之後，共黨與所謂中立集團的代表們爲他大肆鼓掌與喝采。此際，溫源寧向四周一顧，遲疑了一刻，也參加了他們的鼓掌。第二天，《紐約時報》頭版以醒目的大標題刊出：「班拜拉保證與殖民主義奮鬥，中國代表也參加喝采。」據《陳雄飛先生訪問紀錄》（稿本，許文堂、沈懷玉訪問）說：「溫源寧因打瞌睡跟著喝采的新聞曝光後，原本只是一件小事，不幸經由媒體和共產集團刻意渲染後，對我國的形象造成不少損害。消息傳回國內，立法、監察兩院的委員要求政府勇於認錯，並撤換溫源寧大使以對此事負責。當時，外交部政務次長朱撫松還為了此事到立法院備詢，但他的說明並未獲得多數立委的諒解。後來事情愈演愈烈，美國的僑界與報界批評、報導比台北還來得激烈，僑界領袖甚至發電給行政院、立法院、外交部長，要他們嚴辦此事。正當各方對此事僵持之際，我國代表團的薛毓麒在紐約召開記者會，代表中國代表團公開發表意見說：『一個國家的元首在聯大發表演說，各國代表照例都應該起立，這是代表一個國家的形象和風度，我們沒有理由不這麼做，溫大使是位幹練的外交官，自當懂得國際禮儀，《紐約時報》的這則報導，仔細推敲確實有很多問題，因喝采只是外在的表示，並不表示溫大使同意對方的看法。』他並舉古巴元首在聯大中曾把美國攻擊得體無完膚，但美國代表團人員在他演說結束後，仍然循例起立，這是國際禮儀，美國代表的起立不見得是對古巴元首的支持。薛毓麒的這番出面辯解，無形中也化解了這場風波。」

溫源寧從一九四七年派駐希臘大使，至一九六八年九月卸任，任期長達二十一年之久。歷史學者許倬雲在《許倬雲先生訪問紀錄》（稿本，陳永發、潘光哲、沈懷玉訪問）中說他在一九六二年在美國學成歸國時，曾透過他芝加哥大學的同學、溫源寧的次子溫祖希，寫信給溫源寧，因此他在希臘見到溫大使。他說：「溫老先生在希臘做了幾十年的外交工作，中華民國不敢把他調回來，怕一把他調回來，希臘就要跟我們斷交。當時希臘還有王室，希臘國王五歲時曾經被他抱著坐在膝蓋上。他的英文好得很，在希臘幾十年沒什麼公事可辦，閒來無事就研究希臘歷史，後來他回國，台大外文系請他教英文，沒請他教希臘史，實在可惜了。……有一天老先生賞飯，傍晚六點多派人來接我到家裡吃飯喝酒聊天。我不喝酒，只好猛灌茶，但是到了八點多還不開動，我都快餓死了，我說：『老伯我很餓耶！』他回答：『沒關係，給你吃點小點心。』我說：『吃點心？那晚上餓了怎麼辦呢？』他說：『沒關係，你先吃點心。』後來把我拖到衛城面前一間小餐廳吃飯，這時候已經是晚上十二點了，衛城浴在月光中，甚有韻味。然後他又帶我出來，向我娓娓道來，講哪塊石頭是從哪裡掉下來的，有什麼歷史典故，quite an enjoyment! 第二天他又開車帶我到海神廟，底下海浪碧波盪漾，浪潮拍岸，他老人家一時興起背了幾首希臘詩給我聽，可是我不懂希臘文，他一句希臘文，一句英文，背得很起勁。現在已經沒有這種學者外交官了。在希臘盤桓那幾天，溫老先生很高興，我也很快樂，他老人家高興是因為難得找到人聊聊天，而且很投機，與他和一般外交官聊天不一樣，我們之間天南地北，上天下地都能談，那是我生涯旅行最愉快

陳雄飛（1911—2004）

是外交界元老級大使，法學權威。上海震旦大學、法國巴黎大學法學博士。一九四四年進入外交部服務，一九四九年外調後，先後擔任駐法公使、駐比利時大使兼盧森堡公使。在出使法、比期間，除了達成與法語系非洲國家的建交，並出席多種國際會議及數屆的聯合國會議。一九七一年，轉任外交部次長，兩年後外調駐烏拉圭大使，一九八一年在任內退休。一九七一年的退出聯合國，及與比利時、日本、盧森堡、西班牙的斷交，以及烏拉圭等中南美洲的邦交、一九八八年的中烏斷交，他都親歷見證。之後，曾任中歐貿易促進會理事長、波布那貿易觀光中心主任、外交部顧問、總統府國策顧問。

的一次，眞是舒服。」

溫源寧於一九六八年卸下大使職，回台定居。曾在台灣大學教西洋文學史，又受張其昀之聘，擔任中國文化學院西洋文學研究所所長。據曾在文化英研所讀書，後來在靜宜大學英文系任講師的何沐蓮老師回憶當時上課的情景說：「我們英研所學生到溫所長源寧家去上英國文學，我幫他向書局買Norton第二冊英國文學集，他要自付款。他家客廳米色沙發後方，大書櫃滿是書，歡迎同學在那兒借閱。餐廳和客廳之間櫃子上擺一幅心儀照片。大而橢圓形餐桌上置放一面玻璃墊。大夥兒圍坐一旁聽課。他面貌清秀，眼睛炯炯有神，眉宇之間嚴肅認眞，鼻直挺鼻頭有肉，下有希特勒式鬍，劍橋式英語隨口說出，腔調或頓，又紳士風，極有吸引力。他說讀作品要了解時代精髓，才能對時代和作者有『perfect understanding』否則就成『imperfect understanding』。他首度強調Minor writers are representative of their age therefore,we should not neglect them.意指次要作家代表當代，具有時代意義，吾人不能忽視他們。他偏好T.S. Eliot（艾略特）、A.E. Housman（侯司門）、D.H. Lawrence（勞倫斯）等人的詩作品。據說老師最早向國人介紹他們的作品。當時溫老師並未提及早年他學生錢鍾書讚美他『那枝生龍活虎的筆』。第一次課後在婉約賢慧溫師母的安排之下，在橢圓形桌上，Tea Time大夥兒享用典美餐點，榮幸之至。」

之後，溫源寧因健康欠佳，逐漸擺脫教書工作。一九七九年中美斷交，溫源寧因一時激憤不幸中風，纏綿病榻多年，於一九八四年一月十三日因肺炎在台北空軍總醫院病逝，享年八十五歲。

有關溫源寧的生平資料流傳在兩岸都極爲稀少，很多人都聽聞過他的大名，但對實際的一些細節，卻都無法詳述。筆者曾訪問過女詩人徐芳女士，她在北大曾聽過溫源寧的課，但她的回憶和她的同班同學張中行，所去不遠，因此在此不再贅述。倒是在他們北京大學在台的校友會的通訊錄上，我查到溫源寧晚年的住址：「台北市敦化南路三六九巷三十六弄十九號之四、五樓」，筆者曾試圖去找尋他的鄰居的老者，看是否能問到一些一鱗半爪的，但無奈幾經數十年的滄桑，當時的里弄已不復存在矣，在蒼茫的暮色中，望著過往的車潮，如煙往事，已然蒼老！

東北奇人馮庸和他的大學

根據二〇〇九年十二月二十日瀋陽的新聞報導，馮庸的外甥張文琦說，為紀念馮庸，由民間投資創辦的馮庸大學歷史文化博物館已於二〇〇九年十一月一日正式建成，占地面積二十畝，建築面積三千平方米，總投資額近三千萬人民幣，將於二〇一〇年五月一日正式掛牌成立。馮庸大學歷史文化博物館建於遼寧省海城市騰鰲鎮，這裡也是馮庸的故鄉。現在提到馮庸，很多人都不識了。他是馮德麟（麟閣）的長子，馮德麟是關外「紅鬍子」（東北土匪）的老大，與張作霖為盟兄弟。馮德麟原是秀才出身，但卻沒有不識字的張作霖詭詐，終被張作霖奪去兵權，張作霖因此成為東北王。名武俠小說作家古龍就說過：「大家都知道張作霖是東北王，都以為他天不怕，地不怕，其實他也有害怕的時候。至少他有點怕他的兄弟馮麟閣。他搶先一步，搶到了奉天督軍的寶座，馮麟閣就在他的督軍府對面，也照樣造了座督軍府，而且還在院子裡擺上十來架大炮，炮口正對著他的督軍府，張大帥也只有低聲下氣地去求和。」確實，張作霖生平自視頗高，俄國人不在他眼裡，日本人也不在他心下，但只敬憚馮德麟一人。

馮德麟（一八六六—一九二六），原名玉琪，字麟閣，遼寧省海城縣人。他幼年時代，家境貧窮，青年時投身綠林，以強悍聞名鄉里。馮德麟生成短小精悍身材，膚色黝黑，眼神微露，脾氣特大，在這批土匪中，算他最通文墨，而射擊技術也不差，喜歡穿件黑色長袍，腰間常佩手槍二枝。一八九四年中日甲午之戰後，俄國以「三國干涉還遼」為由，迫使日本交出遼東半島，一八九七年出兵旅順、大連，一九〇〇年七月，沙俄悍然出動十多萬大軍進行武裝干涉，兵分五路入侵東北。遼西地方鄉紳，紛紛組堡防、鄉團、聯社會，建立武裝，保衛地方。馮德麟在遼陽界內的高家佗子成立大團，抵抗俄軍，深受群衆的擁戴，後來馮德麟的隊伍，有牛莊、海城和鎮安（黑山）、廣寧（北鎮），其隊伍共有大小一百零八幫，號稱一百單八將，符合「梁山泊天罡地煞之數」。沙皇軍對馮德麟的勢力，甚爲恐懼。一九〇一年二月，沙皇俄國派馬隊突襲馮德麟的遼陽小北河，馮德麟被逮捕，流放庫頁島。在一次轉押途中，馮德麟在俄國輪船上，遇中國司爐刁玉亭，刁乘黑將馮德麟藏於煤堆之中，輪船靠岸馮德麟脫險，一九〇三年重返家鄉，伺機再起。

一九〇四年，日俄戰爭爆發。同年四月，馮德麟出任東亞義勇軍統領，隨日人喬鐵木將軍差遣，與俄軍作戰；九月，於遼南首山之役，從遼河西抄襲首山右翼，攻俄不備，俄軍敗退，日軍乘勝攻占首山，馮德麟有功，日本明治天皇特獎他「寶星勳章」一枚。日俄戰爭結束前後，所部由滿清政府招撫，馮任河防營統帶，後來一路升至巡防營左路統領，儼然成爲清政府鎮守一方的地方武官。民國元年（一九一二）巡防營改編爲陸軍。九月一日，北京國務院電命張作霖爲二十七師師長，馮德麟爲二十八師師長，馮張受撫，原無軒輊。到了一九一六年，袁世凱授張作霖盛武將軍銜，督理奉天軍務並兼巡按使，統握奉省軍政實權。而馮德麟則被任命爲軍務幫辦，居張之下，馮憤憤不平，遲不就職。馮的遼佐對他進言，說是「咱們對幫辦就不就，倒不妨從長計議，但彼此老弟兄了，面子事似乎犯不著太認眞，還是給他湊湊熱鬧好了！」馮瞪起眼說：

「哼！湊湊熱鬧，單照著咱們老哥兒，他好意思居我之上？」張於是派吳俊陞、馬龍潭出而「勸駕」，屈就幫辦職，馮拒而不見。張作霖只好忍氣呑聲，親登馮府言和。馮公然要脅另設「幫辦公署」，其組織、開支、編制皆與將軍公署同格。張作霖不悅，電袁世凱「裁決」。袁以「於體制不符」為由，回絕了馮的要求，只答應每月另發辦公費十五萬元。馮拒不接受，返回北鎮。袁世凱乃派張錫鑾來奉調解，未果。張作霖轉而採用軟招，派二十五旅旅長孫占鼇，攜帶貴重禮物及三十萬元現款到北鎮，恭迎馮回省城就職。五月二十日，馮德麟率步、馬、炮五營，班師進城，並在瀋陽城南風雨壇設立二十八師辦事處，與張作霖之將軍府相對峙。袁世凱死後，段祺瑞對奉天張馮矛盾極為關注，派有恩於張馮兩人的趙爾巽赴瀋陽進行調解，馮向趙訴說：「我和雨亭（**按：張作霖**）鬧翻，幾次都是要添置飛機，他腦筋粗，有些不開竅，可也難怪，然咱們老哥兒倆是生死交，立有鐵券，他居然架炮轟我，拿將軍壓我，教我怎麼不生氣？」終未達成協定，調解無效，馮德麟於三月六日重返北鎮。

一九一七年六月，張勳突然電召馮德麟進京，密謀復辟大計。馮德麟之所以如此，在他看來，張勳復辟成功，不愁加封進爵，榮歸東北，取張作霖而代之。七月十二日，張勳的「辮子兵」天壇之戰，全軍潰散，復辟鬧劇壽終正寢。十四日段祺瑞進入北京。同天馮德麟從天津被押送北京，關押於十二師司令部，接受審判。八月十五日，大總統正式宣布「馮德麟因叛變共和，罪跡昭彰，剝奪一切官職和勳位，並交付法院依法嚴懲」。張作霖雖然與馮德麟素有矛盾，但念其綠林情誼，在馮妻趙懿仁的請求，張去北京找段祺瑞；經各方努力爲之疏通，十月十五日，段祺瑞政府才改判爲「參加復辟證據不足，因吸鴉片罪罰八百元」爲由而獲釋。馮德麟出獄後，當局爲了顧全面子，任命他爲段祺瑞總統府高等軍事顧問。馮德麟回到瀋陽後，二十八師已被張作霖乘機吃掉了！馮德麟從此失去了兵權，僅僅做個徒具虛名的「三陵都統」，用現代的話來說，就是看墳的頭，看管清朝在瀋陽的昭陵（北陵）、福陵（東陵）、永陵（在撫順新賓）。一九二四年底馮德麟解甲歸鄉，安度晚年。一九二六年八月十一日病逝，年六十一歲。

馮庸（一九〇一—一九八一），初名英，字鎭雄、天鐸、星旗、獨愼，另號漢卿。他與張作霖的兒子張學良同年出生，與張學良可謂總角之交，兩人義結金蘭同號漢卿。張學良叫「小六子」，馮庸乳名叫「小五子」，但張學良大馮庸幾個月，所以常有六哥五弟之稱，馮庸說：「張馮兩家爲通家之好。」馮庸幼讀私塾，繼而晝學文，夜學武，通文墨，善寫作。一九一九年入北京中央陸軍第二講武堂，翌年卒業，即在東北軍任少校參謀。一九二一年，外蒙活佛稱帝，庫倫發生事變，蒙疆經略使張作霖遣師長鄒芬爲援庫軍指揮官，馮庸隨軍遠征外蒙。一九二二年，直奉戰起，奉軍敗歸，乃整軍經武，期能雪恥再戰，於是成立東北航空處，是我國有空軍之始。張學良任處長，馮庸任上校參贊，勤習飛行，深感欲武器精良，必先振興教育。一九二三年，經東北寧武同志之介紹，申請加入中國國民黨，獲國父孫中山覆函特准。一九二五年，張作霖任馮庸爲東北空軍少將司令官，他殫精竭力，訓練有素，其所造就之部屬，如後來在抗戰期間爲國捐軀

馮庸與妻子龍文彬合影。

之空軍英雄高志航，已成名將，可見一斑矣。

馮庸雖歷升官階，但志不在此。對此，馮庸的學生也是著名的軍事記者劉毅夫說：「當郭松齡叛離東北軍之前，馮被好友張學良薦任爲空軍司令，率飛鷹、飛豹兩個航空隊，駐於國內，郭軍叛變，馮曾奉令轟炸郭松齡叛軍，但因馮不忍屠殺同胞，乃留書掛印，潛赴大連，張學良雖因此被張大帥嚴厲申斥，但張學良對好友馮庸，並未深究，馮亦趁此反璞歸眞，開始自我的理想生活。」他鑑於強國之道，首在培育人才，乃於一九二六年，以其所創之大冶鐵工廠爲基礎，設立大冶工業專科學校，爲我國建教合一之濫觴。大冶鐵工廠是一九二五年馮庸在瀋陽小東邊門外與張學良合辦的，大冶鐵工廠的產品是炸彈和手榴彈等，當時軍隊中各種武器的裝箱上都刻有大冶廠的字樣。同時，為了解決生產技術的問題，在廠內成立了大冶工科學校。起初招收學員三十人，講授物理及專業課。後來成立馮庸大學時將這批學員轉為大學第一期生，大冶鐵工廠改為大學的實習工廠。

馮庸痛感國家積弱，在於工業落後，因而有工業救國的意願。同時受到閻寶航辦學思想影響和勸說，決定開辦一所大學，為國家培養人才。為籌措辦學經費，馮庸曾向張作霖、吳俊陞等人請求經濟上的援助，但卻被認為是動機不純，借辦學之機提高聲望、培植親信，以圖東山再起。募捐的失敗絲毫未能動搖馮庸辦學的熱情，他決心變賣家產籌措資金。在其父馮德麟去世後不久，即開始清理變賣家產。馮庸想：「我父親的財產來得不義，我要把不義之財用於有益之處。」他在清理家產的過程中，發現很多佃農，多係欠馮家借債太久，以地契抵押後而失去產業，更多的是一欠再欠，淪為農奴式的長工，生活至為清苦。於是他集合欠債者，當眾焚去債券，再集合典押土地者，又當眾歸還地契，焚去借據，於是歡聲載道，老幼稱頌。馮庸一件件清理家產，一項項變賣產業，為創建馮庸大學共籌措資金一百五十萬元

劉毅夫（1911—2010）

原名劉興亞，遼寧遼陽人。就讀馮庸大學期間曾加入義勇軍，在「九一八」事變後，還投入抗日行列，官拜少將。當過縣長、部隊指揮官，最後卻選擇新聞工作做為終身不悔的志業，他曾經見證「一江山戰役」、「九二海戰」、「八二三砲戰」等，是台灣第一批戰地記者，而且在採訪時，永遠比其他人早到，被同業尊稱為「劉老大」。奉獻新聞界超過半世紀，數十年如一日，對軍事新聞的熱愛與活力，在當今新聞界中，無人能出其右，備受國軍和新聞界尊崇。

年過九十後，視力、聽覺衰退，行動也不便，但仍十分關切軍事新聞。二〇一〇年十一月十三日病逝，享壽一〇一歲。

奉大洋，還將通遼縣所有的私產土地十萬餘畝、商號三四處捐作校產。一九二七年春，創辦大學的時機和條件都已成熟，便開始動工建築校舍。選校址於奉天老城西十五里、渾河北岸的汪家河子顏粉屯，並親自取名爲「馮庸大學」。僅用了四個多月的時間，在荒涼曠野上一座雄壯獨出的新建築出現了——馮庸大學的二百餘間校舍宣告建成。

一九二七年八月八日，東北第一所私立大學——馮庸大學正式成立了。校內有主樓兩座，大禮堂一座，建築物爲紅色。以禮堂（中庸樓）爲中心，左邊爲「忠」字樓（教學樓），右邊爲「仁」字樓（住宿樓），兩樓有空中走廊，俯瞰呈「工」字型。校門外兩側有八個金色大字：孝、悌、忠、信、禮、義、廉、恥。主樓左邊是體育場。場內有四百米跑道和田徑場、球場和體操設備。學生在這裡可以進行軍事訓練。體育場西爲教職員工宿舍。體育場北面是工廠，有鐵工廠、木工廠、發電廠、印刷廠、鍋爐房。主樓後面的東北是食堂和倉庫。北部距主樓略遠的地方，爲飛機場，購有三架飛機，修有小型飛機跑道。在這裡可以騎馬、射擊。學校創辦之初設大學部、中學部、小學部，招收新生共一百八十人，均採用三三制，各科三年畢業。一九二九年根據教育部私立大學的規定，將大學部的學制改爲四年畢業，本科設有理、工二科。一九三○年學校不斷發展，擴充

馮庸大學舊址。

爲理工學院、法學院、教育學院，並同時開始招收女生，學生最多時達六百餘人，教職員六十九人。爲了貫徹馮庸「教育機會均等」的主張，學校成立的前兩年大學部學生全部免費，中學部免半費，小學部自費。後來改爲按智德考核分數，分爲全免（九十五分以上），半免（九十分以上），免三分之一（八十五分以上）三種。學校教師多是留學歸國的專家學者，如講授高等物理的穆繼多，講授高等力學的潘承孝都是留學美國的。還有教授中有些人就是青年黨的上層人物或青年黨的同路人，如霍維周、侯曜、王墳廬、余家菊、王撫洲等。另有一些東北大學的教授在這裡兼課，教學水平很高。

重視體育鍛鍊是馮庸大學的一大特點。爲了消除國人被稱爲「東亞病夫」之恥，馮庸大學極力倡導發展體育。據劉毅夫的回憶：「馮大每晨五點鐘起床，全部沒有臉盆、沒有浴盆，每個大寢室有一個冷水盥洗室，每個學生都要赤條精光、跑進去接受冷水淋浴，室外零下四十度時，冷水反而等於熱水，浴後集合在風雪刺面的旗壇上行升旗禮，然後是一小時的晨間運動，馮先生說：『要去掉東亞病夫的侮辱，就要先鍛鍊體魄。』」馮庸本人更是以身作則，他的百米成績是十三秒，高欄成績是十八秒五，曾在籃球比賽中一人獨得四十多分。一九二八年四月北平舉辦華北運動會，馮庸親自率領三十餘名優秀的學生前去觀摩學習。一九二八年九月下旬，在馮庸的提議下，第一屆東三省聯合運動會在馮庸大學體育場開幕。經過五天的比賽，馮庸大學僅以〇．五分之差，名列總分第二，在奉天名噪一時。這次運動會，正如馮庸在閉幕式上所講：「開闢東三省體育之先河」。從此，在東三省範圍內掀起了一個大搞體育運動的高潮，湧現出劉長春、孫桂雲、于希渭等優秀體育人才。此後，馮庸大學的體育水平突飛猛進，到了一九三〇年甚至超過了東北大學。馮庸大學的足球隊和籃球隊還經常到全國各地參加比賽，一九三一年在華北球類比賽中獲得中級籃球錦標賽冠軍。凡是馮庸大學的學生，人人都要接受軍事訓練，每週不少於六小時學習軍事操典、築壘、教範和陣中勤務令，進行操場和野外訓練。即使冬天積雪沒膝的時候，學生也要坐臥在雪地上反覆苦練；酷暑季節，大雨淋淋，學生也要頂烈日，冒大雨到操場跑步。他領導學生，春初到野外軍訓，大地泥水甚多，學生遲疑不願臥倒。他第一個率先臥倒。膝蓋劃破血流涔涔，他也毫不在乎。

一九二九年，因中東鐵路問題中俄發生衝突，戰雲密布，大有一觸即發之勢。馮庸大學師生同仇敵愾，一致要求開赴邊陲守土保疆。馮庸在會上發表了慷慨激昂的講話，鼓舞鬥志，為保衛祖國領土主權而戰。馮庸此舉得到東北政務委員會委員長張學良將軍的支持，鐵路開了專用列車，載著馮庸和馮大的學生北上，列車上還載有馮庸自備的飛機一架。當時，在中俄邊境守土保疆的部隊，是黑龍江國防步兵第十五旅，旅長為梁忠甲中將，率全旅校級以上軍官到車站迎接學生。當學生安頓好以後，馮庸和學生代表請纓參戰。經梁忠甲旅長說明利害關係以後，婉言拒絕了。但為了表示對馮大全體師生的敬愛，建議由學生搞些戰備的防務工作，得到馮庸的贊同，在離滿洲里以西約五華里的正西面的開闊地挖戰壕。馮大師生在滿洲里一共住了一個多月，守紀律，聽指揮，精神飽滿，爲備戰工作盡了最大的努力，立式散兵壕挖得很不錯，十五旅愛國官兵非常感動，大大地激勵了部隊的戰鬥士氣。偶閱羅家倫一九三〇年一月二十八日日記說：「有郝更生君方從東北大學回，談東北此次禦俄戰爭……嗣談馮庸之爲人，彼見馮庸桌上置人頭數顆，係馮赴前線親自割來俄人之頭，以水煮之，去其皮肉，以爲陳列品。亦一種野蠻現象也。」而據也參加馮大義勇軍的劉毅夫說：「有一個該死紅俄小鬼，向我們同學宛文衡伸舌頭作譏諷狀，並用俄語謾罵，宛文衡把他引到鐵路傍一道深溝裡，一刺刀，割下他的腦袋，把屍體埋入泥土裡，我們是初見殺人，又興奮，又緊張，並說：『這個人頭也埋了吧！』他說：『不，留著作紀念，誰去給我找只鐵桶來，我去找石灰。』不多時，灰、桶都有了，他把人頭放入桶裡，然後把一筐生石灰倒進去，再加上一點兒水，於是石灰開始冒氣，好像在燃燒，如此過了兩三小時，他倒掉石灰，那具人頭只剩了一具白骷髏，再用清水洗淨，擦乾，用些報紙捆好，帶回車上。」劉毅夫還說，馮庸還自告奮勇開著飛機，由滿洲里起飛，飛往赤塔偵察，梁忠甲旅長也跟著上飛機。後來魏長林副旅長也請馮庸帶他再到俄國那邊去看看，但這次俄國飛機迎戰，馮庸的飛機緊急飛回，有兩架俄國飛機追過來，並向我地面飛機掃射，然後又掃射我們的戰壕，幸而馮大學生在校時都受過對空射擊的訓練，這時用上了，打得敵機不敢低飛，也不敢接近，如此對打了五、六分鐘，敵機終於逃走了。

一九三一年「九一八」事變，日軍攻占北大營，奪取了飛機場，當然也搶占了瀋陽城。據劉毅夫回憶，馮庸正籌劃率領學生有所行動時，日本憲兵把他拘禁了，並以大批日軍，圍繳馮大的軍械庫。馮庸雖在日軍拘禁中，但毫不屈服，日酋荒木數度長談誘之以「滿洲王」，而馮庸毫不爲所動。後經馮大教育長郭甄泰，邀請馮大日籍教授岡部平太郎向日軍中請擔保，日軍允許馮庸經大連乘船赴日暫居；又經人通知在北平的馮大同學，由王有慶面見張學良，張少帥故人情深，當即面交五千元，作爲行動費用。根據〈故馮庸先生生平事略〉文中說，十月三日馮庸偕郭甄泰、王有慶二人夜走大連，十七日飛東京，化名湯競，避日探也；以教授名義，搭船赴美，十月二十六日，船過上海碇泊，乃棄船登岸赴南京，晉謁蔣委員長，深蒙嘉許，特囑馮大復校，指定北平陸軍大學校址，爲馮大復校校址。

龍文彬

馮庸返回北平，正準備復課時，又逢淞滬戰起，馮大師生本於愛國不後人的國民天責，又重組馮大義勇軍，南下上海，被指定防守瀏河陣地，經過數度血戰，奉命轉移蘇州城防。值得一提的是，義勇軍中還有一支由十六名女生組成的「女子抗日義勇中隊」，由馮庸夫人龍文彬親自出任隊長，她們短髮男裝，被時人稱爲「現代花木蘭」、「抗日花木蘭」，一時間傳爲佳話。滬戰結束，返平復校，日軍又進軍熱河，馮大師生，又再提起武器，出古北口，過承德，越平泉，開上熱河第一線的淩源東部布防。日軍以裝甲縱隊，長驅直入，一日夜間下朝陽、被葉、百壽，衝向馮大義勇軍陣地。義勇軍猝然迎敵，傷亡慘重。三個月後，馮大再無復校力量了，師生們乃各奔東西，多數人都投考了軍事學校，也有人轉入其他學校，也有的回東北打游擊，其餘的則各自謀生。歷時六載的馮庸大學就這樣結束了。

自一九三五年以迄抗戰勝利，馮庸先後出任軍委會委員長武漢行轅研究委員會中將委員長、第三戰區崑山及宜興戒嚴司令、第七戰區第三處中將處長、軍委會軍官訓練團中將處長、第九戰區中將處長、中央訓練團中將處長、第六戰區中將軍法執行監、軍委會參議、軍政部調查組中將組長等職。抗戰勝利後，任東北行轅政務委員會常務委員兼監察處處長。

一九四九年大陸淪陷，馮庸輾轉來台，出任高雄港口中將司令，對港口檢查，及樹立新軍廉能風氣，貢獻至大。有一次，他見一艘外國巨輪入港而沒有掛旗，便派員上船一查究

周鯨文（1908—1985）
奉天（今遼寧）錦縣人，東北軍將領張作相的外甥，早年就讀於北京匯文中學，後赴日本早稻田大學，美國密西根州立大學留學。畢業後赴英，入倫敦大學學習政治學。一九三一年回國，主辦《晨光晚報》。一九三三年《塘沽協定》後，在京津地區組織東北民眾自救會，出版《自救》雜誌。一九三六年任流亡東北大學祕書長、法學院院長、代理校長。一九三八年赴香港，曾在港創辦《時代批評》半月刊。一九四一年中國民主政團同盟成立，為發起人之一，一九四四年改為中國民主同盟，當選中央常務委員，後任副祕書長。中華人民共和國成立後，任第一屆全國政協委員、第二屆全國政協常委、中央人民政府政務院政治法律委員會委員。一九五六年十二月去香港，在港主編《時代批評》及英文《北京消息》半月刊。一九五七年十二月被撤銷政協全國委員會委員資格。一九五八年八月在香港發表聲明，反對中共發動的反右運動。一九八五年逝世，終年七十七歲。著有《人權運動綱領》、《風暴十年：中國紅色政權真面貌》。

竟，船長高傲無理，堅不掛旗。馮庸便派一排憲兵到船上把船長及大副「請」到高雄港口司令部。船長、大副來了以後，又是抗議又是威脅，馮庸下令把他們拘留起來。第二天船長洩了氣，不得不承認錯誤。馮庸命令他到商店去買旗，然後把船開出港外，懸上旗重新入港。一九五五年，任國防部聯合作戰計劃委員會委員，至一九五九年自請退休。一九六〇年，副總統兼行政院長陳誠擬找他擔任「國有財產局」局長，但馮庸認爲財產出入簿錄，司計稍一不慎，易啓胠篋貨賂之隙；自己雖清廉自守，但手下人多，良莠不齊，設若監察不周，有玷晚節，因此堅辭不就。後先後應聘爲台灣工礦公司董事、台灣省府顧問、台灣肥料公司董事、台灣電力公司董事，後改聘爲顧問。

馮庸淡泊榮利，居香港的東北作家周鯨文說：「民國五十年，在台北我會見獨慎（按：馮庸）時，他的精神仍很健壯，談笑風生，年歲只六十一歲，正是有爲之年，可惜已投閒置散。自從那年起，我常到台北。他聽到我到，必來看我；我只要得閒必去看他。有一年，我聽到他的住宅失了火，燒到一乾二淨。隔一段時間，才搬到台北郊外花園新城，據說這也是馮大同學及朋友協助之力。花園新城這所房倒很整潔，有客廳有臥室，我去看他，倒爲他得此幽靜環境慶幸，他也滿意這個新居。以後，不知爲了什麼（大概是因爲經濟窮困）又搬到涵

馮庸、龍文彬夫婦與長女娜妮。

碧路附近，租了一間房，客廳可公用。這時獨慎的精神還很愉快，他的小女兒常來陪伴他。」劉毅夫說他隱居於台北市郊，「雖出無車，食無魚，住無屋，衣無兩套，鞋無二雙，仍然安之若素，夕朝禮佛，日守慈母廬墓，以盡孝心。」

周鯨文又說：「獨慎每年生辰，馮大同學必舉行聚餐慶祝，我就趕上過三次，每次都被拉去作陪。在宴會中，可以見出馮大同學對他們的老校長多麼親愛、尊敬。」劉毅夫說：「馮先生晚年，收入微薄，自己省吃儉用，積存有新台幣二十八萬元，中美斷交之時，竟以二十萬元捐獻作自強愛國基金。」筆者日前走訪馮庸的外孫女李絲絲時，還見到捐款的收據，其先人後己，公而忘私的慷慨性格，可謂終其一生。

馮庸全家福，左起長男來為、龍文彬、二女安妮、馮庸、長女娜妮。

六〇年代以後，張學良獲得有限度的自由。馮、張兩人有機會見面，只是別時兩人都在英年，再聚首時已白髮蒼蒼，人世滄桑，令人感慨不已。而到後來他們每年都要寫賀年卡，相互問候。「六哥漢卿」問候「五弟漢卿」，同樣的「五弟漢卿」也祝福「六哥漢卿」。一九八一年二月五日馮庸病逝，就在他去世半個多月前（一月十七日）張學良夫婦到醫院看他，張學良至榻前，拉住馮庸的手說：「老弟，我們生時不能經常聚在一起，假如到另外一個世界裡，你是否願意和我相聚在一起呢？」馮庸深情地望著張學良，用微弱的聲音說：「當然我願和大哥在一起。」張說：「我是虔誠的基督徒，天堂在上面，你要和我相聚就得接受洗禮。」馮答：「你是大哥，怎麼說怎麼好！」張學良立即派人請來周聯華牧師，在病榻上給馮庸做了洗禮，皈依基督。

馮庸的元配是九門提督江朝宗的大女兒江錦濤，江錦濤很有文學修養，與馮庸育有兩位女兒——寶琪、寶琳。後來兩人感情不睦，在一九三一年仳離。後來馮庸和馮大體育系學生龍文彬相愛，於一九三三年結婚。龍文彬爲瀋陽名門龍英華先生之長女，後改名龍競。龍文彬婚後育有子來爲、女娜妮、安妮、欣妮。其中馮娜妮嫁給名漫畫家、小說家李費蒙（牛哥），也就是人們熟知的「牛嫂」，因此馮庸也成了牛哥的岳父了。

一代報人——程滄波其人其文

程滄波（一九〇三—一九九〇），原名曉湘，又名中行，字滄波。江蘇武進人。一九〇三年出生於武進城裡花椒園，武進昔爲常州，爲江南富庶之地，魚米之鄉，人文薈萃，讀書風氣甚盛。程滄波的父親程景祥，字葆眞，舉人出身，但仕途不順於是改走幕途。程滄波說：「在前清，幕府中的人才輩出，無論是屬於上述哪一類，不知薈萃了多少聰明才智、博古通今的人。父親是經過七年『學幕』訓練出來的，他在前半生，是辦理實務的幕職，而在後半生，是兼辦政務與實務的幕客，他在山西、河南等省，常常兼著巡撫及藩司兩個衙門的總文案，常常三四年沒有回家一次，公務之忙碌可想而知。」程滄波四、五歲時，隨父母一家四口到杭州，當時父親在浙江藩台衙門做幕客。三年後，父親隨浙江藩台調升到山西去，他們全家仍回常州。回常州的第二年，家裡請了塾師馮蘊明，開蒙入學。民國成立，程家的家塾也解散了，程滄波考入當時的冠英小學高等一年級。在入小學前，在家塾讀了五年。

一九一五年夏，程滄波小學畢業，考取了常州中學。而就在開學前十天，父親忽然讓他拜錢名山爲師，因此他並沒進常州中學。錢名山（一八七五—一九四四），字振鍠，常州人，近代著名詩人、書法家。幼即穎慧，十六歲中秀才，十九歲中舉人，二十九歲中進士，授刑部主事。因不滿清政府的腐敗無能，屢屢上書卻「留中不發」，便憤而掛冠，從此不求仕進。錢父認爲他「秉性高疏，不宜從事經世之業，當著書名山以老」，名山之號即來源於此。從此錢名山即歸隱鄉間，以讀書、著書、教書爲務，造就了很多人才，如謝玉岑、謝稚柳、程滄波、鄭曼青、馬萬里、王春渠、伍受眞、鄧春澎等一批藝林俊傑皆出其門下。張大千、朱屺瞻亦曾問藝於他。錢名山一生與詩書爲伴，文章道德，深孚衆望，被譽爲「江南名儒」。程滄波在〈本師名山先生七十壽言〉中說：「先生之學，不拘名物訓詁之微，而宗文章義理之大者。故十三經、通鑑、諸子，爲寄園之正課，而三通與宋元學案附麗之。寄園之徒，無長幼賢愚，談二十四史如數家珍。」程滄波在此讀經、習文、學詩，孜孜不倦，加之聰慧敏聞，好學強記，奠下優異的國學基礎。也因此深得錢名山之期許，錢名山有兩位女兒素蘗、雲蘗，都能詩爲文，於是分別許配給弟子中之佼佼者謝玉岑與程滄波。

跟著錢名山，又讀四年私塾。一九一八年，程滄波進入上海南洋中學，畢業後考入上海聖約翰大學，讀了三年文科，於一九二四年轉學入復旦大學政治系。程滄波說：「民國十三年前，在上海認眞讀文科的學生，其選擇只有聖約翰或復旦。這兩個學校平時互相轉學的學生尤多，本人也是從聖約翰轉到復旦的一個。從自身的親歷，覺得聖約翰讀書實在認眞，圖書儀器實在完備。而復旦學生的活動精神與能力，確是驚人。復旦師生間的政治意識，開朗而發達。當時頗有識力過人的家長，曾經說過：最好送子弟先在聖約翰讀兩年或三年，再到復旦讀一年或兩年，然後到外國去留學。」

程滄波

程滄波在學期間即從事政論著述及編譯，介紹近代思潮，文章常刊於上海各報刊，但他走上報壇是和陳布雷分不開的。一九二三年他在聖約翰大學讀書時，與同學陳訓恕拜訪其兄長，時任《上海商報》主筆的陳布雷，在這之前程滄波有兩篇文章投給《商報》，似是論太平洋會議的。見面之後，陳布雷盛稱他的文章，給他極大的鼓勵。之後，他經常替《商報》寫文章。程滄波回憶說：「民國十三年冬天，齊盧戰爭未終，京滬路中斷，寒假中我留在上海，當時上海報界陰曆過年停版七天。有人借《商報》出年報。我天天晚上去《商報》寫雜評。《商報》當時經濟奇窘。兩大間編輯室，勉強生了一個火爐。但是我們在其中，幾包花生米，其樂無窮。有時布雷先生夜深偶然到了。我們更覺得一室生春。公展先生是要聞主編。他的工作緊張，很少時間可以隨便談天。我與《商報》館，有三四年的歷史關係，各種文章寫過篇數不少，從來沒有支過一文稿費。但當時我從梵王渡到租界，幾視望平街和我的老家一樣。可以想見布雷先生當時對青年們吸引力之大。」

在復旦大學時，程滄波結識了來自江蘇吳江縣（蘇州）的費鞏。費鞏（一九〇五—一九四五），原名費福熊，字祥仲。費鞏的父親費樹蔚字仲深，十九歲中秀才。吳大澂奇其才，將女兒吳本靜嫁給他。民國四年七月，費樹蔚入北京政府肅政史，因與袁世凱長子克定同爲吳大澂的女婿，很得寵信。袁世凱僭號稱帝，樹蔚直言勸諫，未採納。十一月，拂袖而歸，隱居蘇州，與章太炎、金松岑、張仲仁等人詩文相質，與張仲仁被稱爲「蘇州二仲」。費鞏因早與袁克定之長女袁慧泉（又名袁家第）有婚約，所以在學校時的別號爲「駙馬爺」。程滄波說：「可是他在學校及後來進入社會，絕少發現他有絲毫的『少爺』氣息，他很質樸，也很沉默。後來進入社會，態度尤爲莊重而嚴肅。……我和他在復旦大學相處只一年有半。……在復旦我比他高一班，比他先一年畢業，可是他比我先到英國，我到英國去讀書完全由他事前替我籌備一切。」

一九二五年，程滄波畢業於復旦大學。畢業後由陳布雷推薦在上海《時事新報》擔任主筆。一九二七年四月，陳布雷出任浙江省政府祕書長，五月任國民黨中央黨部祕書處書記長。程滄波說：「當時我在宣傳部服務。中央黨部由鐵湯池遷到成賢街。我們的辦公室，只隔一個天井。」

一九三〇年，程滄波去英國倫敦大學政治經濟學院進修，當然這是費鞏幫他安排的，費鞏在一九二七年到該院留學，一九三一年才轉英國牛津大學的。程滄波回憶說：「距今三十二年前的十月初，我從巴黎到倫敦，到維多利亞車

費鞏（1905—1945）
本名福熊，字寒鐵，後改名鞏，字香曾，江蘇吳江人。父親費樹蔚，母親吳本靜，為前湖南巡撫甲骨金石文專家吳大澂第六女。一九一七年入南洋模範小學，結業後改進復旦大學附屬中學。一九二三年秋，考入復旦大學國文系，後轉至社會科學系。一九二五年冬，與表妹袁家第（袁克定長女）結婚。一九二八年秋，至法國巴黎深造，後繼往英國倫敦大學政經學院肄業，一九二九年，轉往牛津大學攻讀政治經濟學，一九三一年六月，畢業返國。同年冬，任《北平日報》社評委員，後至上海中國公學任教。一九三二年，應母校復旦大學聘，講授英國政治制度，同年出版《英國政治組織》一書。一九三三年，赴浙大任教，講授西洋史、政治經濟學等課程，同年《比較憲法》一書付梓。抗戰軍興，浙大被迫西遷。一九四〇年八月，以非國民黨員身分任浙大訓導長，受廣大教師和學生的愛戴。一九四〇年代，因多次發表文章和演講批評政府，為國民黨當局所不容並受到監視。一九四五年三月五日凌晨，在重慶被軍統特務綁架，後遇害。

站，費先生已在月台上接我。……費先生預先替我租了一間房間在倫敦郊外叫Herne Hill地區。該處到倫敦政治經濟學院要乘公共汽車半小時方可到達。……晚上我們討論到大學去註冊入學，……他問我的志趣，我說我還是從Prof. Laski罷。他說那不嫌太空疏麼？我說我早就走入『空門』了，現在還是一空到底。所以我以後在倫敦政經學院把拉斯基教授的功課大半選讀了。除了英國憲法外其餘都是政治理論，眞是『一空到底』。」程滄波在國內讀大學時就讀拉斯基關於主權論的著作，在倫敦政經學院又親炙其議論，他說：「他教書技術的驚人地方，在他演講或教書的時候，不用課本，不用札記，沒有一刻停留，口如懸河，在一小時上課時間，他的演講整整六十分鐘，不少一分不多一分。在講桌上，他瘦短的身材，黃黯的面色，蓄著小鬍鬚，戴上大眼鏡，用他孟徹斯特、牛津及美國混合的口音，懸懸滾滾，使聽者張口迷惘，翕然奉為大師。」儘管他對拉斯基有讚美，但也有批評，他以蘇東坡批評荀子的話，認為拉斯基「喜為異說而不讓，敢為高論而不顧。其言，愚人之所驚，小人之所喜。」又說，拉斯基少年成名，抱著縱橫之志。他的自誇狂，與其說他「自許太過」，毋寧說他「自視過卑」。

一九三一年春，程滄波學成回國，任國民會議祕書。一九三二年五月被任命為改組後的國民黨黨報《中央日報》的首任社長，二十九歲的他，在新聞界嶄露頭角，更領一方重鎮，自是責任重大，於是他對報紙進行整頓，他後來在〈四十年前的回顧〉文中說：「我進《中央日報》的政策，第一要把報辦好，在新聞報導上，在言論上，乃至廣告發行上，先把這份報紙站在國內新聞界可以不愧為一個領導的報紙。我當時深切認定要造成報紙的領導地位，不能依賴政治力量，而要靠報紙本身站得住、站得出。我針對一個官報的弊病，確立辦報要多登新聞的政策。《中央日報》編經兩部的職員，要使他們都負有採訪新聞的責任，然後由量的增加而去淘鍊質的精選。務使《中央日報》的讀者，披開報紙沒有官報的印象，而當天的新聞不但不能較其他各報落後，且要超出。」

一九三三年四月，中國共產黨創始人陳獨秀被捕受審，陳獨秀及其律師章士釗在法庭上的辯論，十分犀利，國內南北方的輿論受其影響，聲援陳獨秀，程滄波見狀，親自執筆，以〈今日中國之國家與政府——答陳獨秀及章士釗〉為題，撰文刊於四月二十六日的《中央日報》，嚴加駁斥，其結論曰：「陳君獨秀在法庭抗辯，謂法庭對人民之政治思想加以判斷，即非人民之法庭。夫陳君自視於一切法律無所容心，本無庸為之多辯。然據檢察官之論告，則陳君之所犯，或決不止於思想，而在其組織團體之行為。陳君所言，自有其立場！吾人雅不願為之窮究，惟章君行嚴則以學律之人，而辯詞全文中，乃不知現行法律。且於現行之根本法亦忘之。文采智辯，毋乃用非其地。萬言辯詞，在法律上之價值，遂無足觀。章士釗之名氏，將永不能與法家或名律師相連綴。而終無改其縱橫談士之面目也乎！」該文引起章士釗於五月四日在上海《申報》發表〈國民黨與國家〉一文反駁；而五月七日，程滄波又發表〈再論今日中國之國家與政府——答章士釗〉於《中央日報》。程文行文流暢，說理清晰，辯駁鏗鏘有力，博得輿論極大的同情與支持，卒使陳獨秀屈服於法律。陳布雷因此而由杭州致函給程滄波說「爲之喜而不寐」，而時任軍委會委員長南昌行營祕書長的楊永泰也由南昌致電申賀。

一九三四年二月四日，胡適到上海滄州飯店開太平洋國際學會執行委員會，晚間他約了程滄波在旅館見面，對當前的政治交換了不少意見。據《胡適日記》云：「他談南京政治，很有意味。他說，我只看見行政上小有進步，政治上危機仍很大，領袖人物多不懂政治，甚可焦慮。他對於精衛，甚不滿意，其言甚可代表一部分人士的公論。他說孫哲生近來有進步，宋子文也有進步。我對他說：子文也是不懂政治的；他的毛病在於不知守法爲何事。南京政治的大病在於文人無氣節，無肩膀。前夜我對精衛老實說，武人之橫行，皆是文人無氣節所致。今天我對滄波談，也如此說。他也同意。」

國泰
高等百貨店
敬謝來賓

張學良率部叛變！
國府下令褫職嚴辦
中央聯會決增加軍委會常委
關於軍隊調遣歸何部長負責

「西安事變」隔日的《中央日報》。

一九三六年十二月十二日下午西安事變消息傳到南京，下午五時後，京中黨政軍高層人員，齊集雞鳴何應欽部長公館。根據程滄波的記載，中央常會及中央政治會議聯席會議，於晚間九時開始。當時行政院副院長孔祥熙於晚間十二時由上海乘飛機到京出席會議。會議舉行到翌晨五時三刻方散，程滄波馬上到《中央日報》寫〈昨日西安之叛變〉社評，發表於當天之報紙云：「昨日西安之叛變，截至今晨五時，京中所得消息，爲張學良率部劫持蔣委員長，發表通電，主張推翻政府。西安自昨晨起，電報中斷。叛變經過詳情，各方所得報告不多。然張學良率部叛變，已爲確定之事實。」緊接著嚴厲聲討張學良，文中說：「張學良之過去，今不必談。張學良之今日，身膺軍寄，受命負剿匪之重任。當國家憂危之日，坐糜餉糈，對國家無尺寸之功。乃復假借名號，犯上作亂。此其罪大惡極，不容於誅戮。張學良昨日之行爲，不但對長官爲叛逆，實與全國國民爲敵，與整個民族爲敵。西安雖被叛兵盤踞。在中央之立場，若不嚴伸國法，立予聲討，將無以對人民付託之重。全國將士，於此犯上叛國之逆賊，若不急起剿除，又何以對國家倚界之殷。昨夜中央聯席會議之決議及國府明令，此種態度已極顯明。張學良叛變之剿滅，必然是短時期內之事，張學良之剿滅，不必需要大量之軍力。全國民意之力量，全國人民之良知發揮，足以奪其魂魄，足以使其望風奔潰。」次日，程滄波又在《中央日報》發表〈時局之定力〉之社評謂：「西安叛亂發生，至今又越一日。全國軍事統帥行政首領，身陷賊壘，行動失其自由。舉國憂惶，世界關切，此誠整個民族顯露其力量之日。亦即本黨全體黨員表現其歷史使命之時。」又說：「今日竊據西安之叛卒，其行動等於匪盜。其意志只圖擾亂。匪盜之集團，不足以語政治主張，更無可言政治目的。全國人民與世界友邦，必須徹底了解此一意義。然後可信國民政府今後之方針，當仍本中國國民黨之主義與政綱，繼續推行。對內對外，一貫努力。」

由於程滄波能文，蔣介石經常召見嘉勉，我們知道蔣介石的許多重要文告，多出自於陳布雷的手筆，但有兩篇最重要的文告，卻都由程滄波執筆。一是一九三七年七月十七日的〈對盧溝橋事件之嚴正聲明〉，一是一九四九年一月二十一日蔣介石之引退文告。前者是因爲陳布雷在病中；而後者因陳布雷已自殉之後。關於前者在《滄波文存》中有詳細記載撰文的經過，在此不再贅述。程滄波從奉命撰稿到完成這篇攸關中國生死存亡的文告，僅花兩個半小時，下筆極快而結構井然，足見其才情煥發，倚馬可待。其中有「和平未到絕望時期，決不放棄和平；犧牲未到最後關頭，決不輕言犧牲。」及「戰端一開，地無分南北，年無分老幼，皆有守土抗戰之責任，皆應抱犧牲一切之決心。」「此事發展結果，不僅是中國存亡問題，而將是世界人類禍福之所繫。」「『人爲刀俎，我爲魚肉』，我們已快要臨到這極爲人世悲慘之境地。這在世界上稍有人格的民族，都無法忍受的。」「我們希望和平，而不求苟安；準備應戰，而決不求戰」之警句，正氣凜然。而蔣介石引退文告有「假令共黨自此覺悟，罷戰言和，拯救人民於水火，保持國家之元氣，使領土主權克臻完整，歷史文化與社會秩序不受摧殘，人民生活與自由權利確有保障，在此原則下，致和平之功，此固中正馨香祝禱以求者也。」兩篇文告字字鏗鏘，發人深省，允爲歷史不朽之作。

一九三七年十月底，程滄波奉派去歐洲，當時預定的行程，是先到義大利，經巴黎到比京布魯塞爾，再轉倫敦。程滄波說他到倫敦時，「聞首都淪陷而家屬消息不明者數月，

陳布雷

疾苦慘痛，乃為有生以來所未有」。次年二月底，程滄波接到陳布雷從漢口寄到倫敦的信，信中有「江南千里，公私塗炭」之語，後來陳布雷要他留在歐洲等冬天再回國。但程滄波因公私迫促，在一九三八年四月間就離英返國。五月十三日由香港飛漢口，晚間陳布雷特由武昌渡江來看他，兩人相見唏噓，幾如隔世。當時《中央日報》已遷往長沙出版了，因此程滄波在漢口稍留，即乘輪到長沙。《中央日報》暫借長郡中學辦事。全體員工，亂後重逢，悲喜交集。在長沙不到一年，抗戰轉入艱苦階段，《中央日報》奉令在重慶復刊。以社址難求，編輯部在會仙橋，經理部在新街口兩處辦公。程滄波回憶抗戰期間重慶艱辛的歲月說：「民國二十八年『五三』、『五四』大轟炸，重慶報紙被炸毀的不止一家，《大公報》、《新民報》、《新蜀報》以及《時事新報》，與《中央日報》均有毀傷。五月四日的下午，天氣晦冥，警報不停，中宣部奉委員長諭召集各報負責人商討善後，決定戰時首都日報不能一日停刊。當場在我的寓所——領事巷康宅，決定組織重慶各報聯合版，公推我為主任委員，開始在《時事新報》辦公；後《時事新報》再被炸傷，改在《國民公報》辦公。我每晚在辦公，編輯部及經理部均由各報分別派人組成，這一個聯合版，前後維持一百天。在一百天後各報方分別出版；所以到抗戰勝利，戰時首都，日報沒有停刊一天。抗戰勝利後，我會見許多戰前日本的新聞界舊友，每以此自負。」

一九四〇年秋，程滄波被免去《中央日報》社長之職，而調到監察院去任祕書長的閒職。對此香港名報人陸鏗在《陸鏗回憶與懺悔錄》中說：「程主《中央日報》八年半，直至一九四〇年秋因桃色事件下台。自古才子愛佳人，原來，儲安平在程領導下任《中央日報》編輯部主任，其妻女作家端木露西，不僅人長得漂亮，文章也寫得好，程爲之動心，乃趁儲安平赴英學習機會，窮追而得手。儲得知此事，在其鄉前輩吳敬恆（稚暉）先生面前告了程滄波一狀。吳言於蔣介石，蔣把程喊去罵了一通。《中央日報》社長勢難繼續當下去，乃呈請辭職。于右任先生愛才，且認爲『風流無罪』，隨把程滄波叫到監察院任祕書長。端木露西女士也爲這一段感情糾葛，寫了一篇相當轟動的文章：〈蔚藍中的一點黯淡〉刊於重慶《大公報》，風傳一時。」對於此事，當時也在《中央日報》主持編務，後來成爲陶希聖的親家的劉光炎，在《梅隱雜文》一書中說：「《中央日報》的副刊，也花樣百出，最鬧猛的是女記者端木露西鬧桃色新聞，把報館幾乎搞垮了。這位女記者非常風騷，她其實很喜歡我，曾百端挑逗，喊我是：『可憐的孩子！』我因心有專屬，絕不動心，她終於把我沒有辦法，搖搖頭去了。她的丈夫後來恍如大夢初醒，知道自己只是『賠了夫人又折兵』，一無是處，一怒離開報館，從此到上海辦了一個《觀察》雜誌，專門拆國民政府的台。他就是早期被共黨利用，終於在『大鳴大放』中栽了跟頭的儲安平！」

在重慶期間，程滄波還兼任重慶復旦大學新聞系主任，主講《新聞評論與新聞採訪》。他指定選修「社論研究」的學生，必須熟讀：《東萊博議》、《陸宣公奏議》、《古文辭類纂》、《唐宋八家文》、《唐詩別裁》。此外必須參閱：《資治通鑑》、《史通》、《文史通義》。菲孝《歐洲史》（*A History of Europe*, by H.A.L.Fisher）、白芝浩《英憲論》（*The English*

Constitution, by Walter Bagehot）、阿克敦《自由史》（*History of Freedom*, by Lord Acton）及蒲徠士《歷史與法理的研究》（*Studies in History and Jurisprudence*, by James Bryce）。程滄波認爲這是養成新聞記者的課程，也是評論記者培植的條件。

一九四一年程滄波被國民黨中央黨部派往香港，任《星島日報》總主筆，進行大規模的人事重整工作。不到半年，太平洋戰爭爆發，他又回到重慶。曾與成舍我等人合作組織「中國新聞公司」，投資經營重慶版《世界日報》，主持該報的社評委員會，任總主筆。「中國新聞公司」以「提倡民主建設，獨立經營新聞事業」登報招股舊法幣一千萬元（第一期股額），按照成舍我和程滄波的想法，是計畫先在重慶辦起一家《世界日報》，待到抗戰勝利結束，還要以首都南京爲中心，在全國東、西、南、北、中五大地區主要城市，分期陸續辦起十家大報，都使用《世界日報》命名。這一方展現他們雄偉辦報的氣魄，另方面也可省去分開申請立案的

陸鏗（1919—2008）

號大聲，筆名陳棘蓀，雲南保山人。一九四〇年畢業於重慶政治學校新聞專修班，任職中國國際廣播電台，可算是中華民國第一個廣播記者，之後又任《中央日報》副總編兼採訪部主任。二戰期間擔任駐歐洲戰地記者。一九四九年四月，因辦《天地新聞》被下獄，為于右任、閻錫山所救。一九五七年被打成右派，判刑入獄，一九七五年獲釋。一九七八年四月底赴香港，與胡菊人創辦《百姓》雜誌。一九八二年公開評論蔣經國身體健康不理想不應連任總統，被中華民國政府列為不受歡迎名單。一九八五年他發表〈胡耀邦訪問記〉，成為胡耀邦被迫下台的罪狀之一。一九九〇年又因協助新華社香港分社社長許家屯赴美，被中國政府列入黑名單。晚年因採訪江南案和劉宜良遺孀崔蓉芝結緣，一直居住於三藩市。陸鏗一九四〇年代起就活躍於新聞界，曾先後坐過國共兩黨二十二年監獄，他稱自己「一輩子只做過兩件事，就是記者與犯人」。

煩雜手續。抗戰勝利後，國民黨政府委任他為江蘇監察使重返江南。一九四七年辭去監察使職，擔任《新聞報》社長。《新聞報》為上海大報，人才鼎盛，程滄波領導員工倡導民主自由。論述憲政規模，成為正統輿論重鎮。一九四八年聯合國在日內瓦召開國際新聞自由會議，程滄波為中國首席代表，率團與會，會中對採訪及言論自由，提出新穎的意見，受到各國代表的重視。一九四九年五月，程滄波去香港任《星島日報》總主筆。一九五〇年冬，在香港與王雲五、卜少夫、陳訓畬、陶百川、左舜生、阮毅成、徐復觀、劉百閔、雷嘯岑、許孝炎等籌辦《自由人》三日刊，成舍我任社長兼編總輯，董事長為左舜生，總經理卜少夫。一九五一年三月七日《自由人》創刊，程滄波寫發刊詞，題為〈我們要做自由人〉。同年到台灣。

程滄波雖畢生為新聞人，但黨政經歷豐富。他一九三一年即當選立法委員，嗣後任中央政治會議祕書，抗戰時期擔任監察院祕書長、中央宣傳部次長，勝利後奉派為江蘇監察使，負責江蘇及京滬二市的監察任務。一九四八年再度當選行憲立法委員，縱橫議壇，克盡言責。一九五一年當選中國國民黨第六屆中央委員，嗣膺聘中國國民黨中央評議委員。六〇年代初期，亞洲國會議員聯合會成立，程滄波以立法委員身分與會，自第六屆起連任五屆中華民國代表，折衝國際議壇，多所建樹。

一九七一年中華民國新聞評議會成立，程滄波被推舉為主任委員，任內擬訂各種道德規範，作為評議依據。他一再呼籲同業自律，諒解新聞評議會所扮諍友的角色，共促新聞事業臻於至善至美之境。程滄波擔任此職長達十八年，國民黨中央以其推展新聞自律有功，於一九八八年他退休時頒贈實踐一等獎章。在台期間程滄波還擔任政治大學、東吳大學、世界新聞專科學校教授。

程滄波爲武進名儒錢名山入室高弟，薪傳有自，其所爲文波瀾壯闊，餘事爲詩亦清新俊逸，不遜其文。史稱曾子固不能詩，引爲憾事，而程滄波則詩文兼擅。他自弱冠操觚，下筆千言，然散佚之文字，十有五六。他說：「曾輯民國十二年起至十八年冬全部論文散見於當時報章雜誌者共二百篇，交上海華通書局出版。不意時閱兩年，書店倒閉。不惟殺青無期，併所交存稿，亦全部遺失。民國三十年珍珠港事變之前，余在香港主持《星島日報》筆政，全部論文百篇，已謄錄付梓。卒因香港淪陷，稿版俱毀。民國三十四年，重慶《世界日報》成立。自春徂秋，前後所著論文，亦幾百篇。因勝利復員，因循未及輯錄。至今同付劫灰。」但報章時論，在學術上之價值雖少，然於歷史文獻，自有其一席之地。程滄波認爲一時代之新聞報導或時事論評，實爲一時代活動之史料。他對於撰寫這些時論，感慨良多，他說：「竊以爲時事論文，雖與經世鉅著或學術專集，未可並論。然時論作者，當其籌思振筆，發爲文章。每於午夜漏盡，燈昏目眵。時或酷暑流金，几案炙手；或厲寒砭骨，筆硯成冰。而時間及環境之束縛顧忌，理想與現實之調和斟酌，蓋非親歷其境者，不能道其甘苦於萬一。」因此他將民國二十三年前後在《中央日報》所撰的時論四十二篇，及抗戰勝利到行憲在上海《新聞報》所撰的一百零三篇，分別以《時論集第一編》及《時論集第二編》於民國四十三年八月及十月在台北出版。另又刊行有《歷史文化與人物》一書。一九八三年，復從上列三書中，選其得意之作六十九篇編印成《滄波文存》出版。《滄波文存》於英國兩黨政治研究，有透澈之分析。書中臧否人物公正不阿。兼有對故交之懷念，由其對提攜他的陳布雷備致欽敬。書末輯詩鈔與聯作，凡百數十首，雖屬小道而文采燦然。讀此書者，莫不以「擲地有聲」稱譽之。

另外程滄波爲近代的書法名家之一，其行書冠絕一時，筆走龍蛇，蒼勁有力，揮灑自如，卓然成家。據其云自幼習小篆《嶧山碑》，而得其秀麗整飭之姿；轉入漢隸《張遷碑》，而得其端質樸茂之勢；繼習《蘭亭序》及李北海諸碑，極盡流暢變化之功。抗戰軍興，避難陪都，任職監察院，得與名書法家沈尹默、喬大壯時相過從，互研書藝，互有獲益。此期則專攻虞永興《孔子廟堂碑》，深得其柔媚勁遒之筆，其影響之大，至今可於其筆畫間隱隱可見。同時對孫過庭《書譜》、褚河南《孟法師碑》亦曾下過極深功夫，此外亦致力北碑《張猛龍碑》。程滄波強調要把行書寫好，必須先習篆、隸及楷書。藝壇耆宿彭素翁曾評程滄波的書法云：「初臨虞永興，得其清健，後學右軍，窺其欹正。故結體茂密，用筆雄渾，絕無側峭巧麗之病。所謂有其本領，能爲打白者也。君天資絕高，學問淹雅，工力既深，情韻不匱。」可謂推許備至矣。程滄波在台期間，廣結翰墨緣，歷任書法學會理事長，曾率團參加日本東京書法展，參展時，並演講「書法之傳統與現代」，深受東瀛文化界之敬仰。

一九九〇年春末，程滄波因罹患心臟病，併發肺炎，乃入台北市忠孝醫院診治，未見起色，竟於是年七月二十一日溘然長逝，享年八十有八。

儲安平的婚姻悲劇

作家戴晴在〈儲安平與「黨天下」〉文中，這麼介紹儲安平：「已經出版的各種辭書都沒有關於他的記載，要不是一九八〇年的那份文件，今天的青年，那怕是研究新聞與現代史的青年學者，都已經不大知道這個很有生氣活過一陣子的人了。不錯，他是『大右派（不予改正）』，同時也是小說集《說謊者》、雜文集《英國采風錄》、《英人．法人．中國人》和特寫集《新疆紀行》等書籍的著者。他曾在南京戲專、湖南國立師專、重慶及上海的復旦大學教過書，還主編過《中央日報》副刊、《觀察》周刊和《光明日報》。對於統治了中國二十年的國民黨（截至一九四八年）和八年的共產黨（截至一九五七年），他分別下過兩句評語：前者是——『一場爛汙』；後者是——『黨天下』。他倏地消失了，沒有通電、宣言，也沒有給生活在與他有關與無關的人群的世間留下隻言片句。只有這兩句話，帶著一個讀書人全部的失望與厭憎，泥巴一般地甩在歷史的紀錄簿上。」

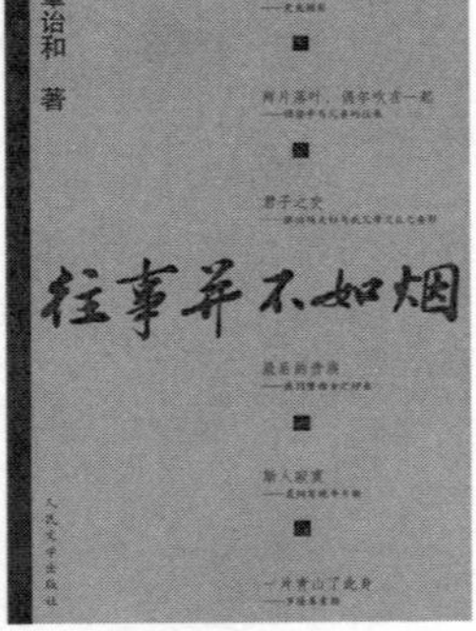

章詒和《往事並不如煙》書影。

戴晴以深情的筆調勾勒出儲安平的側影，曾與儲安平一起參加「渝社」的陳紀瀅說儲安平「人非常聰明能幹，而且頭腦清晰」，馮英子說儲安平「才氣縱橫而驕傲絕頂，萬事不肯下人」，儲安平的學生王火也說他「不喜歡主動與學生接近，對學生的態度是客氣的，但並不熱情，有距離」，甚至「恃才傲物」，而張申府言：「據我所知，儲安平是以敢言著名的辦報人，有很好的操守。」總之，儲安平是個具有獨特人格魅力的人物，也難怪馮英子要這麼說：「我同儲安平談不上有什麼深厚的交情，只是彼此踽踽獨行在人生的道路上，一個偶然的機會在交叉點碰在一起罷了。我們一起辦過報，一起寫過文章，可是僅僅這麼一點，要忘卻他也不容易。他的聲音笑貌，好像經常在我眼前，不把他寫出來，也好像欠他一筆債未曾還清一樣。」抱持相同態度的還有名作家章詒和，她在《往事並不如煙》一書中的〈兩片落葉，偶爾吹在一起——儲安平與父親的合影〉中說：「在我所結識的父輩長者當中，最感生疏的人，是儲安平。而我之所以要寫他，則是出於父親（章伯鈞）說的一段話：『人生在世，一要問得過良心，二要對得住朋友。一九五七年的反右，讓我對不住所有的人，其中最對不住的一個，就是老儲（安平）。』父親最對不住的，確要算儲安平了。原因很簡單——把他請到《光明日報》總編室，連板凳都來不及坐熱，就頂著一個大大的右派帽子，獨自走去，一直走到生命的盡

馮英子（1915—2009）

原名馮軼，江蘇崑山人。家境貧寒，只讀了五年小學，十二歲就外出謀生。一九三二年進《崑山民報》、《新崑山報》做記者，後任蘇州《早報》記者兼編《大光明報》、蘇州《明報》戰地記者兼上海《大晚報》記者，後入上海《大公報》為戰地記者。一九三八年，參加組建中國青年新聞記者學會。抗戰期間，分別在國際新聞社、《力報》、《正中日報》、《前方日報》、《中國晨報》等報社任職，任多家報紙的總編輯。一九四五年，任南京《中國日報》總編輯、《新中華日報》總經理、蘇州《大江日報》社長。一九四九年任香港《週末報》副社長兼總編輯、香港《文匯報》總編輯。一九五三年，任上海《新聞日報》編委兼編輯部主任。一九六〇年調任《新民晚報》編委，一九八一年任《新民晚報》副總編輯。還曾經擔任過上海辭書出版社編審、大地文化社社長、《當代中國上海卷》副主編。是一位具有廣泛社會影響的名記者、老報人，著名雜文家、時評家。

頭。」因此章詒和筆墨沾滿著淚水，寫出儲安平晚年悲苦的情景。

戴晴的〈儲安平與「黨天下」〉可能是最早要爲儲安平作傳的文章，而根據後來的研究者如鄧加榮、謝泳、李偉等人的資料，我們可以理出一份生平簡介：

儲安平（一九〇九—一九六六），江蘇宜興人，乃儲氏望族之後；儲安平生下僅六天，母親去世，父親吃喝嫖賭，不顧家庭生計。由年邁的祖母撫養，十四歲時父親和祖母相繼去世，用他自己的話說，他成了漂忽在茫茫大海中的一葉孤舟。從此他寄養在伯父家中，直到去外地上學。伯父儲南強，早年畢業於江陰南菁書院，與黃炎培同學。一九二八年儲安平從光華附中畢業，考入光華大學政治系（儲安平所讀的科系，說法不一，有的說是新聞系，有的說是政治系，而趙家璧說儲安平跟他是大學同學，因此大多數研究者均認爲英文系，但據史料家秦賢次抄自教育部的檔案爲政治系）。大學時期的儲安平醉心於文學創作，曾給《北新》、《語絲》、《眞善美》、《新月》、《流沙》等文藝性雜誌寫稿；同時對社會政治問題亦感興趣，一九三一年他就蒐集當時學者及政論家，如左舜生、胡愈之、俞頌華、羅隆基、陳獨秀、汪精衛、陶希聖、王造時、陳啓天、張東蓀、張其昀、梁

儲安平主編之書刊。

潄溟等人的文章，編了一本名為《中日問題各家論見》（新月書店出版），並為該書作序及寫扉頁題辭。一九三二年儲安平從光華大學畢業，獲文學學士學位；隨後因身體健康原因，回家鄉養病一年，旋又赴南京，一九三四年與低他兩級的女同學端木新民結婚，這期間《中央日報》聘儲安平編「文藝副刊」。一九三五年十一月十日邵洵美創辦的純文學刊物《文學時代》，由儲安平任主編，常在上面寫文章的有老舍、張天翼、王統照、郁達夫、田漢、宗白華、臧克家、梁宗岱、陳夢家、余上沅等人，均為一時之選。一九三六年四月，出完第六期，因儲安平要去英國採訪，刊物也就停辦了。同年四月，儲安平在同學趙家璧的安排下，由良友出版公司出版短篇小說集《說謊者》；另外同年開明書店也出版了儲安平的散文集《給弟弟們的信》；此一期間他同時任《中央日報》社主筆、記者。

一九三六年八月，儲安平隨中國代表團赴柏林採訪奧運會新聞，奧運閉幕後他旋進入英國倫敦大學政治經濟學院深造，師從著名的「費邊主義」學者拉斯基教授學習。留英期間，他對英國的憲政法治、人權自由印象深刻，使他相信自由主義是一個國家富強的根源，中國也可以透過良好的教育方式來改造國民性格，進而建造一個民主的國家和自由的社會。一九三八年，儲安平離英返國。一九三九年至一九四〇年，儲安平任重慶中央政治學校新聞專修班教授，同時給《中央日報》寫社論；期間他參加「滄社」——一個以中央政治學校教授為主要成員的學術性團體，為首的是周子亞教授，成員有儲安平、沈昌煥、黃堯、陳紀瀅等，最初有一、二十人，後來只有六、七人了。其後曾短期任桂林《力報》的主筆，創辦人為光華大學校友張稚琴。一九四〇年儲安平接受當年光華大學教育系主任廖世承的邀請，赴湖南藍田師範學院任教，他講授英國史和世界政治概論。那時每逢週會，教授們都要輪流演講，輪到儲安平演講時，據說「連走廊都坐得滿滿的，中間不曉得要拍多少次掌」。儲安平在藍田師院結識許多知名教授，這些人後來有不少成了《客觀》和《觀察》雜誌的撰稿人，如錢鍾書、高覺敷、鄒文海等人。這期間也是儲安平一生寫作的豐收期，他寫成了《英國采風錄》和《英人．法人．中國人》兩本著作。一九四三年他又把各次演講整理成《英國與印度》一書出版（桂林科學出版社）。一九四五年五月，《中國晨報》在湖南辰谿創刊，馮英子任副社長兼總編，他重金禮聘儲安平兼任該報的主筆。

一九四五年八月日本投降後，儲安平離開藍田師院赴重慶。同年十一月十一日張稚琴在重慶創辦《客觀》周刊，邀請儲安平任主編，編輯有吳世昌、陳維稷、張德昌、錢清廉、聶紺弩。他在該周刊撰寫「客觀一周」的專欄文章，學者謝泳認為儲安平在《客觀》的政論文章可分為五大類：一對國民黨的評價，二對共產黨的深入分析，三對美國的態度，四對自由主義知識分子的看法，五對內戰的批評。《客觀》周刊一共出了十七期，而儲安平實際只主編十二期，十三期後改由吳世昌接編，而儲安平則離開重慶到上海，他正式的職業是在復旦大學任教授，在政治系和新聞系分別開設「各國政府與政治」、「比較憲法」、「新聞評論練習」等課程。同時他也籌備《觀察》周刊的創辦，一九四六年九月一日《觀察》創刊於上海，儲安平任發行人兼主編。《觀察》被認為是中國現代史上最後一份同人刊物，也是發行量最大、影響最大的刊物。它因敢於抨擊國民黨政權的昏暗和腐敗，提倡「民主、自由、進步、理性」，大受群眾和知識分子的歡迎和喜愛，從創刊的四百來份到一九四八年十二月二十四日被國民黨查封時的十萬來份。儲安平曾非常自豪地宣稱：「本刊的經營足以為中國言論界開闢一條新的道路。」

中共建國後，儲安平加入民盟和九三學社，任九三學社中央委員、宣傳部副部長，並主編學社機關報《社訊》。一九四九年十一月一日，《觀察》復刊，儲安平任主編；一年後，《觀察》改名《新觀察》，儲安平離職出任新華書店副總經理。一九五二年，儲安平出任出版總署發行局副局長。一九五四年當選為第一屆全國人大代表；期間他作為民主人士代表，前往東北和新疆參觀考察，寫下了《東北參觀報告》、《新疆新面貌》、《瑪納斯河墾區》等著作。一九五七年四月一日，儲安平出任《光明日報》總編輯；同年六月一日，在中共中央統戰部召開的黨外人士整風座談會上，作了〈向毛主席、周總理提些意見〉的報告，隨後被打成「右派」，下放到西山農場勞動改造。同年六月八日，儲安平向《光明日報》社長章伯鈞提出辭呈，不再擔任《光明日報》總編輯職務。「文革」開始，紅衛兵把他做為專政對象，批鬥侮辱，逼他掃街。一九六六年深秋，他跑到北京西郊青龍橋跳河自殺未遂，不久即告失蹤。他的生死成謎，儘管眾說紛紜，但人們至今都不知道他到底是「投河自殺」、「蹈海而死」，還是被紅衛兵活活打死了（「虐殺斃命」），或者是出家當了和尚。這些說法都永遠成謎了。

儲安平有兩段婚姻，但都以悲劇收場。首先是一九三四年他與低他兩級的女同學端木新民結婚，端木新民也就是他愛稱的露西（Lusy）。據學者周蕾說端木露西生於蘇州一大戶人家，曾就讀於蘇州振華女中、惠靈女中。學生時代的她就十分優秀。其子儲望華回憶說：「在蘇州讀中學時演過話劇，她演女主角，而男主角就是蔣緯國，可以想見母親那時候也是頗爲出色的。」端木露西的父親做過天津電報局局長，後來她隨家去天津，進入天津中西女中、南開大學預科，未及畢業，又隨父母轉到上海，考入光華大學。戴晴說：「在職業無著的養病期間，他居然娶了一位美貌的富家少女。Lusy——儲安平一生都這樣稱呼她，即使在他們離異之後。她是低他兩班的同學，對優美的文字與情調抱著一種只有那個年齡和那種時代的女孩才有的傾心之愛。初交時，他給她寫情書，投書《申報》時的本事和情緒又煥發了，對這些無由問世的妙文，她的妹妹們的評語是：『跟這樣的人做朋友，看看信也是幸福的。』在看到她手中他的照片時，她們則驚呼：阿姊，梅蘭芳送你照片呀！」這簡直是一對郎才女貌、才子佳人！

儲安平與端木露西的結婚照。

不僅如此，端木露西後來其實也是一位女作家。抗戰期間，端木出版過兩本散文集，據姜德明的《書葉叢話》介紹，一本是出版於一九四三年的《海外小箋》，是儲安平在藍田國立師範學院任教時所編的十本「袖珍綜合文庫」的一種，裡面收錄的是端木露西寫給儲安平的十幾封書信，因為在儲安平赴英求學後，第二年端木露西也赴英留學。該書僅四十二頁，書分兩輯，前者「赴歐途中發」，收〈過紅海〉、〈海上的國際社會〉、〈化妝跳舞會〉、〈船上生活〉、〈幾個會說中國話的外國人〉、〈繞道直布羅陀〉等六封書信；後者「海外散記」收小品五篇：〈倫敦的太陽〉、〈我們的天地〉、〈生命之花〉、〈英國人〉、〈海德公園〉。姜德明認為該書「文字不脫雋永、自然的樸實風格」。此書出版時，這對夫婦還沒有脫離關係。另一本是一九四五年由商務出版社在重慶出版的《露西散文集》，裡面大都描述戰火亂離、男女恩怨的心緒與憂樂。共收散文十三篇，是一九四四年九月，作者在湖南藍田編就的。書中的「自序」稱自己從不妄想踏進文藝之門，而是因為一位很好的朋友常常讓她寫一點什麼，「我今天毅然將這個集子整理出來，也是為了紀念我與這個人十年的情誼，一段夢境。」她所說的這個人，自然就是指的儲安平了。

對於儲安平與端木露西最後的離異，戴晴說儲安平「但他一心嚮往的，還是留學。為了攢足這筆錢，他錙銖必較，Lusy大為光火，成了夫妻間出現裂痕的原因。」除此而外戴晴還提到儲安平從英倫歸來後回到《中央日報》任主筆兼國際版編輯時，「這階段，他在事業與家庭兩方面都不大愉快。《中央日報》主筆是要奉命寫作的，這與他的一貫的主張牴觸得厲害；而有錢有勢的社長對他的妻子仍有覬覦之心，這種在當年官場常常被用作進身之階的局面，令儲安平不堪忍受。他終於辭掉了這個『肥差』，經當時國民黨宣傳部次長張道藩介紹，到中央政治學校研究院任研究員。」戴晴文中提到的「有錢有勢的社長」，就是當時的《中央日報》社長程滄波。名報人徐鑄成說儲安平「當他孜孜埋頭編報時，那位社長程先生卻天天陪著這位『校花』（**按：指端木露西**）去跳舞，不久，因而脫輻了，留下一個孩子，由安平艱難撫養。」而與儲安平家有戚誼的李偉先生在回覆筆者的詢問信函說：「程滄波當年掌《中央日報》，安平編副刊。端木喜跳舞，儲耽於讀書，從不偕妻參加遊娛事，程乘虛而入。確有其事。儲性格上有諸多缺陷，如吝嗇，子女關係也不佳。」另外端木露西在《露西散文集》中的「自序」坦然地承認：「一個人有時需要『物資』來解決一些苦難的問題，其重要和急迫遠超過於一個謹愼的聲譽。自然，這種措置無意的是一種不幸。」這一段話，可視爲端木露西對自己與程滄波一段婚外情的自我辯解。

一九四〇年秋，程滄波被免去《中央日報》社長之職，而調到監察院去任祕書長的閒職。對此香港名報人陸鏗在《陸鏗回憶與懺悔錄》中說：「程主《中央日報》八年半，直至一九四〇年秋因桃色事件下台。自古才子愛佳人，原來，儲安平在程領導下任《中央日報》編輯部主任，其妻女作家端木露西，不僅人長得漂亮，文章也寫得好，程爲之動心，乃趁儲安平赴英學習機會，窮追而得手。儲得知此事，在其鄉前輩吳敬恆（稚暉）先生面前告了程滄波一狀。吳言於蔣介石，蔣把程喊去罵了一通。《中央日報》社長勢難繼續當下去，乃呈請辭職。于右任先生愛才，且認爲『風流無罪』，隨把程滄波叫到監察院任祕書長。端木露西女士也爲這一段感情糾葛，寫了一篇相當轟動的文章：〈蔚藍中的一點黯淡〉刊於重慶《大公報》，風傳一時。」

對於此事，當時也在《中央日報》主持編務，後來成爲陶希聖的親家的劉光炎，在《梅隱雜文》一書中說：「《中央日報》的副刊，也花樣百出，最鬧猛的是女記者端木露西鬧桃色新聞，把報館幾乎搞垮了。這位女記者非常風騷，她其實很喜歡我，曾百端挑逗，喊我是：『可憐的孩子！』我因心有專屬，絕不動心，她終於把我沒有辦法，搖搖頭去了。她的丈夫後來恍如大夢初醒，知道自己只是『賠了夫人又折兵』，一無是處，一怒離開報館，從此到上海辦了一個《觀察》雜誌，專門拆國民政府的台。他就是早期被共黨利用，終於在『大鳴大放』中栽了跟頭的儲安平！」

此事發生後，儲安平和端木露西並還沒有離婚，據戴晴的文章說廖世承在湘西組建國立藍田師範學院時，儲安平被聘爲教授，還帶著端木露西和新生的第三、第四兩個孩子去了。端木露西在藍田師範學院附中教書。在那裡，兩人開辦了一家出版社，名叫袖珍書店。但到了一九四五年五月，《中國晨報》在湖南辰谿創刊時，則兩人顯然已經離婚了。據馮英子說：「那時他已與端木露西離了婚，身邊帶著一個三、四歲大的孩子。《中國晨報》的編輯部設在銅灣溪，而營業部則在辰谿的街上，從銅灣溪去辰谿，隔著一條辰水，辰水上沒有橋，靠小划子擺渡，上坡下坡，上船下船，安平都背著他的孩子，父親而兼母親，生活非常艱苦。有時我們覺得他很累，幫他背背孩子，他總含笑謝絕。」據此推測兩人離婚大致在一九四四年至一九四五年間。

馮英子又說：「一九五三年秋，我結束了香港《週末報》的事務，調上海工作。從廣州到上海的旅途中，我特別去北京繞了一下。那時安平在出版總署做出版局局長，開始做官了。我去出版總署找他，發現他穿了制服，有如臨風玉樹，一表人才，人也微微發胖了，不復是在辰谿時的憔悴。那時解放不久，大家對未來充滿了信心，他告訴我已經重新結婚，歡迎我到他家中去玩。很抱歉，我沒有到他府上去，只是後來在奇珍閣的一次宴會上，看到安平和他的新婚夫人，年輕、漂亮，兩個人在一起，正是一對璧人。」

儲安平的第二個妻子易吟先，她是著名辛亥老人易堂令先生的女兒，畢業於湖南著名的愛國女校「周南女學」。在與儲安平結婚時，已有過一段婚姻。易吟先的前夫是個工程師，後來與易離婚，去了美國。儲安平與易吟先共同生活了四年，反右後亦告離異。章詒和在《往事並不如煙》一書中說，她母親（李健生）告訴她有關儲安平的事：「他的事業心強，社會活動多，雖獨身多年，也漸漸習慣了。前幾年，經一班朋友的一再相勸、相催，他和一位女士結婚了。不想，反右以後，儲安平的處境大變，他的夫人也大變。如果覺得丈夫是右派，給自己丟了臉，今後不好做人，那麼離婚好了。讓人萬沒有想到的是，她住著儲安平的房子，卻跟另一個男人明來暗往。時間一久，即被察覺。儲安平說：『伯老，即使閉戶三日，你也是猜不到這個人是誰？』停了好一陣子，他說了三個字——宋希濂。爸爸驚詫得幾乎不相信自己的耳朵，再問：

宋希濂

『是那個國民黨的宋希濂？（一九五九年）老毛特赦的那個甲級戰犯？』儲安平點頭稱是。爸爸站起身，拍著他的肩膀，哀嘆：『所犯何罪，受此屈苦！都歸咎於我。』」章詒和又說：「李如蒼告訴父母：『儲安平正在辦理離婚。女方提出三千元贍養費要求。法院的同志講，儲先生不是資本家，哪有許多的積蓄。最讓人難堪的是，這女人還住在儲宅。宋希濂的進進出出，就在老儲的眼皮底下。』後來，李如蒼又來我家，告訴我的父母說，那女人已隨宋希濂搬走，並有話傳來，說自己如今在社會交往和生活享受方面，比跟個大右派強多了。」一九六一年，由侯鏡如夫婦作媒，宋希濂與易吟先結婚了。後來夫妻二人一同去了美國。一九九九年八月易吟先病逝於紐約。

至於端木露西，據作家韓三洲說，她在與儲安平仳離後，以後一直用端木新民這個名字，解放後曾在上海市立敬業中學任教，後與上海水產學院教地理課的孫西岩結婚，也許由於她還是改不了「直言無忌」的緣故吧，日子一直過得不順遂，六〇年代後期她也曾遭受過打擊。八〇年代丈夫去世後，她繼續在上海陝南村的寓所裡一個人孤獨地生活了五年，直到一九九八年因病辭世。

宋希濂（1907—1993）

字蔭國，湖南省湘鄉縣人。幼年在鄉讀私塾和小學，一九二一年考入長沙長郡中學。一九二三年冬，考取廣州大本營軍政部長程潛所辦陸軍講武學校。一九二四年考入黃埔軍校第一期學習，在學校期間曾加入中國共產黨，中山艦事件後與共產黨脫離關係。一九二六年隨蔣介石參加北伐。曾任七十一軍軍長、第十一集團軍總司令、新疆警備總司令、華中剿匪副總司令兼第十四兵團司令。一九四九年十二月在川康邊境沙坪被人民解放軍俘虜，後作為戰犯接受改造。一九五九年十二月大赦。一九八〇年赴美探親，後定居美國。一九九三年二月十三日，因患嚴重腎衰竭在紐約逝世，享年八十六歲。

相對於儲安平，端木露西和易吟先還算是幸運的。作爲一九八〇年「不予改正」的五名大右派之一，儲安平可說是知識分子中的「悲劇人物」。尤其是在一九六六年「文革」爆發後，他「活不見人，死不見屍」，恐怕再沒有比這更慘的了。但正如學者傅國湧所說的：人們永遠忘不了他那些擲地有聲的政論，忘不了他先知般的預言，忘不了他甩給親身經歷過的前後兩個政權的著名論斷。儲安平並沒有死，「儲安平正在復活」，章詒和如是說。

佳人已屬沙吒利

——「標準美人」徐來與黎錦暉的離合

在民國影壇中有美人無數，但被稱爲「標準美人」的卻只有一位——她就是徐來。因爲她的容貌美麗，體態婀娜，五官和身材都符合東方女性的「標準」，因此有此稱號。徐來原名徐潔鳳，一九○九年生於上海南市一個小戶商人家庭，父親經營一家專門賣秤的店鋪。由於家貧，徐潔鳳幼年失學在家料理店務，十三歲時還去蛋廠做工補貼家用。後來秤店生意興隆，家境轉好，她才能入學讀書，並漸漸對歌舞發生了興趣。一九二七年徐潔鳳考入黎錦暉主持的中華歌舞專門學校，專習歌舞。

黎錦暉（一八九一—一九六七），湖南湘潭人，從小即喜歡吹拉彈唱，學過京劇、花鼓戲及北方曲藝，二十五歲起又開始學習西洋音樂，打下了較扎實的音樂基礎。一九一六年他到北京大學進修，並參加北京大學音樂研究會。一九二○年，黎錦暉到上海中華書局任職，主編《小朋友》週刊，並兼任上海國語專修學校附屬小學校長，較多地接觸了兒童的學習和生活。也即從這時起，黎錦暉開始組建明月社，致力於音樂普及教育和推廣國語運動。他認爲「學國語最好從唱歌入手」，他先後創作了《可憐的秋香》、《麻雀與小孩》、《葡萄仙子》、《小小畫家》等共十餘部兒童歌舞劇和二十多首兒童歌舞表演歌曲。一九二七年二月，黎錦暉以自己創作歌舞劇所得的版稅收入三千元作爲基金，創辦中華歌舞專門學校。這是一所屬於短期培訓性質的專業學校，以學習音樂、舞蹈爲主，也兼授語文、算術等文化課程。教學方法採用啓發式，邊學邊練，以實用爲主，一般三、五個月內就能登台演出。一九二七年七月，中華歌舞專門學校在虹口中央大會堂作了小範圍的預演，反應很好，這給黎錦暉極大的鼓舞。

一九二八年，黎錦暉率領中華歌舞團遠赴香港、泰國、印尼、馬來亞、新加坡等地巡迴演出，〈毛毛雨〉等流行歌曲即已與他的兒童歌舞一起成爲主要節目。一九二九年，他組織明月歌舞團，它是中國最早的營業性歌舞團體之一，以上演新型的通俗歌舞劇爲主，到全國各地巡迴演出，曾先後培養出周璇、聶耳、王人美、嚴華、黎錦光、黎明暉、黎莉莉、白虹、陳燕燕等著名藝術家及演藝工作者。

此時的徐潔鳳，她的歌技舞藝並無特別突出之處，然而隨著歌舞團輾轉各地巡迴演出時，她展露了另一項才能。原來團長黎錦暉爲演出籌措事宜，應酬繁多，徐潔鳳在身邊，耳濡目染間，對交際寒暄的規矩嫻熟於胸，「偶有應酬，表現手腕不弱」。黎錦暉見她有此等長處，人又長得漂亮，很是憐愛，便給她取了一個風雅的新名字——徐來，既含「清風徐來」之意，又暗合明月歌舞團之「明月」二字，還時常帶她出席各種宴會，極盡提攜之意，後來更是將歌舞團中一切繁雜瑣事一併交由她來處理。徐來年紀雖輕，做起事來卻毫不含糊，全團上上下下幾十號人，衣食住行各種問題，她都能安排得井井有條。黎錦暉有這樣一個好幫手，自是非常滿

黎錦暉

意，朝夕相處間，兩人漸生情愫，黎錦暉爲徐來的風采所傾倒，徐來則感激他的知遇之恩，雖然兩人的年齡相距十八歲，卻還是頂住外界的閒言碎語於一九三〇年在上海一品香舉行婚禮。

對於黎錦暉與徐來的結合，黎錦暉後來與梁惠芳所生的兒子黎澤榮說，當時在南洋「因爲外國法律限制，和黎錦暉居住在一起的有他女兒黎明暉和男友，一位島上親王的王子。錢蓁蓁和徐來需要『改名依親』才行。黎明暉提出，錢蓁蓁正值花季少女，就認她是妹妹。錢蓁蓁高興地拜黎錦暉爲義父，改名黎莉莉；徐來已是花樣年華，黎明暉問她，你就當我後媽吧？徐來一下子紅染杏腮，含羞不語。黎明暉對黎錦暉說，行了，不反對就是默認。徐來就是我媽媽，你『太太』。出身貧困又無家可歸的徐來，有黎錦暉這樣一位『偶像老師』和名揚中外的帥哥男人當然情投意合；幾年前元配病逝的黎錦暉，能有這樣一位溫婉文雅，善解人意的『標準美人』做太太更是求之不得。紅鸞星動，天賜良緣！他們散步海邊，看那馬來風光，碧海雲天，黃金沙灘，臨風椰樹，俗樂土舞，黎錦暉突然想起學生時代去過的桃花江，想起那方水土，那些天生麗質的桃江姑娘。他看了下身邊的徐來，靈感忽生，歌曲湧來，一揮而就寫下了『桃花江是美人窩』。『我也不愛瘦，我也不愛肥，我就愛一位，像你這樣美！』〈桃花江〉這首歌傾注了他對徐來的愛戀深情。徐來是這首被衆多歌星經久傳唱的〈桃花江〉的模特兒，〈桃花江〉是獻給祖國和美人的頌詞讚歌。黎錦暉回到上海後的第一件事就是和徐來正式結婚。」

才子配佳人，只羨鴛鴦不羨仙。黎澤榮又說：「桃花運到財運至。黎錦暉的《百首愛情歌曲》

《良友》第100期（1934年12月15日出刊），以徐來為封面人物。

一九三四年的徐來。

大賣，〈桃花江〉更是風靡海內外。黎錦暉寫歌，出唱片，搞演出，他賺到的版稅，收入足以買下上海一條街。但，他都獻給了歌舞事業。那麼，給徐來買洋房、家具、鋼琴、汽車和她那『七二七二』（**按：音符七二七二爲上海話徐來徐來的諧音**）的車牌錢從何而來？幾年前，有一進口紙商欠款被告，需要一筆錢保釋，託友人向黎錦暉借貸。黎錦暉重友輕財籌到了幾千塊錢幫他結案。紙商感激黎錦暉的幫忙，送了黎錦暉一張貨單。事隔多年，西洋紙貴，價格飆漲，這張存單競賣了兩萬大洋。那時三口之家的開銷每個月不過二元，這筆意外橫財讓他能購房買車送太太，黎錦暉是一擲千金爲最愛！」當時的徐來成了繼楊耐梅之後第二個擁有私人汽車的女明星。

一九三三年，徐來加入周劍雲的明星電影公司，次年主演第一部影片《殘春》，該片講述一個富商的妻子因獨守空房而紅杏出牆的故事。這部影片嚴格說來並非佳作，但卻展現了徐來的美豔姿色與不俗氣質，其中更有「徐來出浴」的鏡頭，引來轟動話題，影片相當賣座，徐來因此一舉成名。自一九三二年起至一九三五年止，徐來在「明星」先後拍攝了八部影片：《殘春》、《泰山鴻毛》、《華山豔史》、《路柳牆花》、《到西北去》、《女兒經》、《落花時節》、《船家女》，塑造了各種不同性格的女性形象，奠定了其一線女星的地位。其中《船家女》是徐來在「明星」拍攝的最後一部影片，也是她的代表作。影片講述了一個逼良為娼的故事，是編導沈西苓根據自己在西子湖畔所見所聞演繹而成。影片以嚴密的結構、含蓄的畫面、緩慢的節奏、沉重的基調，表達了作者對窮苦人民的同情和對黑暗勢力的痛恨。徐來在片中扮演阿玲一角，她的表演有一定的內心體驗，表情和動作都比較眞實。她的演技超越了以往的表演水準，受到輿論和觀衆的讚賞，聲譽也扶搖直上。但這部影片卻成為徐來的息影之作，此時徐來名聲正旺，為何急流勇退呢？那是同年八月二十二日徐來參加了一個「東方標準美人」的加冕禮，還有當時的三大歌星白虹、周璇和關曼傑來助陣表演，可謂搞得風生水起——這本來也是電影公司的商業炒作而已，但當時就有人上綱上線，在報紙上〈為徐來加冠典禮告全國二萬萬女同胞書〉，認為「她要做標準美人，無論在資格上與手續上，都是自欺欺人淆惑觀聽的，不過藉『標準美人』的手段來擾亂社會欺人斂財而已」。更有人批評她「在這種外侮日逼，內亂未已，……眞是商女不知亡國恨，隔江猶唱後庭花」。後來徐來在風波平息之後用十六個字來應對人們的議論——「既往不咎，何必重提？問心無愧，毋庸表白。」此時的她，樹大招風，又豈能逃脫「人言可畏」的宿命？

除此而外，更大的風暴卻悄然降臨了，那是後來徐來招來一位舊日的團員張素貞，當她的祕書。（徐來當紅時因影迷來信太多，於是成了中國早期擁有私人女祕書的明星。）而她殊不知張素貞此時已做了女特務，還是戴笠的情婦。而由於張素貞的關係，又引來了個特務頭子唐生明，他是曾任革命北伐軍總指揮，後爲國民黨第四集團軍總司令的唐生智的四弟，黃埔四期生，爲人精幹，早年擔任過國民革命軍第十二軍的師長，實授少將軍銜。一九二八年經周佛海引薦，唐生明當上蔣介石的侍從室參謀。一九三五年任軍事委員會中將參謀，那時正在戴笠手下做工作。唐生明是湖南東安人，和黎錦暉同鄉且有世誼，因此常出入於黎家，唐生明是出了名的公子哥兒，甚至引領徐、張外出遊樂，往往通宵達旦。而黎錦暉此時則埋頭寫作，向不參加他們的三人行，因此不久，就風生萍末，掀起一場軒然大波。

據黎錦暉的好友平襟亞說他聽聞於黎錦暉的律師蔡六乘，他說唐、徐、張三人早有曖昧，只是黎錦暉尙蒙在鼓裡，有天半夜，唐家老太太打電話來尋人，黎錦暉下樓查問，見張素貞的房內尙有燈光，因推門進內，瞥見他們三人同睡在一床，於是下不了場，只好退出身來，在門口虛張聲勢道：「老四你好！竟敢在我家幹出這樣的無恥勾當來，我立刻去報告警察。」那時候，房內跳出個老四，他搶前一步，掏出自備手槍來，槍口直抵黎錦暉的背心，怒斥道：「你敢！只要你踏出大門口，我子彈出膛，我問你性命要不要？要性命的話，替我乖乖地上樓去，道半個不字，老子立刻做掉你！老實告訴你了吧，老子做掉個把人，如同殺條狗，不用抵命的。」黎錦暉驚呆了，當時怎敢動一動。唐又說：「徐來她早就不心向你了，你不要睏昏，因爲你欠了一屁股的債，徐來難道肯和你吃苦下去嗎？早就要和你一刀兩斷，我正在勸她，她堅決要和你離婚。好吧！老子今天慷慨一下，給你一筆錢，好讓你還清債務。」說罷放了手槍，掏出支票簿來，開了一張支票，交給黎錦暉。黎錦暉當然拒絕，只道：「事情決沒有這樣便當，誰要你的賞賜，我和徐來結過婚，養下女兒小鳳，離婚是我們夫妻間的事情，要雙方願意的，怎容你來插手，你破壞我們的家庭，當與你評理，手槍是嚇不倒人的，打死了我，你也得避風頭，朋友們會替我伸冤報仇的。今天是黑夜，還有明天哩。」唐生明聽得就軟了下來，只道：「好！明天和你評理。」他趁勢落場，揚長而去。

蔡六乘又說：「錦暉受了這個刺激，他的精神有些失常，我勸慰他不必過於緊張，唐奪去了徐來，他的目的已達到，與你無仇無怨，何至加害於你呢。但是他總放心不下，恐懼萬分。」隔了三天，平襟亞不放心此事，又到蝶邨訪黎錦暉，才知道徐來和張素貞已到南京去了。據黎錦暉說：「連六歲的女兒小鳳也帶去了，大概她不回來了。」果眞不錯，又隔數天，徐來委託上海姓李的寄娘聘請律師江一平代徐來致函黎錦暉，提出了協議離婚的要求。黎錦暉和老友商量，大家都勸他從速解決，於是他覆信江一平律師，同意離婚，一無條件。只隔了三天，江一平代表徐來，平襟亞以平衡律師名義代表黎錦暉，雙方協議離婚的廣告刊登於《申報》、《新聞報》的封面版。內容大致說：「由於雙方意見不洽，自願脫離夫妻關係，此後男婚女嫁，各聽自由。」

對此婚變，黎澤榮也說：「徐來在銀幕上的走紅，招來了『色狼』。湖南軍閥唐生智的弟弟，有『風流將軍』之稱的唐生明看中了徐來。唐生明借他學弟和哥們軍統特務頭子戴笠之手，威脅黎錦暉讓他和徐來離婚，有人寄來子彈，黎錦暉和徐來的女兒突然病死。唐生明還揮著槍說，不離婚就槍斃！徐來深愛著黎錦暉，爲了黎錦暉的安全，她勸黎錦暉『去完成你的藝術追求，不要爲我丟掉性命』，『槍打鴛鴦兩分離』。『秀才遇到兵』，而且還是個將軍，黎錦暉最後同意和徐來離婚，把房子、汽車等財產都給了徐來。」

人生遭此巨變，眞是禍福難料，佳人已屬沙吒利，但老天有眼，又賜給黎錦暉一位如花美眷。黎澤榮說，徐來和黎錦暉分手，儘管黎錦暉有「大丈夫能屈能伸，男子漢何患無妻」的氣量，但失去最愛，畢竟讓他傷心欲絕，病倒住院。這時，有一位比他小二十多歲的女孩前來照顧他。她就是梁棲。梁棲從小過繼給一官宦人家。養父後爲國民政府的監察大員。梁棲自幼學習琴棋書畫，熟讀唐詩宋詞，也看新書像《家》、《春》、《秋》，就讀北京名校培華女中。她還喜歡歌舞和流行歌曲。那時，歌壇正是黎錦暉的「一統天下」。她是黎錦暉的歌迷，而且一輩子都是黎錦暉的「鐵桿粉絲」。當徐來和黎錦暉離婚的消息被時下媒體炒得沸沸揚揚，她看到黎錦暉的不幸遭遇，懷著對黎錦暉的同情和崇拜，寫過信向黎錦暉表示慰問。一九三五年，她不顧家庭反對，不辭而別從北京趕到上海去醫院探望黎錦暉。梁棲鼓勵黎錦暉振作起來，再為大衆多寫點好歌。梁棲的安慰和照料，讓黎錦暉從不能自拔的頹廢中站起，得到「愛的新生」。一九三六年，梁棲參加了黎錦暉的歌舞團，也和她的養父登報脫離父女關係，正式嫁給了黎錦暉。梁棲為媒體題下心願：良禽擇木而棲，才子佳人信有之。佳人畢竟是才女，佳句中含有「良棲」（梁棲）願嫁，互「信」有之。當時黎錦暉的好友們都祝福他說：「你眞是『失之東隅，收之桑榆』，悲劇才閉幕，喜劇又開鑼，『特別快車』（當時流行的歌曲名），『乖乖特別快』（原歌詞），但願你們信守著『白頭偕老』之盟，忝為老友，亦可告慰的了。」

黎錦暉為這位紅粉知己寫下一曲〈愛的新生〉：我雖心中創口未收，我雖兩眼漣漣淚流，愛的偉大、愛的慈悲、愛的溫柔，我不能再灰心不向前，從今我倆一生共受！黎錦暉為她改名梁惠芳，一位賢慧大方的好伴侶！在日寇狂轟亂炸和國共炮火紛飛之中，在「批黎錦暉」的烏雲壓頂和「文革」颶風暴雨之下，梁棲和黎錦暉相依為命，相夫教子，愛之堅定，始終不渝！一九六七年二月十五日黎錦暉病逝醫院，享年七十有六歲。

而唐生明硬生生地搶走徐來後，不用說是躊躇滿志，他們在南京同居。抗戰時期唐生明作為國民黨高官，攜妻徐來至上海投靠汪偽，與日本人頗多合作。他被認為是大漢奸，為人所詬病，而徐來自然也是背著「漢奸太太」的罪名。但其實他們是利用自己的特殊身分打入汪偽政府做地下情報工作的。他們夫妻表面上花天酒地，實際上是在做著「無間道」的工作。為了假戲眞做，迷惑敵人，一九四〇年十月一日，南京和上海的汪偽報紙同時刊登了一條消息：「唐生明將軍來京參加和平運動，即將被任軍事委員要席」。接著，陪都重慶的《中央日報》等各大報紙，都在第一版醒目位置登出了唐生明的大哥唐生智的啓事云：「四弟生明，平日生活行爲常多失檢，雖告誡諄諄，而聽之藐藐。不意近日突然離湘，潛赴南京，昨據敵人廣播，已任偽組織軍事委員會委員，殊深痛恨。除呈請政府免官嚴緝外，特此登報聲明，從此脫離兄弟關係。」另有一佐證材料說當時的徐來數次拒絕了胡蘭成的邀請，胡蘭成邀請徐來幹什麼？是讓她在日偽政府控制的電影中出演日本女特工，徐來自然是拒絕了。徐來終究還是明辨是非的。

解放後，唐生明一家人赴香港定居；一九五六年，舉家又遷回北京，他被任命爲國務院參事及全國政協委員。十年後，「文化大革命」來臨，由於從影期間徐來和江青（當時的女演員藍蘋）多有共事，加之唐生明曾經扮演「漢奸」的行徑，他們兩人一同被捕。一九七三年四月四日，徐來在獄中含冤去

平襟亞（1895～1980）

名衡，筆名秋翁、襟霞閣主、網蛛生。江蘇常熟人。早年入私塾，喜讀小說，自學成才。當過鄉村小學教員。後來隻身到上海，靠為報刊投稿為生。後來辦《開心報》，因刊載名女人呂碧城的私生活，被呂向法庭提告。寫長篇小說《人海潮》，開辦中央書店，將此書印行，銷路很廣。後又出版《人海新潮》、《人心大變》、《惱人春色》、《名家書簡》、《作家書簡》、《書法大成》、《李鴻章家書》、《秋齋筆談》，又向世界書局沈知方借來《江湖奇俠傳》的紙型重印，列入一折八扣書，極為暢銷。後來又創辦《萬象》雜誌，起先請陳蝶衣擔任主編，後由柯靈接編。太平洋戰爭爆發，因中央書店有反日作品，被日本憲兵逮捕，關押幾十天，又被罰款，從此書店一蹶不振。中共建國後，任上海評彈團的顧問，從事彈詞寫作，先後編創的長篇彈詞有《三上轎》、《杜十娘》、《情探》、《陳圓圓》、《借紅燈》、《錢秀才》等多部作品。

世，終年六十四歲。「自古紅顏多薄命」，「標準美人」美麗了一生，最終也不過化爲塵土。唐生明被關押了八年，方才獲釋，三中全會以後，終於又當選爲全國政協常委。一九八七年十月二十四日唐生明於北京去世，終年八十二歲。

文學叢書 302

讀人閱史
從晚清到民國

作　　者　　蔡登山
總 編 輯　　初安民
責任編輯　　陳健瑜
美術編輯　　林麗華
校　　對　　吳美滿

發 行 人　　張書銘
出　　版　　INK印刻文學生活雜誌出版有限公司
新北市中和區中正路800號13樓之3
電話：02-22281626
傳眞：02-22281598
e-mail : ink.book@msa.hinet.net
網　　址　　舒讀網http : //www.sudu.cc

法律顧問　　漢廷法律事務所
劉大正律師
總 代 理　　成陽出版股份有限公司
電話：03-2717085（代表號）
傳眞：03-3556521
郵政劃撥　　19000691 成陽出版股份有限公司
印　　刷　　海王印刷事業股份有限公司

出版日期　　2011年 10 月 初版
ISBN　　978-986-6135-53-8

定　價　　300元

國家圖書館出版品預行編目資料

讀人閱史：從晚清到民國 ／蔡登山 著 .--
初版． --新北市中和區：
INK印刻文學，2011.10
面；15 × 21公分. --（文學叢書；302）
ISBN 978-986-6135-53-8 （平裝）
1.傳記 2.晚清史 3.民國史
782.1　　100018676